エリア・スタディーズ 182

韓国文学を旅する60章

波田野節子
斎藤真理子（編著）
きむ ふな

明石書店

はじめに

文学と旅はよく似ている。本を開き、私たちは日常から解き放たれて旅に出る。とくに外国の文学作品との出会いは、見知らぬ土地への旅立ちにも似ている。未知の場所を背景にした物語を読み終えたとき、私たちは一つの旅を終えたような気持ちで大きなため息をつくのである。

本書は、文学を手掛かりにして韓国に旅立つための案内書である。韓国文学を愛するひとはもちろん、韓国映画やドラマ、Ｋポップが好きなひと、韓国の歴史や文化に関心のあるひと、韓国への旅行を考えている旅好きのひとなど、多くのひとにぜひ本書を手に取っていただきたい。もちろん最初のページから読む必要はない。パラパラとめくって好きな作家から読みはじめてほしい。きっと思いがけない発見と出会いがあるだろう。

本書の最大の特徴は、何といってもヴァラエティに富んだ執筆者の陣容である。韓国文学だけでなく日本文学、比較文学、国際関係論の研究者、作家、韓国語と英語の翻訳家、そして韓国で教鞭を執る研究者を含む49名の執筆者がいる。各章では、韓国の古典から現代までの作家と作品について「場所」をキーワードにして語っている。「場所」は、あるいは作品の舞台であり、作家が育った故郷であり、心の原風景であり、執筆者が作家と出会った場所など多様である。執筆者の多くは実際に現地を訪れた経験を語っているが、なかには韓国には行ったことがない執筆者もいる。

読者はそれらの文章を読み「場所」への想像を巡らせながら、作家たちがどこでどんな人生を送ったのかを自然と知ることになる。１９４５年の解放の前は、「場所」の範囲が朝鮮半島に収まりきらず、旧満洲の中国東北地方から日本にまで広がった。しかし、解放後は38度線を境に分断され、つづいて勃発した朝鮮戦争はいまも休戦状態のままである。人間も文学も、分断から自由でいることはできない。解放後に北に行った作家たちの作品は南では長いあいだ読むことすら禁じられていた。そして現在、私たちは38度線より北の作品の舞台を訪ねることができない。「場所」をキーワードにした本書は、はからずも朝鮮半島が分断されているという事実を再確認させることになった。

本書の八つのコラムは文学周辺の事情の理解を助けてくれるだろう。また主要な地名を入れた地図のほかに、巻末には「読書案内」として各章の参考文献をつけてある。気になる作家がいた場合は、これを参考にしていただきたい。最近のK文学の興隆のなかで現代小説の翻訳が多く出ているが、韓国の文学についてきちんと知ることができる本は少ない。本書は良い手引書の役割を果たしてくれると思う。

執筆者のなかには、この機会に現地に行って最近の写真を撮ってこようと考えたひとが多かったが、年初からはじまった新型コロナウイルスの流行のために断念せざるをえなかった。隣町のように気軽に行き来していた場所に突然行けなくなり、また国籍によって移動の自由を選別されるという異様な光景を見て、ふだん意識しなかった国籍と国境の重みを痛感させられた。

なお、本書では分断以後に北朝鮮で書かれた文学作品は扱っていない。政治的な理由のために単調で特異なものが多いとはいえ、それも朝鮮半島の文学である。最近は韓国で研究が進んでいるので、いつかその部分も入った文学案内が出ることを期待する。

本書の企画の段階で関わってくださった明石書店の関正則さんと、編集作業をしてくださった武居満彦さんに心からお礼を申し上げる。また写真収集に協力して下さった韓国文学翻訳院、ハンギョレ新聞社、ソミョン出版に感謝の意を表したい。

2020年9月

編者

＊ 韓国語の読みについては、原則的に元の発音を重視したが、すでに定着している表記がある場合や、邦訳がある場合などは、それに倣った。

＊　韓国の行政区域

ソウル特別市と世宗特別自治市、釜山などの６つの広域市と９つの道となっている。「市」には「区」と「洞」があり、「道」には「市・郡・邑・面」がある。

＊　京城

ソウルは、日本の植民地時代に、京城といわれた（地図上の括弧内は当時の呼称）。1910 年の日本の韓国併合によって、朝鮮時代の漢城が京城に改称され、1945 年の解放まで、ここに朝鮮総督府が置かれた。

吉林省
延辺朝鮮族自治州
中華人民共和国
延吉市《えんきつし》
朝鮮民主主義人民共和国
大韓民国
中華人民共和国
会寧《フェリョン》
清津《チョンジン》
恵山《ヘサン》
咸鏡北道《ハムギョンブクト》
両江道《リャンガンド》
江界《カンゲ》
鶴城《ハクソン》
慈江道《チャガンド》
咸鏡南道《ハムギョンナムド》
利原鉄山《リウォンチョルサン》
新義州《シンウィジュ》
平安北道《ピョンアンブクト》
新安州《シナンジュ》
定州《チョンジュ》
咸興《ハムフン》
朝鮮民主主義人民共和国
平安南道《ピョンアンナムド》
平壌《ピョンヤン》
南浦《ナムポ》
元山《ウォンサン》
黄海北道《ファンヘブクド》
黄海南道《ファンヘナムド》
開城《ケソン》
加平《カピョン》
江原道《カンウォンド》
坡州《パジュ》
春川《チュンチョン》
江陵《カンヌン》
蓬坪《ポンピョン》
仁川《インチョン》
ソウル
楊平《ヤンピョン》
京畿道《キョンギド》
水原《スウォン》
堤川《チェチョン》
大韓民国
忠清北道《チュンチョンブクト》
天安《チョナン》
安東《アンドン》
忠清南道《チュンチョンナムド》
保寧《ポリョン》
清州《チョンジュ》
大田《テジョン》
慶尚北道《キョンサンブクト》
扶餘《プヨ》
益山《イクサン》
群山《グンサン》
金泉《キムチョン》
大邱《テグ》
慶州《キョンジュ》
全州《チョンジュ》
全羅北道《チョルラブクト》
慶尚南道《キョンサンナムド》
光州《クァンジュ》
平沙里《ピョンサリ》
晋州《チンジュ》
金海《キメ》
釜山《プサン》
順天《スンチョン》
木浦《モッポ》
全羅南道《チョルラナムド》
統営《トンヨン》
巨済島《コジェド》
筏橋《ポルギョ》
長興《チャンフン》
済州島《チェジュド》
朝鮮半島
日本

韓国文学を旅する60章

目次

Ⅲ．近代の小説家　63

Ⅳ．近代の詩人　123

I

古典の世界

第1章 パンソリ 韓国人の伝統的な心情

口承伝統のパワーと技がさえる

「パンソリ」が日本で一般的に知られるようになったのは、1994年に映画『風の丘を越えて』（原題「西便制《ソピョンジェ》」）が上映されてからであろう。それ以前に、平凡社の東洋文庫から『パンソリ』（1982）の題名で四作品が紹介されているが、映画の力は絶大である。これによって一挙にその名を知らしめた。また、2000年には、同じ林権沢監督による映画『春香伝《チュニャンジョン》』（代表的パンソリ系小説）が日本で上映されている。前者がパンソリのきびしい修行を物語るものだとすれば、後者は名唱によるパンソリが本格的に採用された映画である。

『朝鮮語辞典』（小学館、1993）によれば、판소리《パンソリ》とは韓国の「伝統的な民俗芸能の一つで、語り物に節をつけて歌う」とあって、訳語は「パンソリ」である。韓国語そのままをカタカナで表記している。しかも、当時は映画『風の丘を越えて』が上映される前であるから、パンソリが多くの日本人に知られていたとは言えない。では、どうして韓国語がそのまま使われたのであろうか。それは翻訳できなかったからではあるまいか。「浪花節」と訳してもどこかちがうし、「文楽」の語りともちがうし、

「説経節」ともちがうからである。では韓国では、パンソリをなぜ「パンソリ」と呼んだのであろうか。
パンソリは、「パン（場）」と「ソリ（声）」の合成語である。「パン」は漢字語ではなく固有語で、「（何事かが行われる）所、場、場面、現場」（『朝鮮語辞典』）の意である。連語に「シルムパン（相撲場）」「ノルムパン（ばくち場）」「サウムパン（けんかの現場）」などがあるが、これらはすべて勝負事やかけ事が行われる場所である。そうだとすると、人々は興奮して見物したことであろう。では、集った人々を相手に「パンソリ」や「相撲」などの余興が行われ、路上で「かけごと」が行われ、その結果として（？）「けんか」が起こる場所とはどこであろうか。歴史的に見て、それは「市場《シジャン》」しかないであろう（今でも全国に数多く残って盛況をきわめ、そこに行けば庶民の暮らしとお祭り気分が味わえる）。そうだとすれば、「パン」とは日頃の労働から解放された解放空間（＝市場）でのさまざまな余興や遊びではなかったろうか。

さらに、パンソリの「パン（場）」には特別な〈機能〉がある。それは、〝聴衆〟の重要性である。「チュイムセ（合いの手）」に関連するので、パンソリの演劇性に言及しながら説明しよう。

パンソリの演者は二人で、「一人は立ち、もう一人は坐」ってやる。きわめてシンプルな形式だが、じつにおもしろい。立ち役が歌い手（唱者）で、扇子を閉じると、あるときは煙管となり、あるときは船こぐ櫓《ろ》となり、ぱっと開いて朗読すれば手紙となる。さらに、鼓手を登場人物や見物人に見立てて声掛けをする。すると、鼓手はおもしろおかしく答える。また、歌い手が困難な山場を越えたときや、感動の場面では「うまいぞ」「いいぞ」などと、合いの手を入れる。以上は、舞台に上がった現在のパンソリのありようであるが、これでは舞台と観客席という形で二分され、観客はほとんど参入する余地がない。

本来のパンソリはそうではなかった。〈歌い手〉と〈鼓手〉と〈聴衆〉は三位一体であった。たとえば、名唱牟興甲《ムフンガプ》が演唱する「平壌城図」（上図）や「箕山風俗図帖」（下図）では三者は同一平面上にいる。しかも、三者は輪のような形になり、歌い手は聴衆のすぐ近くで演じている。それゆえ、歌い手は聴衆に直接語りかけることができ、聴衆も現在のように〈自分は聞くだけ〉だとは考えず、一体となって感動の場を盛り上げたのである。そのような聴衆の中から、「耳名唱《クイミョンチャン》（パンソリを聞くことにたけた人物）」が出てきたと考えられる。こうした人物が多くなると、歌い手もぼやぼやしてはいられない。「耳名唱」は、こわもての批評家だからである。こうして演者と聴衆の相互作用が行われ、パンソリは集団の力によって創造されていった。その結果、音楽的にさまざまなリズム型や発声法を発達させ、文学面で漢詩句やことわざや擬態語などが取り入れられて磨かれていったと考えられる。それゆえ、パンソリはストーリーよりも、ストーリーにそって磨き上げられた個々の具体的な場面につきないおもしろみがある。

次に、パンソリ作品を紹介しよう。パンソリは、「春香歌」のように、はじめは「～歌」と呼ばれた。しかし、人々に喜び迎え入れられると、活字化されて読み物になった。これが「パンソリ系小説」で、当時の古典小説にふさわしく「～伝」と呼ばれた。しかし、両者は相互に影響して成長してきたため厳密には区別せず、一般的に「～伝」で作品名を代表させている。たとえば、岩波文庫の『春香伝』は代表的パンソリ系小説であるが、正式名称は「烈女春香守節歌」である。

パンソリ作品で最も有名なのは、やはり『春香伝』であろう。日本でも１８８２年に『朝日新聞』

上図：「平壌城図」
右側（川縁）の聴衆が合いの手を入れている

下図：「箕山風俗図帖」
両班の前でパンソリを演唱する様子

で全編連載されている。話は、長官の息子李夢龍《イモンニョン》が偶然に春香を見て恋に落ちる。が、それもつかの間、父の栄転により李夢龍は去っていく。代わりにやってきたのは好色な長官卞学道《ピョンハクト》で、春香に夜の相手をするよう無理強いする。それを拒否すると、春香は鞭打たれて獄に捕らえられる。そんな迫害を受けても春香は屈せず、あくまで李夢龍を信じて貞節を守り抜く。他方、科挙に合格して暗行御史（地方官の不正を暴く官吏）となった李夢龍は、乞食姿に扮してやって来て春香を救うという物語である。

主題は、〈権力への抵抗〉と〈つらぬいた愛〉であるが、後者の「獄中再会場面」が見どころである。出世して助けてくれると思っていた李夢龍が乞食となってあらわれると、春香は〈万事休す〉と愕然とする。しかし、すぐに考え直して、母親に自分の持ち物を売って「恥ずかしくないよう若様に服を作ってあげてください」と頼むのである。死を前にした絶望のどん底にあって、こうした配慮ができるのは真の愛ではあるまいか。

「沈清伝《シムチョンジョン》」は、生まれてすぐに母親に死に別れ、目の見えない父に育てられた娘の孝行物語である。聞きどころに、妻に先立たれた盲目の父が子育てに苦労する話、それを知るがゆえに父の眼が見えるならばと娘が身を船員に売る別れの場、金があることを知って悪賢い年増が色仕掛けで父親に迫り金を持ち逃げする場などがある。「興甫伝《フンブジョン》」は、貪欲で意地の悪い兄と善人で貧しい弟が繰り広げる物語である。兄の意地悪さや貪欲さが徹底して表現されていて、三作品の中では最も笑わせる。

《西岡健治》

第2章　朝鮮半島の定型詩　郷歌《ヒャンガ》から時調《シジョ》へ

郷歌「薯童謡《しょどうよう》」と時調「丹心歌《たんしんか》」を中心に

郷歌とは、漢字の音と訓を借りて、当時の新羅語の語順に合わせて表記した詩歌のことである。最初に詩歌の定形化を模索したのは郷歌であろう。日本の万葉歌のような歌謡であるが、「三代目」(888)という郷歌歌謡集は散逸してしまい、現在は『三国遺事』(1281頃)に14首、『均如伝《きんにょでん》』(1075)に11首が伝わっているのみである。その中から『三国遺事』収録の「薯童謡」と「処容歌《しょようか》」を取り上げてみよう。

2005年に制作された韓国ドラマ「薯童謡」が日本のお茶の間を賑わせたこともあるが、「薯童謡」は、百済で薯《やまいも》を掘って売る薯童という男が新羅の真平王《しんぺいおう》(579〜632)の娘(善花公主《ぜんかこうしゅ》)を娶るために歌を作り、慶州の子供たちに歌わせたという4句体形式の歌である。

善花公主様は、他人に密かに嫁に行き
薯童様を、夜に密かに抱いて行く　(拙訳)

結婚前である新羅王の娘と薯童が野合するという歌である。この歌のせいで善花公主は配流され、最終的には薯童と結ばれる。薯童は、後に百済の武王（在位600～641）となり、善花公主の願いを聞き入れ「弥勒寺《ミルクサ》」を建てたという。弥勒寺とは、全羅北道益山市にある弥勒寺のことで、現在は塔のみが残っている。その塔の大きさから当時の寺の規模もかなり大きかったことが推測される。２００９年に塔の中から発見された金製の「舎利奉安記《しゃりほうあんき》」に、王后が「沙宅積徳《しゃたくせきとく》の女《むすめ》」と明記されていたため、善花公主の存在をどう見るべきか、といった熱い論争が韓国の学界で繰り広げられたことがあった。「薯童謡」は童謡である。童謡（日本でいうワザウタ）と結び付いた記述は史実であるという観点からこの歌を考えると、百済の武王と新羅の善花公主との結婚は事実となる。新羅と百済の間で結ばれた他の政略結婚と同様に、善花公主は武王の小妃（側室）として迎え入れられたのであろう。

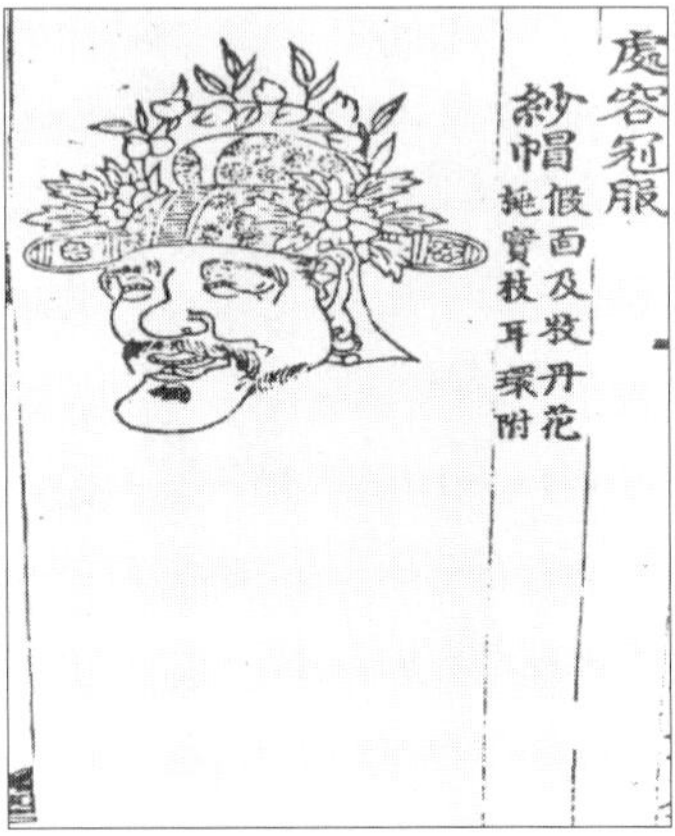

処容仮面（『楽学軌範』1493年より）

「処容歌」は、『三国遺事』によれば、疫病神に侵された妻の寝所を目撃した処容が独り舞いながら歌った歌である。疫病神は処容の態度に感服し、去っていく。それで新羅の人々は処容の姿を画いたものを門に貼って疫病を払ったという。恐らく、「處容舞」を舞うときに付ける仮面を描いた紙を貼って厄払いをしていたと考えられる。「処容舞」は、その後、宮廷舞として伝わり、高麗時代には使節団を迎えるときに、朝鮮時代には祝い事が

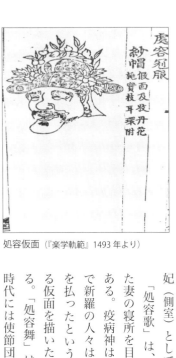

あるときに五人の仮面舞（写真右）として舞われた。「処容舞」は国立国楽院によって今もなお継承されていて、実際に舞台で観ることができるので、ぜひ一見されることをお勧めしたい。リズミカルで躍動的な民俗舞とは違い、華やかで雅やかな舞を堪能できることだろう。

時調とは、14世紀の末葉に定着した3行（章ともいう）45字内外を基本形とする定形詩歌である。郷歌のように自国語で歌われ、口伝されてきた。時調の実体が明らかにされたのは、時調の専門的歌人たちが現れた18世紀に、歌人金天沢《キムチョンテク》による時調集『青丘永言《せいきゅうえいげん》』（1728）が刊行されてからである。その後も、金寿長《キムシュジャン》の『海東歌謡』（1763）が刊行されるなど、歌人たちによって活発な創作活動が行われた。現在も時調詩人によって時調は創作され続けている。しかし近代以後の時調は唱われることはなく、単に定型詩歌として創作されるのみである。本来、時調とは、時節歌・時節歌調、つまり時の歌という意味であり、朝鮮時代の古時調は唱われていたのである。

ここでは、初期の時調作品である鄭夢周《チョンモンジュ》（1337～1392）の「丹心歌」、そして女流作家である黄真《ファンジ》伊《ニ》（1511～1541）の「青山裏碧渓水《せいざんりへっけいすい》」を取り上げ、鑑賞してみる。

丹心とは、一片《いっぺん》丹心ともいうが、一途な想いや忠心を意味する韓国語である。この歌では、主君に対する忠誠を表している。

この身は死んだとしても、百度死んだとしても
白骨が塵土になり、魂の有無とてわからずとも
ニム（君）に捧げた一途な心、変わることはない。　（拙訳）

開城の善竹橋
（韓国学中央研究院『韓国民族文化大百科事典』より）

生家に建てられた臨皐書院の扁額（2020年撮影）

高麗の宰相であった鄭夢周は、易姓革命によって王朝交替を謀ろうとする李芳遠《イバンウォン》（後の太宗《たいそう》、在位1400〜1418）から、「如何にあれ葛《くず》の蔓《つる》のように絡まり合って百歳まで栄華を極めよう（「何如歌《かじょか》」）と誘われる。この歌に対し、主君への一片丹心は百度死んでも変わらないと詠って、鄭夢周は忠心を貫いた。結局、鄭夢周は、革命の妨害者として、自宅近くにあった善竹橋《ぜんちくきょう》（写真上）で暗殺されることになる。高麗の都であった松都《しょうと》――今の北朝鮮の開城市である――に善竹橋は現存している。私が善竹橋を訪問したとき、伝説のように、橋の石畳の一部が薄赤く見えたのが印象深く残っている。案内者は鄭夢周の血によって染められたのだと説明していた。橋の前には当時の鄭夢周の住居がそのまま残っていて、祀堂（御霊屋）や崧陽《すうよう》書院などの建物も保存されていた。鄭夢周は朝鮮の建国に猛反対した人物だが、死後95年が経過すると、万古の忠臣として再評価された。朝鮮王朝第11代王中宗は、孔子を祀る文廟に鄭夢周の御霊を祀り（1517）、慶尚北道永川の生家には家廟と臨皐《りんこう》書院（写真下）を建てさせ、書籍と扁額を下賜（1554）した。鄭夢周の墓は京畿道龍仁にあり、夫人と合葬されている。

時調の作家の中で、もっとも有名なのは名妓、黄真伊（1511～1541）であろう。作家李泰俊《イテジュン》の『黄真伊』（1938）など、小説や映画・ドラマの女主人公としても多く取り上げられている。朝鮮中期の有名な文筆家でもあり文官でもあった林悌《りんてい》（1549～1587）は、平安都事として赴任地に行く途中、松都（開城市）にある黄真伊の墓に立ち寄り、時調を創り祭祀を行ったという。そのことが宮廷で物議を醸したという記録が残っているが、想いを積極的かつ写実的に表現した黄真伊は、それほど、魅力的な歌人であったようだ。黄真伊の時調の中でも特に有名なのは「青山裏碧渓水」という作品である。

青山の碧渓水よ、易く行くを誇るなかれ
一度蒼海に至れば、再び戻ることは難しいから
明月は夜空に満ちている、休んで行けばいかに　（拙訳）

碧渓水（青く清い小川の水）と人物の名（ヘッケイスイ）をかけている。ヘッケイスイという両班の男の名を青山の清い水に喩え、開城に来た彼に歌で話し掛けている。海に流れ着いた水は二度と川に戻ることがないように、この時を逃すと二度と会えませんよ、満月の下で語り合いませんか、という誘い歌である。

《岡山善一郎》

第3章　朝鮮の風雲児　許筠《ホギュン》

洪吉童《ホンギルトン》は琉球に渡ったか？

許筠（1569～1618）といってもどこの誰か、すぐ思い浮かぶ人は少ないだろう。映画好きならイ・ビョンホンの時代劇初主演で話題になった『王になった男』（2013年日本公開）はおなじみのはず。朝鮮15代の国王光海君（在位1609～1623）の影武者に仕立てられた卑しい旅芸人（イ・ビョンホン二役）が陰謀渦巻く宮廷で、やがて本物も顔負けの治世論を弁じ、あるべき政道を主張し始めるという設定だった。そこに光海君の最側近として登場するのが許筠であり、映画ではリュ・スンニョン（『七番房の奇跡』主演）が演じている。

或いは、韓国で最も著名な古典小説『洪吉童伝』の作者が許筠だといえば、「ああ、そうだった」と思われるに違いない。

主人公の洪吉童は宰相の子息として生まれ、天下国家を経営する才智に恵まれながら、母が卑しい身分だったため「父を父と、兄を兄と呼べない」庶子差別に怒って家を出、やがて盗賊の首領となって悪代官らを懲らし、義賊として名を挙げたあと、南海の島で理想郷を造って王となる。その波瀾万丈、痛快極まるストーリーは古より今に至るまで人々に愛され続けている。植民地下の１９３４年に初めて映画化されて以降、解放後はアニメにもなったし（1967）、北朝鮮でも『怪傑洪吉童』（1986）が製作された。21世紀に入っても様々に味付けされたリメイクが作られ、人気と知名度は今も不動のものといえよう（日本でも早く１９２１年には細井肇らによる翻訳が手がけられ、戦後も何種類かの訳本が出されるなど、韓国古典の中では比較的よく知られている）。

洪吉童は、庶子差別にあえぐ社会的弱者ながらも、八門遁甲《はちもんとんこう》之《の》法《ほう》で刺客を返り討ちにし、草人形を使った分身の術で官軍をきりきり舞いさせ、また何百里も離れた空間を瞬間移動する縮地法などの道術を駆使する超人であり、そのうえ官軍に追われながらもあくまで王には忠義を、父や兄には孝を尽くさんとする仁徳者でもある。そうした複合的な人物造形が単なるファンタジーにとどまらない存在感を生み、共感を呼ぶのだろう。

許筠（想像画）

　ところで、この『洪吉童伝』には、実はモデルがいる。映画『王の男』で知られる暴君の燕山君６年（1500）の『朝鮮王朝実録』には、忠清道《チュンチョンド》を中心に玉頂子に紅帯という高官の服装をし、僉知《せんち》（正三品の官職）と称して白昼徒党を組んで群れをなし、武器を持って恣《ほしいまま》に官府に出入した強盗「洪吉同」（洪吉童ではない）を捕らえたという記事がみえる。忠清道では洪吉同らの盗賊行為の余波で民の流亡が回復せず、長いあいだ量田が行えないため税の徴収が困難であったという。また許筠の生きた宣祖代では巷の庶民が人を罵るとき、洪吉同の名を引き合いに出したという記録もあるので、許筠が洪吉同を知っていた可能性は高い。

許筠は１５６９年に母の実家があった江原道《カンウォンド》の江陵《カンヌン》で生まれ、のちに都の漢陽（ソウル）に移る。父は東人派の領袖である許曄《ホヨプ》。母の金氏はその後妻で、許篈《ホボン》（1551～1588）・蘭雪軒《ナンソルホン》（1563～1589）・許筠の三人を生んだ。ともに文才に優れ、とくに姉の蘭雪軒は朝鮮王朝きっての女流詩人として名高く、中国は無論のこと、江戸時代の日本でも詩集が刊行されるほどだったが、凡庸な夫との不和に苦しみ、27歳（数え年、以下同じ）で早世している。

11歳で父を亡くした許筠は母や兄から溺愛されたこともあり、若くして放蕩無頼を身につけるが、17歳で娶った妻の金氏は賢夫人で、怠惰に流れがちな夫を巧みにたしなめつつ、勉学に導いたという。だが、１５９２年に壬辰倭乱（文禄・慶長の役）が勃発するや、許筠は身重の妻を引き連れ咸鏡《ハムギョン》道《ド》（朝鮮北部）に逃れた。そこで長男を出産した金氏は倭軍に追われ、無理に山越えをしたのが祟って絶命してしまう。「牛を以て棺を買い、衣を裂いて殮《れん》し（亡骸《なきがら》を納棺すること）、肌肉尚お温かなるに埋めるに忍びず」（「亡妻淑夫人金氏行状」）と当時の惨状を許筠は記している。

その後、政界に復帰した許筠だったが、差別に不満を抱いた七人の庶子が起こした「七庶の獄」に連座する危機を辛くも免れた。この強殺事件は、光海君支持派の李爾瞻が政敵を粛清するのに利用したため一大獄事に発展したもので、犯人らと交友があった許筠は、身の保全のため旧知だった李爾瞻の傘下に入ったのである。それ以後は官界で順調な出世を遂げ、刑曹判書（正二品）などの高官を歴任した。何度か中国を訪れ、数千巻の書籍とともにキリスト教の教義を伝えたといわれるのもこの頃のことである（『於于野談』）。

しかし、１６１７年流刑に追いやった政敵の子息から反撃された許筠は翌年、反乱事件に加担した嫌疑により窮地に陥る。国王みずからの取り調べにも否認し続けたが、李爾瞻が強く処刑を求めたため判決文もないまま、市場に引き出され、凌置処惨《りょうちしょざん》（四肢を切り刻んで処刑すること）に処されたのだった。

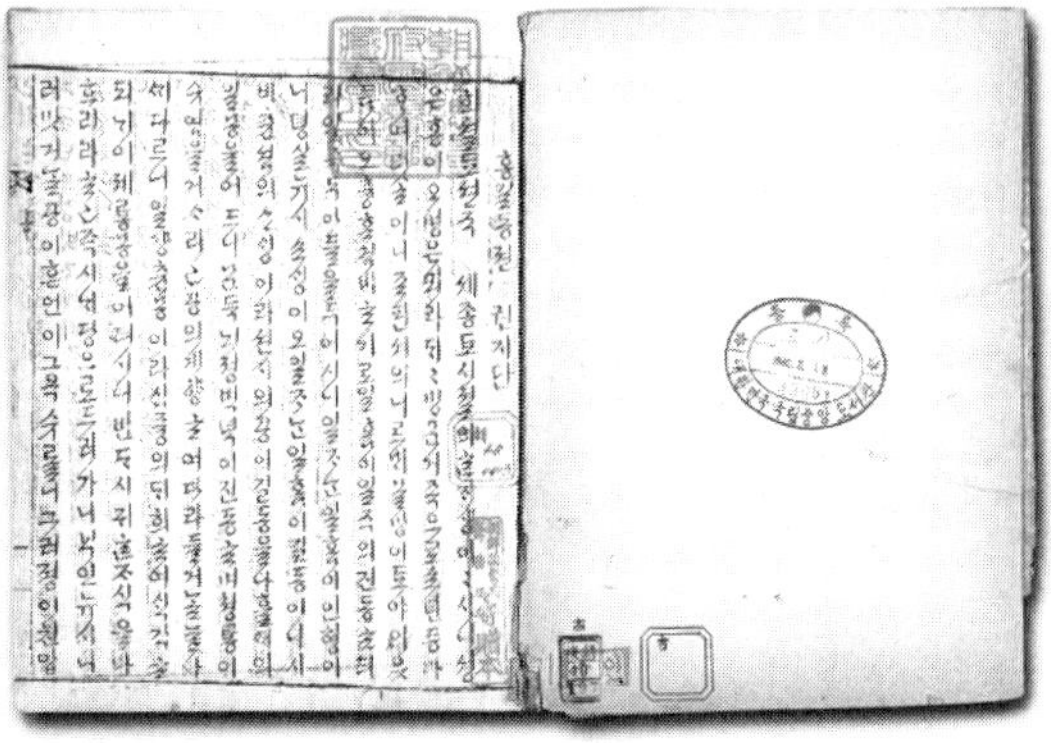

原書『洪吉童伝』の冒頭見開き

以上、略歴だけたどっても波瀾万丈の遍歴は『洪吉童伝』の筆者にふさわしいものといえよう。ところが、許筠の文集には『洪吉童伝』は収録されておらず、また文集のどこにも作品への言及さえない。ただ、彼と師弟関係にあった李植《イシク》（1584～1647）が、『水滸伝』を好んだ許筠が『洪吉同伝』（洪吉童ではない）を書いたと記録したのが唯一の根拠となっている（『澤堂集』）。このことから、今日伝わる『洪吉童伝』の諸テクスト（すべて19世紀半ば以降のもの）は許筠の自作ではなく、後世に改作されたものとの有力説が登場した。私自身も許筠が書いたのは『洪吉同伝』であって『洪吉童伝』ではないだろうと考えている（拙訳『洪吉童伝』解説参照）。

最後に、洪吉童が理想国を築いたのは琉球だったとする奇説に触れておこう。これは先にもあげた細井肇の手になる訳本が嚆矢だが、戦後の韓国で変貌を遂げ、なかでも薛盛景《ソルソンギョン》教授（延世大名誉教授）は１５００年に捕らえられた洪吉同は密かに朝鮮を脱出。石垣島に渡り、民衆反乱を率いて琉球王府と戦った実在の英雄オヤケアカハチになった。それこそが『洪吉童伝』のモデルだと唱えたのである。

これは歴史捏造だ、と反発した現地の研究者から反論を依頼された私は、「洪吉童琉球渡海説の再検討」なる一文をものにし、ついでに石垣島に飛んで関連遺跡を踏査した。また、２０１８年許筠死去４００周年を記念して江陵で開催された国際学術大会に招かれ、そこでその要旨を発表したところ、何と会場に薛盛景教授が姿を現したのである。ご本人の目の前で反論することになろうとは夢にも思わなかったが、一代の風雲児だった許筠には似つかわしい「落ち」だったとすべきかも知れない。

《野崎充彦》

コラム1

ハングル、時空を亘る

15世紀、朝鮮王朝第四代の王・世宗《セジョン》によって訓民正音、略して正音、今日ハングルと呼ばれる文字体系が公にされた。王宮は紛糾する。崔萬理《チェマルリ》らを筆頭に士大夫たちが正音に異を唱えたからである。しばしば非難されるような、単に大中国に阿《おもね》る事大主義といった思想だけで、士大夫たちは反対したのではない。『朝鮮王朝実録』に記された上疏文と、それに対する世宗の言を繙《ひもと》けば、王宮で行われた論争は、言語と文字をめぐる知的な思想闘争であったことが見て取れる。世宗が上疏文について真っ先に問題にしたのは、この条《くだり》であった。曰く、用音合字《おんをもちゐてじをあはすは》、尽反於古《ことごとくいにしへにはんす》。音を基にして字を造り上げるなど、古今に聞いたこともない。そう批判する崔萬理らの主張に、世宗が猛烈に反論する。「用音合字《ようおんごうじ》」、なるほど崔萬理らは当代有数の官僚＝知識人であって、訓民正音という文字のシステムの本質をわずか漢字四文字で見事に表している。正音は、人が発音器官において言語音を造るまさにその根源の姿を象形し、基礎となる、牙舌脣歯喉《がぜつしんしこう》、子音字母五つの形を定めた。それら五つから派生させ、全ての子音字母の形を組み上げる。唇の音《おん》は唇の形、歯の音は歯の形、舌の音は舌の形。子音字母の形は常に音が生まれるその根源を湛《たた》える形である。子音字母と母音字母が、文字という光《ヒカリ》の空間に織りなす姿形は、この地のことばことばの音《おん》を、音《オト》の空間に奏《かな》でる総譜《スコア》でもあった。

王宮にあって、世宗その人と、『訓民正音』という書物に名の見える、鄭麟趾《チョンインジ》を始めとする秀才たちこそ正音革命派と呼び得る。圧倒的な少数派であった正音革命派が立ち向かう相手とは、朝鮮半島に一千年を貫く、漢字・漢文という巨大にして圧倒的な知の原理そのものであった。人は誰しもこの地のことばを話すのに、およそ知とは漢

ソウル、昌徳宮の玉座（筆者撮影）

字・漢文でのみ形象化し得るものだったのである。崔萬理たちの上疏文はその同時代的な表現であった。

　言語と文字をめぐるこうした知的な闘争が、王宮のただ中で行われ、さらに克明に記録され、『朝鮮王朝実録』などという書物に結晶する。ただただ驚嘆するしかない。

　王宮は漢陽や漢城と呼ばれてきた今日のソウルの中核に位置していた。正宮・景福宮やその離宮・昌徳宮といった王宮の址《あと》に佇《たたず》むとき、私たちは歴史という名の何者かに、あるいは圧倒され、あるいは心を打たれ、あるいは糾弾されるだろう。それら歴史は文字通り階級闘争の歴史であったり、あるいは民族の歴史であったり、美の歴史であったりする。しかしながら例えば訓民正音をめぐる知的な闘争と、訓民正音＝ハングルが息づく永きありようを見るとき、王宮は知の宮殿の姿にも変容する。王宮は知の革命の総司令塔でもあった。

　知の王宮を遠く離れて、日本の千葉県、あの

館山市、大巌院の四面石塔（筆者撮影）

『南総里見八犬伝』の舞台でもある南房総に、大《だい》巌院《がんいん》という寺刹《じさつ》がある。そこに梵字、漢字の篆《てん》書《しょ》、漢字の楷書、そして何と訓民正音という四種の文字で「南無阿彌陀佛《なむあみだぶつ》」と刻された石塔がある。1624年建立の四面石塔である。この正音の表記は、わずかな時期しか用いられていなかった、東国正韻式と呼ばれる方式であることにも驚かされる。朝鮮で失われた漢字音表記が、この南房総に生きている。

四面に四種の文字を刻したのは、おそらく四海に遍《あまね》く仏の教えをということなのだろう。東アジアにおいて仏の教えとは、知の極北の一つでもあった。王宮で放たれた光の形は、海を越え、200年近い時を亘《わた》って、この地で知の形として刻まれた。ここにあって訓民正音は、梵字、漢字と共に屹立し、四海を照らす。世宗たちはこんなことを夢にでも垣間見たであろうか。

ふと、かの王宮からの薫風が頰を撫でる。

《野間秀樹》

II

近代文学の開拓者

第4章 李光洙《イグァンス》の長編『無情』と鍾路《チョンノ》

韓国最初の近代長編の舞台を歩いてみよう

１９１７年元旦、日韓併合のあと唯一の韓国語新聞になっていた『毎日申報』で『無情』の連載が始まった。作者は、前年の秋に彗星のごとく現れて儒教批判の論説をつぎつぎと発表し、若者たちから絶大な人気を得ていた早稲田大学学生、李光洙である(1892～1950?)。『無情』はたちまち好評を博し、李光洙はこれにより作家としての地位を確立した。

『無情』の冒頭、京城学校の英語教師ヒョンシクは、６月の暑い陽ざしを受けて安洞《アンドン》の金長老の家に向かっている。前日金長老から、米国に留学させる一人娘ソニョンに英語を教えるよう頼まれたのだ。これから会う女学生にどう接すべきか、彼はあれこれと想像しては悩んでいる。ヒョンシクのこの大げ

1927年代의 春園 先生（36歲）

『東亜日報』編集局長時代の李光洙

さな悩み方は、男女が顔を合わせることも話を交わすこともなかった当時の上流家庭の習慣を知らなくては理解できないだろう。

初めての出会いに胸をときめかせつつ懊悩《おうのう》するヒョンシクが歩いていくのは、現在の仁寺洞通り《インサドンキル》。北に向かって四辻を越えれば金長老の家がある安洞だ。ソウルでも指折りの金持ちである金長老の豪壮な屋敷は西洋風に改造されて電気まで引かれている。じつは長老が一人娘の家庭教師をヒョンシクに頼んだのは、娘と婚約させて一緒に留学させるためだった。

その夜、ヒョンシクの下宿を訪ねてきたのは、孤児だった彼を引き取ってくれた恩師の娘ヨンチェである。恩師が無実の罪で獄に入ってから7年、ヒョンシクは人の世話で東京に留学して英語教師になり、一方ヨンチェは妓生《キーセン》（朝鮮の芸妓のこと）に転落していた。薄暗いランプの下で身の上話を始めたヨンチェは妓生になったことを打ち明けられず、下宿を飛びだしてしまう。ヒョンシクは慌てて追いかけるが、彼女の姿はすでに大通りの人混みに消えていた。

ヒョンシクの下宿はタプコル公園の脇の校洞《キョドン》にあり、優美館という活動写真館から音楽隊の演奏が聞こえる。ヒョンシクがヨンチェを追いかけて飛びだすのは鍾路通り《チョンノキル》だから人通りが多いのも当然である。現在は「校洞」という地名はなくなったが、ヨンチェが姿を消したあたりの「校洞《キョドン》派出所」は「鍾路二街《チョンノイーガ》派出所」として健在である。

翌日、学校で上司と妓生の醜聞を聞いたヒョンシクは、その妓生がヨンチェでないかと疑い、夜の鍾路を通って茶房洞《タバンコル》に向かう。優美館から大活劇の曲が流れるなか人々は夜店に群がり、ＹＭＣＡ会館の窓には玉突きをする青年たちの影がちらついている。鍾閣《チョンガク》の角を曲がって清渓川《チョンゲチョン》にかかる広通橋《カントンギョ》

ＹＭＣＡ会館（1910～1920年頃）

を越え、茶房洞の薄暗い川べりの道に入ればそこはヒョンシクの知らない花柳の世界である。

　植民地時代には、この清渓川を境にして南は日本人、北は朝鮮人の領域という不文律があった。林《イム》権沢《クオンテク》の映画『将軍の息子』三部作は、１９３０年代後半の鍾路一帯を舞台に、清渓川と優美館そしてＹＭＣＡ青年会館の風景をみごとに再現している。解放後に暗渠《あんきょ》になって姿を消した清渓川は21世紀に都市計画でよみがえり、仁寺洞と並んで多くの観光客が訪れる名所になった。韓国最初の近代小説『無情』の舞台はソウルの中心、鍾路《チョンノ》なのだ。

　だが、李光洙が生まれたのは京城ではない。平壌からずっと北の定州《チョンジュ》である。10歳で両親を失った李光洙は、東学（のちの天道教）の地方頭領に拾われて伝令をしたことがあり、『無情』の「恩師」にはその人の面影があるといわれる。たしかに東学は彼の恩人だった。この時代に無一文の孤児が日本留学するなど、東学の留学制度がなければ考えられないことである。幸運はつづき、そのまま官費留学生になることができた李光洙は明治学院中学に入り、島崎藤村の『桜の実の熟する時』に描かれたキャンパスで文学に目覚めることになる。そのころ韓国最初の総合雑誌『少年』を出していた崔《チェ》南善《ナムソン》と、のちに大河小説『林巨正《イムコッチョン》』を書く洪命憙《ホンミョンヒ》と交友し、彼らは「三天才」と呼ばれた。

当時の朝鮮では早婚が一般的だったので、李光洙も夏休みで帰省したとき白恵順《ペクヘスン》という女性と結婚した。だが、あとになって「恋愛」の重要性に気づいた彼はこの軽率な結婚を悔やみ、そのために李光洙の初期の小説には妻へのこだわりがつきまとうことになる。このころ李光洙が書いた短編「無情」(長編ではない) の主人公は、夫に愛されずに自殺する女性である。

卒業後、故郷にもどって教師になった李光洙は京城に来るといつも崔南善の家に泊まった。そこには『少年』誌を出した出版社、新文館があり、その2階は古典文書の収集や編纂をする光文会の事務所になっていた。「梁山泊」という異名を取ったこの光文会には様々な民族主義者たちが出入り、全国の情報が集まっては発信され、やがて勃発する三・一運動の揺籃の地となる。

大陸を旅して帰国した李光洙は新文館で雑誌の編集を手伝いながら再度の東京留学を考えたが、学費のメドがつかなかった。そのとき光文会で出会ったのが、大資産家の息子でのちに東亜日報や京城紡績を創立する金性洙《キムソンス》である。李光洙は彼の援助で東京に留学し、そこで長編『無情』を書き、やがて将来の伴侶となる許英粛と出会うのである。

そのころ新文館と光文会があった崔南善の家は、鍾路から清渓川を越えて南に少し下がったところにあった。現在は乙支路《ウルチロ》にあるＳＫＴタワーの敷地内である。ここはヒョンシクの校洞の下宿からそれほど遠くない。若き日の李光洙は、この周辺を歩きながら将来を夢みた。6月の陽光を受け、出会いの予感に胸をときめかせて仁寺洞通りを歩いていくヒョンシクは、東京で自分を待っているはずの出会いを夢みる李光洙自身である。彼はやがて東京で許英粛と出会って愛しあうが、その喜びは罪もない旧式の女性を棄てることの疚しさと同居していた。鍾路には、東京で『無情』を書くまえの李光洙の青春の夢とほろ苦さが漂っている。

李光洙は、1919年に東京で二・八独立宣言書を起草して亡命し、上海の臨時政府樹立に参加した。一方、崔南善はソウルで三・一独立宣言を起草して獄中生活を送る。それから4半世紀後にこの二人が民族反逆者として裁かれる身になるなど、いったい誰が想像しただろうか。

《波田野節子》

第5章　幻影に囚われた金東仁《キムドンイン》の人生

大同江《テドンガン》の幻影、幻影の大同江

平壌《ピョンヤン》は現在、北朝鮮の首都である。ここは朝鮮王朝時代には妓生《キーセン》で有名な花柳の顔をもつ都市だった。また、中国との活発な交易のおかげで金が潤沢であり、首都の漢城から離れているために朝鮮王朝の儒教イデオロギーから比較的自由な場所だった。そのためだろうか。１８００年代末、朝鮮を訪れたイギリスの旅行家イザベラ・バード・ビショップは、平壌を「妓生や高級娼婦、饒舌家でうごめく」場所、聖書に出てくる罪悪の都市「ソドムの霧に肩を並べるほど眩しい伝説のような都市」として描いている。

小説家金東仁（1900～1951）は、その「眩しい伝説のような都市」である平壌で生まれた。父親は平壌で指折りの大富豪かつプロテスタント教会の初代長老（教会の役職）であり、50歳を超えて授かった息子の金東仁に対し非常に寛大だったという。金東仁は平壌にあるミッションスクールを経て、１９１４年に父親の勧めで日本へ留学した。父親は幼い息子が日本の近代的な学問を学び、弁護士や医者になることを願ったが、14歳の感受性豊かな少年にそんな願いが届くはずはなかった。なにしろ金東仁が到着した1914年の日本では浪漫的な大正時代が始まっていたのである。

東京学院中学で留学生活を始めた金東仁は、やがてそこが閉校になると明治学院中学に移った。植民地朝鮮から渡ってきた十代半ばの少年にとって帝都・東京は、この上なく魅力的な空間だった。彼は西洋冒険活劇に魅了されて浅草六区の映画館に頻繁に出入りし、日本語に翻訳された西洋の探偵小説に読みふけった。小説への興味は日本語に翻訳された世界文学全集を経て、ついに日本近代小説へと繋がっていく。文学と美術を同程度に重視した白樺派の影響もあって彼は絵画にも興味を示すが、結局小説家としての道を選択する。

夏目漱石、有島武郎、谷崎潤一郎などの日本近代作家の小説を耽読し、その影響を受けて金東仁は小説の創作を始める。だが日本近代文学の磁場のなかで小説を書きつづけながらも、彼の人生と文学は、つねに故郷平壌の大同江、それも春の大同江の上流一帯にあった。陰暦の3月3日から陰暦の6月6日まで、平壌の名勝地大同江の上流には伝統的な祭りを祝って舟遊びをする人々の舟が昼夜を問わず浮かび、妓生の歌声が流れる。平壌の人々はそうやって春を楽しむのだ。

金東仁はいくつかの小説と随筆で、春の大同江の風景を描いている。「心浅き者よ」や「ようやく目覚めるころ」、そして「甘藷《いも》」のような平壌を舞台にした作品を読んでいると、平壌駅から大同江までの地域がまるで地図を見ているように目の前に広がる。郵便局、病院など近代的な建物が並ぶ日本人町を過ぎると、古く衰退した朝鮮人町が現れる。そこを通り、閑静な道に沿って平壌神社を過ぎると、貧民たちが暮らしている七星門《チルソンムン》に着く。ここは「甘藷」の主人公福女《ポンニョ》が暮らした場所だ。貧しくとも正直な農家できちんとしつけられた彼女は、怠け者の夫を持ったせいでとうとう故郷にいられなくなり、この貧民街に流れ着く。ここで売春を始めてから彼女の道徳観と人生観は変わった。人間は生きるためにどんなこともできる、そう気がついた彼女は一人前の人間になったような気がして自信までつけるのだが、結局は心惹かれた男に殺されてしまう。暗くて暗鬱なこの七星門の外の貧民部落を過ぎると松林が生い茂った箕子林《キジャリム》が広がり、そこを抜ければ大同江上流の景勝地だ。

平壌の七星門（韓国国立中央博物館所蔵）

1922 年の乙密臺（平壌にある景勝地）

大同江（1929年、韓国独立記念館所蔵）

乞食、売春婦、アヘン中毒者など、近代都市の余計者たちでなりたっている七星門外の貧民部落のむこうに広がっているのは、祭りから祭りの日々がつづく大同江上流の非日常的な世界である。ここには植民地朝鮮の暗鬱な現実もなければ、日本帝国の抑圧もない。だから生活人としての息苦しさとか、植民地知識人としての重い責任などを感じる必要もない。そのためだろうか。１９１８年陰暦の４月８日、数年ぶりに大同江で開かれた盛大な観灯祭の風景を描写した「ようやく目覚めるころ」のような作品を読んでいると、その年に植民地朝鮮を興奮させた米国大統領ウィルソンの民族自決主義はどこかの遠い国の話のように感じられる。現実感をもって近づいてくるのは、ただ大同江を真昼のように照らしだす数百の灯籠と遊船の明かりだけである。

　もちろん平壌という都市の歴史は春の大同江だけで成り立ってはいない。１８７１年に米国の商船ジェネラル・シャーマン号が通商を要求し、その過程で朝鮮人を殺害すると、これに激怒した市民たちが船員全員を石で殴って殺したあと燃やしてしまった場所も平壌だった。１９３１年に中国の万宝山で起きた朝鮮人と中国人の紛争が誤報され、朝鮮各地で中国人を襲撃する事件が起きたとき、最も大きな虐殺が行われた場所も平壌だった。このように平壌の人々は国運がかかった瞬間、狂暴ともいえる情熱で現実に介入していた。だが金東仁が見つめていたのは春の大同江だけだった。

植民地時代が始まると、日本の植民地統治政策に従って伝統祭りも妓生も消えていき、妓生の代わりに近代教育を受けた女学生たちが時代のヒロインになった。人々は妓生が声高く歌っていた伝統的で雅やかな歌の代わりに唱歌を好んで聞くようになった。新しくできたカフェでは女給たちが、日本式の流行歌と唱歌の混ざった国籍不明の歌を歌っていた。花煎《ファジョン》（花びらを付けた餅）を焼き、菖蒲水で髪を洗っていた春の伝統祭りも次第に姿を消していった。それでも金東仁の意識は、春の大同江にありつづけた。１９３０年に執筆した「大同江」というエッセイで彼は、「七星門外、大同江の上流のあたり立つと、階層と年齢を超越した世界が目下に広がる」と書いている。人間社会を貫くすべての境界が消えた場所、そんな世界がどこに存在するというのか。この世界のどこにも存在しない幻影のような人生を、金東仁は大同江に見ていたのだ。妓生との同居を繰り返し、受け継いだ巨額の遺産のほとんどを30歳前に使い果たし、麻薬や精神安定剤、睡眠剤に頼りながら生きていた50年余りの彼の人生自体が幻影だったともいえるだろう。そんな金東仁の人生で、ひょっとしたら大同江こそが唯一の現実であり、慰めだったのではなかろうか。

《鄭惠英》

第6章　代表作に見るリアリスト廉想渉《ヨムサンソプ》の実体験と冷徹な観察

東京、下関、大田《テジョン》、ソウル

李光洙《イグァンス》と並ぶ文豪・廉想渉（1897～1963）は韓国で自然主義の大家と言われ、つねに実体験と観察にもとづく作品を書いた作家である。１９１０年代に青少年期を送った多くの文人と同じく、彼も日本留学を経験した。１９１２年に15歳で来日して7年間、麻布中学、聖学院中学、京都の府立二中（現・鳥羽高）、そして慶應の大学部予科に通っている。東京での最初の下宿は神田神保町に近い神田区今川小路二丁目で、当時の留学生には本屋の多い神田周辺が人気だった。次に本郷区元町一丁目の第二初音館に移ったが、ここはなんと東京ドームの近くである。

彼の初期、中期、後期の三つの代表作を紹介しよう。まず初期の代表作『万歳前』（1924）は最初の4分の1ほどは日本が舞台で、見方によっては、東京からソウルまでの旅路の体験を中心とした旅日記ともいえる作品である。彼のニヒルともいえる冷徹な観察眼があちこちに見られる。

主人公の李寅華《イインファ》はＷ大（早稲田）の留学生である。早婚した故国の妻が産後の肥立ちが悪いからすぐ帰国せよという電報を受けとったところから話は始まる。東京駅まで見送りに来たのは彼と話の合う文学好きのカフェガール、静子。彼女に見送られて出発した彼は、ふと留学前に付き合っていた音楽専攻の元カノが神戸にいることを思い出し、途中下車して会っていく。ふだんは朝鮮人であることを意識せずに留学生活を謳歌している彼だが、下関で船に乗るときは荷物検査で日本人ではないことを思い知らされ、つづいて下船した釜山でも検問で不快な思いをする。やっと乗りこんだ列車は大田《テジョン》で長時間の停車となり、駅前をぶらつきながら、日本人の家ばかりになっていることに驚く。ソウルの実家（どこにあるかは書かれていない）にたどり着くと妻は臨終を迎え、話はここで終わる。

廉想渉のブロンズ座像。1996年に建造されたが、その後二度移設され、2014年４月、現在の鍾路一街（光化門の近く）の教保文庫（書店）脇に設置された。

　廉想渉がこの作品を初めて発表したときの題名は「墓地」だった。久々に故国を見て「墓場だ！」と叫びたくなったところから命名したらしい。だが検閲に引っ掛かって連載中断したため、意味の分かりにくい「万歳前」と改題して何とか単行本化に成功したといういわくつきの作品である。もちろん1919年の三・一独立運動（別名「万歳運動」）の前という意味である。日本の読者にとっては、東京の話が身近で

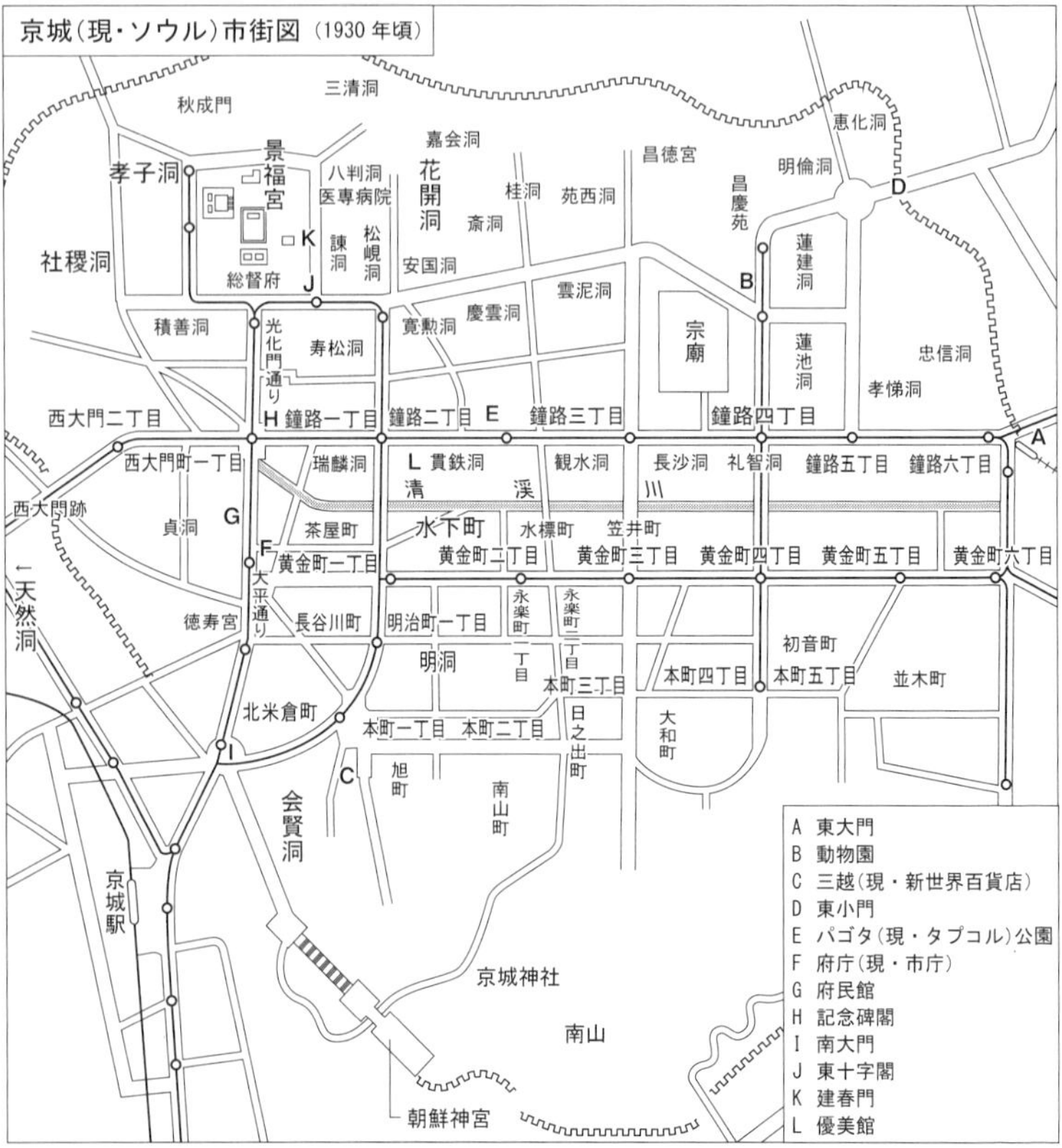

ソウル（旧・京城）市内のうち、朝鮮人居住者は黄金町から北の地域に多かった。
（『三代』廉想渉著、白川豊訳、平凡社の地図をもとに作成）

取っつきやすい。O橋（お茶の水橋）、S橋（水道橋）、砲兵工廠（水道橋と小石川橋の間にあった）、東京堂（神田神保町に今もある）など、地名を謎解きしながら読むのも一興である。

次に、廉想渉の1930年代の代表作『三代』（1931）を紹介する。ソウル市内の旧家で金満家である祖父の趙議官《チョウイグァン》、父の趙相勲《サンフン》、主人公の趙徳基《トクキ》という親子三代が繰り広げるすったもんだのストーリーを中心に、1930年前後の植民地朝鮮の都会の雰囲気を描きだしている。メイン舞台の本宅は水下町、現在の水下洞《スハドン》である。上の地図を見ていただきたい。

京都の三高に留学中の主人公徳基は、一時帰国して趙家のゴタゴタに巻き込まれる。父の相勲はクリスチャンでありながら酒色におぼれて祖父から疎んじられ、花開洞《ファゲドン》に妾とともに別居している。家にもどった徳基は、祖父から、学校などもう中退して家を守れ、金庫の鍵を預けてやると言われて当惑する。彼は勉学を続けたかったし、友人の炳華《ビョンファ》が共産主義運動をしているのにも密かに共感していた。その炳華は当局の目を欺くために、徳基の幼馴染の敬愛《キョンエ》とともに孝子洞《ヒョジャドン》で八百屋を始める。ところが、その敬愛がなんと父・相勲の子を産み、頑固者の祖父は、財産目当ての取り巻き連中によって薬物死させられてしまう！　書き切れないほどのドタバタぶりに、読み始めたらやめられなくなること請け合いである。『三代』に出てくるソウルの地名は廉想渉が生まれ育ったソウルの旧王宮景福宮《キョンボククン》に近い市内中心部。彼は自分が知り抜いている地域を小説の舞台にしたのである。

最後に１９５０年代の代表作『驟雨《しゅう う》』（1952～1953）を取り上げる。戦争勃発の２日後である１９５０年６月27日から12月13日にかけ、貿易会社の社長と社員たちを主な登場人物として、一進一退する戦況の中で右往左往するソウル市民の姿がみごとに描かれている。連載されたのも朝鮮戦争のさなかで、舞台は『三代』と同じくソウル市内であるが、やや郊外にまで筆が延びている。そのほかに戦況を説明するために大邱《テグ》、大田、水原《スウォン》、平壌《ピョンヤン》などの名前が出てくるが、実際にそこでの話はほとんどない。つまり『三代』同様、廉想渉は自分がよく知っているソウルの、それも西半分を舞台にしたのである。

主要人物は会賢洞《フェヒョンドン》（明洞《ミョンドン》のすぐ南）にある韓米貿易会社の社長金学洙《キムハクス》と、その秘書にして愛人の姜《カン》スンジェ、それに新たにスンジェの恋人になる調査課長の申永植《シンヨンシク》の三人である。ソウルから車で脱出しようとした金社長とスンジェと永植は、漢江《ハンガン》を渡れずに引き返す。天然洞《チョニョンドン》の永植の家、社稷洞《サジクドン》のスンジェの実家などを転々としながらも、現金の詰まったボストンバッグを死にものぐるいで守ろうとする社長の姿は滑稽である。そんな姿を見て心が離れるスンジェと社長の愛憎劇、しだいに永植に惹かれていくスンジェの心情描写……戦争中の連載だというのに純愛と性愛をめぐる話がメインになっていくことには驚かされる。この時期のほかの作家の作品にもこのような内容の話は珍しい。スンジェと永植が食糧調達のためにソウル郊外まで歩いたときの一節、「爆撃機が頭上高く、ウィーン、ウィーンと通り過ぎるだけで、戦争はどこでやっているのやら」などは、まるでピクニックである。

その後ソウル市内の様子を見にいって捕まった永植は、義勇軍として平壌まで行かされ、心身ともにボロボロになって戻ってくる。しかし戦況は再度暗転し、皆はまたソウル脱出の準備をしなければならなくなる。小説はここで終わっているので、読者としては当然、その後どうなったかを知りたくなる。実は続編格の長編『新しい響き』（1953～1954）があり、舞台は避難先の釜山《プサン》での話になっている（残念ながら日本語訳はまだない）。この二作を読めば、朝鮮戦争の進展状況を精しく知ることができる。

以上、代表作の三編のみを挙げたが、廉想渉の短編小説もソウルを舞台として庶民生活を描いたものが多い。廉想渉は１９３６年から10年ほどは旧満州で暮らし、解放後に一年かけて故国に戻っている。これを背景とした作品にはソウル以外の話ももちろんあるが、ここでは省略した。

《白川豊》

第7章　洪命憙《ホンミョンヒ》の『林巨正《イムコッチョン》』
迷走する大河小説

洪命憙（1888～1968）は忠清北道《チュンチョンプクト》の槐山《クェサン》で、名門両班《ヤンバン》（朝鮮王朝の貴族階級）の長男として生まれた。曾祖父は哲宗（朝鮮王朝25代国王）、祖父は高宗（26代国王）の下で高級官僚をつとめ、父親も彼が生まれた年に科挙及第している。家族と従者50人以上が住む広大な家で育った彼は当時の風習に従って11歳で早婚し、13歳のとき上京してソウルの北村にある屋敷に住んだ。科挙はすでに廃止されていたので新式学校で新知識と日本語を学び、19歳で日本に留学した。

日本では水道橋駅の近く、三崎町の大成中学校に入り、夜中に本を読み昼は寝るという生活を送った。成績は抜群だったという。このころ崔南善《チェナムソン》や李光洙《イグァンス》とつきあい、崔南善が出していた朝鮮最初の近代雑誌『少年』に翻訳を発表している。

帰国した年の夏、悲劇が起きた。朝鮮が日本に併合された日、地方長官だった父が「死んでも親日をするな」という遺言を残して殉死したのである。祖国と父親を同時に失った彼は煩悶の日々を送り、3年の喪が明けると家族に黙って朝鮮を離れた。中国と南洋を放浪して6年ぶりに槐山にもどった翌

大韓帝国時期にソウル北村の自宅で撮影した家族写真。
後列左端が大成中学校の制服を着た洪命憙。一人おいて父親と祖父。（姜玲珠氏提供）

年三・一運動が起き、洪命憙はデモを先導して獄に入る。その間に広大な屋敷は人手に渡った。

出獄後の洪命憙はエスペラントや社会主義思想の研究グループで活動するが、そのころから朝鮮では社会主義勢力が台頭して大衆運動が盛り上がった。彼は社会主義者と民族主義者が合同して創立した政治団体、新幹会で主導的な役割を果たし、その一方で、生活費を稼ぐために１９２８年から『朝鮮日報』で歴史小説の連載を始めた。それが『林巨正』である。連載は逮捕や病気によって中断しながら１９４０年まで続き、この一編によって彼は韓国文学史に名前を残すことになった。

連載を始めたとき、『林巨正』はそれほど長くなる予定ではなかった。ところが、そのあと運命が変わっていく。１９２９年、日本人学生と朝鮮人学生の車内での喧嘩に端を発して光州学生運動が起こり、その関連で洪命憙は検挙された。最初の三編である「鳳丹編」「皮匠編」「両班編」が終わろうとしているときである。

この三編で洪命憙は、暴君燕山《ヨンサン》の不興を買って流罪になった両班が逃亡して白丁《ベクチョン》（被差別階級）の娘と結婚し、燕山君の失脚後に復権して妻を都に迎えるという野談（民間に伝わる歴史にまつわる話）を土台にして白丁と両班の二つの階層を結びつけ、さまざまな話を盛りこんで両班階級の腐敗を描いた。巨正《コッチョン》は、白丁出身でありながら両班夫人となった鳳丹《ポンダン》の親戚として誕生する。弱者に優しく女性には潔癖で、両班支配の転覆を夢みる反逆児である。このころの洪命憙は巨正を理想的な人物として造型し、将来は義賊にするつもりだった。

ところが洪命憙が獄から出たとき、社会情勢は一変していた。すでに新幹会は解散し、社会運動は弾圧され、彼自身も政治運動はできない状態だった。そこで彼は、そのころ民族主義的な知識人が行なっていた文化的な抵抗運動である「朝鮮学運動」に呼応し、コンセプトを切替えて『林巨正』の連載を継続することにした。『林巨正』を朝鮮固有の歴史と風俗を忠実に再現した歴史小説へと生まれ変わらせたのである。こうして巨正は時代を超越した革命児から、16世紀の歴史と文化のなかで生きる盗賊へと変身する。

１９３２年の連載再開にあたり面目を一新した「義兄弟編」では、弓、手裏剣、石投げなど特異な技能をもつ六人の男たちが社会から吹き寄せられるように次々と青石洞に集り、巨正と七兄弟の契りを結ぶ。一人一人の冒険談と恋愛譚が各地の民俗風習をちりばめて朝鮮情緒たっぷりに語られ、『林巨正』は読者から絶大な人気を得た。ところが、このときまたもや小説の運命を変える大事件が起きた。『朝鮮王朝実録』が読めるようになったのだ。

現在、ユネスコの世界記録遺産にも指定されている李氏王朝の正史『朝鮮王朝実録』は、それまで一般人が近づけない資料だった。東京帝大には寄贈されていたが、その版が関東大震災で焼失してしまった。これをきっかけに京城帝大が写真縮刷復刻版を作成し、『林巨正』連載が再開した１９３２年に刊行したのである。『朝鮮王朝実録』には林巨正に関する記述が多く含まれており、それらは洪命憙が材源としてきた野史や民間説話とは違って歴史的事実という重みをもっていた。洪命憙はその記述を『林巨正』に取りこむことを決意し、連載を続けながら実録を精読して準備を整えた。

「義兄弟編」につづく「火賊編」では、巨正の人格がまたもや変化する。村人を虐殺し複数の女性と放埒な関係を結ぶなど、以前の彼とはまったく違う行動をとるのだが、これは『朝鮮王朝実録』にある記述にもとづいている。このころ洪命憙の健康に問題が生じたのは、創作方針を途中で無理に変えたストレスもあったのかもしれない。病気のために連載は１９３５年に再び中断する。

この休載のあいだ洪命憙は周到に準備を整えた。２年後に始まった「火賊編」の続編では、架空の物語が朝鮮王朝実録の時間の枠組にきっちりと組みこまれ、両班たちが織りなす絵巻物のような風流の場面には朝鮮情調があふれている。また架空の義兄弟たちが実在の官軍を迎え撃つ戦闘場面は歴史的事実とフィクションが見事に融合して、まさに歴史小説の白眉である。だが、力を使い尽くしたかのように連載は１９３９年に再び病気で中断し、翌年秋、雑誌に一度だけ掲載されて未完で終わった。すでに朝鮮語新聞は廃刊されており、創氏改名も始まって、時代はあまりにも暗かった。実録に記述されている巨正の悲惨な最後を書く意義を、洪命憙は見いだせなかったのだろう。彼は病気を理

達川の川原に建つ石碑（姜玲珠氏提供）

由に田舎に閉じこもり、解放の日を待つ。そして民主主義人民共和国が樹立されると副首相になった。反共を国是とする大韓民国で『林巨正』は禁書になったが、作家を志す人たちのあいだでひそかに読み継がれたという。

三・一運動後に人手に渡った洪命憙の生家は、朝鮮戦争の記憶のために北傀（北の傀儡政権のこと）首相の家として長いあいだ放置され、十数年前に私が訪れたときは庭の樹木が生い茂り、建物のなかに土足で入ったほどだった。しかしその後、地域の文化人たちが保護運動を起こして復元され、洪命憙文学館を建てる計画もあると聞いている。

生家の近くの村に先祖の墓を守る家があり、洪命憙は故郷にもどるとそこに泊まったという。よく釣りをしたと伝えられる達川の河原には洪命憙文学碑が立っている。達川の水面を見ていると釣りをしながら『林巨正』の構想を練る洪命憙の姿が浮かんでくるようだ。

《波田野節子》

コラム２

翻訳と翻案の１９１０年代

翻訳文化は都市を抜きにしては語れない。

１９００年代後半、小説改革論が唱えられ、一群の小説は新小説と名付けられた。しかし小説界の革新は思わぬ所からやってきた。１９１０年代になると、印刷技術の普及や読者層の拡大により出版市場が急成長する。その時真っ先に商品として脚光を浴びたのは、いわゆる古小説だった。古くから馴染みある愛情小説や軍談小説が活字版として生まれ変わり、広く読まれた。１９０７年に設立された博文書館からは、その古小説が数々と刊行された。当時は書店が印刷や出版を兼業することがよくあり、博文書館も南大門の近くに書店兼出版社を開いていた。

一方で東洋書院からは、ＳＦ・冒険・探偵小説などが同時に出始めた。そのほとんどは上海商務印書館の《説部叢書》を重訳したものだが、日本語訳を底本としたものも大分含まれていた。例えば１９１２年に刊行された『十五少豪傑』と『指環党』は森田思軒訳の『十五少年』（ジュール・ヴェルヌ原作）と黒岩涙香訳の『指環』（原著者不詳）の中国語版を朝鮮語に翻訳したものである。鍾路２街にそびえ立つ東洋書院の３階建ての社屋は、威容を誇っていた。

明治30年代に流行した家庭小説も、読者の人気を集めた。菊池幽芳の『己が罪』と尾崎紅葉の『金色夜叉』は、『毎日申報』にそれぞれ『双玉涙』(1912) と『長恨夢』(1913) の題名で翻案連載され、直ちに流行りものになった。『毎日申報』は日本語新聞『京城日報』（監督・徳富蘇峰）の姉妹紙で、当時朝鮮で発行された唯一の朝鮮語新聞だった。京城日報社は１９１３年まで忠武路《チュンムロ》付近にあったが、１９１４年頃に現ソウル市庁の敷地内に移転し、尖塔のある新社屋を構えた。

家庭小説のブームには二つの仕組みが功を奏し

『長恨夢』の表紙

た。まず、翻案だったこと。広告では「健全な家庭」や「文明社会」を揚げていたが、実際は三角関係・重婚・秘密の出産などセンセーショナルな出来事が挿入された。にもかかわらず、人々は違和感よりも好奇の目を以てその異文化を楽しんだ。人名や地名を朝鮮風に変え、慣習や事件も大胆に変えたりしたため、翻訳よりもはるかに受け入れやすかった。連載と同時に続々と演劇化されたことも流行の決め手となった。その演劇は新聞社の手厚い支援もあり、上演のたびに話題を呼び世間を騒がせた。「悲泣場」と呼ばれるほど、劇場は舞台と客席の涙であふれていた。新派劇の上演場としては、仁寺洞《インサドン》の延興社が一番有名だった。

物語は近代という蒸気船に乗り、次々と海を渡った。よく知られているように、バーサ・M・クレーの『女より弱き者』は『金色夜叉』を経て『長恨夢』になった。それだけではない。様々な大衆小説が日本を経由して、朝鮮にやって来た。19世紀後半のロンドンやパリから、センセーション小説・推理小説・ロマンスなどがアメリカに渡り、廉価本として大量に刊行された。それらの作品が明治20～30年代の日本に流れ込むと、探偵小説や家庭小説などに換骨奪胎され、人気を博した。そして朝鮮にたどり着く（冒頭で述べたように、中国を経由したものも少なくない）。第一次世界大戦が勃発すると、西洋への関心はさらに高揚し、涙香の『巌窟王』（モンテクリスト伯）や『噫無情』（レ・ミゼラブル）までも日本語から翻訳連載された。その後は新鮮味が色褪せ、活動写真や映画に代わった新派劇のように、翻案も徐々にその座を翻訳に奪われることになる。

《崔泰源》

コラム３

韓国の演劇

韓国の近代演劇の起源は１９０２年の協律社《ヒョンニュルサ》の設立から始まるというのが、衆目の一致するところである。大韓帝国皇室が設立した協律社では伝統演戯を改良した公演が行われた。１９０８年には近代式の劇場である円覚社《ウォンガクサ》が設立され、唱劇（複数の唄い手で演じるパンソリ）という形の「新演劇」が公演されるが、これは演戯改良運動の決定版と言えるものだった。１９１０年の日韓併合のあとは日本の新派劇の影響が急速に広がる。１９１１年には新派劇団「革新団」が創立されて韓国最初の新派劇の公演が行われ、その後も新派劇団の創立があいついで１９１０年代後半まで新派劇が流行した。

三・一運動の直後、民族運動の一環として青年知識人を中心に文化運動が盛んに行われ、新劇運動もそのなかでスタートした。１９２０年に東京留学生が中心となって設立した「劇芸術協会」は、21年夏に故国巡回公演を行うが、これが韓国で最初の近代的公演である。翌22年に東京で設立された「土月会《トウォルフェ》」も23年にソウルで新劇を公演し、このとき新劇女優第一号が誕生した。本格的な新劇運動は30年代に「劇芸術研究会」によって行われた。この研究会は8年ものあいだ創作劇と翻訳劇を公演しつづけて新劇の定着に大きく貢献した。20年代半ばにはプロレタリア演劇運動が始まる。１９３０年にカップ（朝鮮プロレタリア芸術家同盟）の演劇部設立を契機として主な工業都市にプロ演劇団体がつぎつぎに結成されていった。しかし、１９３４年に起きた弾圧事件と翌年のカップ解散とともにプロ演劇運動は中断する。

１９１０年代に流行した新派劇は20年代以降に姿を消したように見えたが、その人脈と美意識は大衆劇団に引き継がれていた。言論の注目は受けなかったものの、大衆劇は着実に観客を惹きつけた。1935年にソウルに設立された韓国最初の演劇専用劇場「東洋劇場」は傘下に複数の専属劇団をもち、専属劇作家、演出家、俳優を選抜して月給制で雇用した。演劇界の人材を集め、訓練システムをもち、1940年代初めまで大衆の人気を得た。1940年代は太平洋戦争が勃発して戦時体制に突入し、植民地である朝鮮の演劇人は「国民演劇」という名の演劇動員への参加を強要された。

1945年の解放直後の3年間、韓国演劇界は左翼と右翼の対立に明け暮れた。48年に南北で単独政府が樹立されて分断が決定的になると、南の演劇界でリーダーシップを取ったのは1930年代の「劇芸術研究会」出身者だった。1950年にできたアジアで初めての国立劇場と国立劇団、そして50年代を代表する演劇団体「新協」も彼らによって運営された。1960年代に入ると多くの若い演劇人が登場して同人制の劇団を設立し、演劇界の勢力交替をなしとげる。こうして過去の古い写実主義の演劇は、新しい脱写実主義、修正写実主義演劇へと変わりはじめた。1970年代には韓国演劇のアイデンティティへの模索がはじまり、伝統演戯にもとづいた実験的な演劇が流行した。

植民地時代には文化インフラがソウルの明洞《ミョンドン》一帯に集中し、解放後もひきつづきここが演劇の中心だった。だが1973年に国立劇場が奨忠洞《チャンチュンドン》に移転し、鍾路《チョンノ》一帯に小劇場ができると、演劇の脱明洞化が始まる。1981年に東崇洞《トンスンドン》に文芸会館（現アルコ芸術劇場）が設立されたのを契機にその周辺に小劇場が続々と集まり、新しい演劇中心地は「大学路《テハンノ》」へと移った。現在の大学路には120から130の小劇場が集まり、日々様々な公演が行われている。大学路の演劇通りは、北は恵化洞《フェファドン》、南は梨花洞《イファドン》、西は昌慶宮《チャンギョングン》、東は漢城《ハンソン》大学入口駅まで広がっている。

《李相雨》

コラム4

韓国の「ノラ」たち

1900年代、朝鮮の開化を背景に生まれて人気を博した啓蒙主義的な小説を新小説という。その嚆矢《とうや》である李人稙《イインジク》の『血の涙』をはじめとして、新小説の主人公は不思議なことに大部分が女性であり、その基本的なストーリーは彼女たちが家を出て経験する冒険談である。男性は家の外、女性は家の中と教えた儒教の伝統から見てまさに破格の発想といえる。このような女性の「脱家」ストーリーは、その後も李光洙、金東仁、廉想渉、蔡萬植、李箱など、韓国文学の正典《キャノン》となる代表的な男性作家たちの作品に見られ、そこでは家を出た女性たちは往々にして堕落し、ときに死にいたる。植民地期に女性の「脱家」モチーフが多くの男性作家の作品にくり返し現われるという事実は、家を出る女性という表象が、実は集団的無意識に由来する国家喪失の文学的表現であったことを示している。しかし、男性作家にとって喪失である「脱家」は、女性から見れば「脱出」だった。

平凡な妻であり母だった女性が人間としての生き方に目覚める姿を描いたイプセンの戯曲「人形の家」が初めて伝わったのは1921年。『毎日申報』に連載され、その後も何度も翻訳されて朝鮮にセンセーションを巻き起こした。羅蕙錫《ナヘソク》、金《キム》一葉《イルリョプ》、金明淳《キムミョンスン》ら朝鮮の第一世代の女性作家はみな日本に留学生して学んだいわゆる「新女性」である。この時代には女性が家を離れて海を越え他の土地で学んだという事実だけで、「ノラ」の資格を得るには十分であった。彼女たちは男性作家の作品のモデルになったり、自分自身を作品化したりしながら、家父長制の社会通念と真正面から衝突し、戦い、それまでとはまったく違う進取的な女性像を作り上げることに寄与した。

『毎日申報』に連載された「人形の家」の最終回には、羅蕙錫が書いた原文にはない詩が掲載されている。自分には「神聖な義務」があることに気づいたとして、人になる道を進んで行けるようノラを解放してほしいと訴える詩である。これに先立って羅蕙錫は東京の女子留学生雑誌『女子界』に「瓊姫《キョンヒ》」という短編を発表し、父親の結婚強要に屈服せず勉強を続けようと決心する留学生を描いたが、これは彼女自身をモデルとしていた。

　金一葉は1922年に「ノラ」というタイトルで刊行された「人形の家」の跋文で、目覚めたノラが数多く現れねばならないと訴えた。そして数年後に新聞に発表した短編小説「自覚」で、夫に棄てられた旧式女性が覚醒して自立する姿を描いた。これはその1年前金一葉の短編と同じ紙面で載せた事件と似ているが、現実の女性は実際には周囲の無理解のために道を閉ざされていた。

婦女之光創刊號
아바님 어마님
죄업는사람을가두지마시오

「少女の哀願」『婦女之光』1924年7月
（雑誌、韓国・高麗大図書館所蔵）

　こうして第一世代の女性作家たちは「人形の家」への深い共感を土台として作品を書いた。彼女たちは、男性作家たちが描いたような堕落や死にいたるノラではなく、明るい未来に向かって進む積極的な女性を造形した。とはいえ家を出たノラたちが現実を克服する手段が「啓蒙教育」であるという点は、李人植の『血の涙』から李光洙の『無情』へと連なる啓蒙路線を継承するものであり、これは朝鮮のノラの特色でもあった。啓蒙教育の抽象性は現実の生活には無力である。やがて当時の厚い社会慣習の壁にぶつかった彼女たちは、自分たちが描いた女性たちの生ではなく、むしろ彼女たちを描いた男性作家たちの作品に近い現実を生きることになった。金一葉は僧になり、金明淳は精神を病み、羅蕙錫は行路者として死亡したという。

《李亨真》

III

近代の小説家

第8章　春川《チュンチョン》のジャガイモと金裕貞《キムユジョン》の「冬椿花《つばき》」

韓国のツンデレ少女

ソウルの慶熙《キョンヒ》大学近くの回基《フェギ》駅から春川行きの鈍行に乗り、20駅行くと「金裕貞駅」に着く。人の名前を駅名に使った韓国で最初の駅だ。駅は伝統的な瓦葺きになっていて、この建物自体も一見の価値がある。ここで降りて5分歩けば金裕貞文学村だ。復元された藁葺き屋根の「生家」、作家の生と作品世界が一目でわかる展示物と映像がある「金裕貞物語の家」、彼の生涯と作品と遺物を展示した「企画展示館」、そして観光案内所はもちろん、韓服《ハンボク》、韓紙《ハンジ》工芸、民画、陶磁器などを体験できる「体験館」が10棟あまり並ぶ規模の大きい文学村である。2015年現在77万人が訪れ、韓国の単一文学館としては最大の訪問客を誇る。

これほど多くの人々が訪れる文学村が記念する作家、金裕貞（1908～1937）とはいったいどういう

金裕貞

人物なのか。彼は1908年にソウルで生まれた（春川で生まれたという説もある）。ソウルで普通学校を卒業し、そのあともソウルの学校に通った。現在の延世《ヨンセ》大学（よく延世大を慶應、高麗《コリョ》大を早稲田に喩えるように韓国最高の名門私立大学であり、バンカラな高麗大に比べておしゃれなイメージがある）に入学したモダンボーイであり、植民地時代のモダニスト芸術家集団である「九人会」のメンバーだった。これだけ見ると、モダンな都会人の生活を描いた作家のように思われるが、面白いことにその逆で、田舎を描いた作品が多い。一番有名なのは、韓国の中学校の国語教科書に載っている「冬椿花」で、韓国人なら誰でも知っている小説だ。舞台は江原道《カンウォンド》の春川、田舎の純朴な少年と少女のラブストーリーである。

壇香梅の花

江原道は日本に喩えるなら北海道だろうか。大関嶺《テグァルリョン》で放牧する乳牛とおいしいジャガイモが有名で、雪もたくさん降るのでたしかに似ている。北海道の清らかな初恋といえば韓国人は誰でも『Love Letter』（1995年公開）を思い浮かべる。だが果して「冬椿花」もそんなラブストーリーなのだろうか。

小説の主人公は二人とも17歳だから満で15～16歳、今の高校1年生である。皆さんはどんな姿を想像するだろうか。恥じらうチマチョゴリの少女と、好きなのに照れくさくて口に出せない少年、そして彼らをとりまく美しいツバキの林？——大間違いである。そもそも冬椿花は、あの赤い椿の花ではない。クスノキ科の壇香梅《だんこうばい》という落葉樹の小木に咲く黄色い花を、江原道ではこう呼ぶのである。枝を折るとよい香りがするが、赤い椿とはまったく違う。

小説のストーリーに入ろう。この小説の前半には、もしかしたら韓国小説で一番有名かもしれないセリフが登場する。「あんたのうち、こんなのないでしょ」、焼いたジャガイモを三個とりだしながら少女が言う。「春のジャガイモはすごく美味しいのよ」。その言葉を恩着せがましく感じて気分を害した少年が、「おれ、ジャガイモなんかいらん。おまえが食えよ」と答えると、少女は怒りのあまり涙ぐむ。以後、少女は自分の好意を拒絶した少年に復讐するために彼の家のメンドリを虐待する。そして怒った少年と口喧嘩をしながら、あの有名なセリフを口にするのだ。「バカ！　あんたは生まれつきのバカよ。あんたの父さん、コジャなんだって？」コジャとはインポテンツのことである。はばかることなく罵詈雑言を口にする少女。ここでの「バカ」は自分の心をわかってくれない少年への恨みであり、その恨みがセクシャルなものであることを「コジャ」という表現は暗示している。自分の悪口ならともかく、父親の悪口をいわれて少年はひどく腹を立てる。このあと少女は自分の心を受け入れない少年に復讐するため自分の家のオンドリを少年の家のオンドリにけしかけ、怒りに駆られた少年はつい少女のオンドリを殴り殺してしまう。自分が失敗したことに気づいた少年は怯えてオンオンと泣きだす。すると少女は少年に近づき、もうあんなことしちゃダメよと言って肩に手をかけ、咲き乱れる冬椿花のなかに倒れこむ。そのあと何があったのかを作家は読者の想像に任せているが、少女は少年にこんな意味深長な言葉をささやく。「誰にも言っちゃダメよ」。

　中学時代に国語の教科書でこの短編を読んだときは、少女の愛に気づかない少年の態度と、そんな少年をいじめるお転婆な少女のふるまいと言葉に大笑いしただけだった。ところがあとで読み直し、もしかしたら少年も少女の気持ちに気づいていたのに、身分の格差のせいで拒絶したのかもしれないと考えるようになった。少女はわりと裕福な小作管理人の娘で、少年はその家に世話になって暮らす貧しい小作農である。少年が少女を避けながら「おれがチョムスン（少女の名前）とコトを起こしたらあの子の家は怒るだろうし、そしたらうちは土地も取り上げられて家も追い出される」と考えていることがこれを裏書きする。

一方、少女の立場からこの小説を読むと、また違った部分が目に入ってくる。少女は少年のためにジャガイモを焼いた。なぜ蒸すのではなく焼いたのか。蒸しジャガイモはまとめて大量に蒸すから作るのが簡単である。ところが焼きジャガイモは少量で焼き、焦がさないよう気を遣わねばならない。つまり少女は蒸しジャガイモが余ったから少年にあげたのではなく、少年のためにわざわざ焼いたのだ。そのうえ、少年が少女のストレートな性格を描写するエピソードで、少女が村の老人たちに「そろそろ嫁に行くころかな」と聞かれて「心配ご無用。行く時がきたらさっさと行くわよ」と答える場面がある。これを少女の立場から見ると、好きな少年が聞いている場所で老人から早く嫁に行けと言われ、行く時がくれば自分で決めて行くと答えることにより、少年に向かってそれとなく、自分はまだ嫁ぎ先がきまっておらず、行く時がくれば自分で選択するという意思を伝えているのだ。

このように金裕貞の「冬椿花」は、少年の立場、少女の立場、大人の立場から読んだとき、それぞれ違った顔をもって読者に近づいてくる。だから今日も金裕貞文学村を訪れるたくさんの老若男女たちは、焼きジャガイモを食べながら、各自の心のなかでそれぞれ違ったツンデレ少女とその彼女のふるまいに当惑する少年の姿を思い浮かべるのである。

《鄭基仁》

第9章 李《イ》泰《テ》俊《ジュン》と城《ソン》北《プク》洞《トン》

陶磁器蒐集家たちの社交場

純粋文学を代表する李泰俊(1904～?)の小説「月夜」(1933)は、次の一節から始まる。「城北洞に移ってから五、六日が経っただろうか、その晩わたしは読みかけの新聞を枕元に投げやりながら寝転ぶと、あらためて『ここは本当に田舎だな』と思った」(筆者試訳)。李泰俊の姿を彷彿させる主人公の「わたし」と、「出来損ない《モンナニ》」と称される新聞配達員の黄寿建《ファンスゴン》が交わす話は、取り留めのない内容ばかりだが、そこに城北洞の緩やかな時の流れを感じとれるだろう。語り手のことばを借りると、配達時間はろくに守らず、他所から盗んで来てまで葡萄を「わたし」に届けようとする黄寿建の人柄は、なによりも城北洞の田舎らしさを引き立てるという。都会では、その存在感が埋もれてしまうためだろうか。小川のせせらぎと松籟《しょうらい》が響き渡る城北洞は、ソウルの中心部から程よく離れた自然豊かな地域であり、現在も閑静な住宅街として名高い。

１９３３年、城北洞に伝統的な造りの家を構えた李泰俊は、家族と共に幸せな生活を送った。小説家として創作を続けるかたわら、新聞社の学芸部長や朝鮮語の講師としても活躍した李泰俊。職場のある市内へは、恵化門《フェファムン》（東小門《トンソムン》）まで歩いて移動しバスに乗り換えていたようだ。そして勤めを終えると、都市の喧騒から離れた自宅の庭先に佇み、城壁越しに夕陽を眺めていた。このとき李泰俊の心は時空を超え、古《いにしえ》へと向かっていた。目の前にそびえる城壁は単なる景色というより、古に通ずる旅の入り口であった。旅の始まりは、幼少期にさかのぼる。

李泰俊の幼少期については、いくつかの随筆と小説『思想の月夜』（1941）に詳しいが、幼くして両親を亡くした経験は彼の人生に大きな影響を及ぼした。その一つに陶磁器に対する並々ならぬ愛着がある。文学史において、李泰俊は小説家のほかに陶磁器の蒐集家としても有名である。ただ陶磁器に興味を持ったきっかけが、父親の形見の硯滴《けんてき》であったことはさほど知られていない。孤児として育った李泰俊にとって、硯滴はまさに父親そのものであった。

李泰俊

陶磁器の専門誌『陶磁』に日本語で発表された随筆「破片的な話」（1933）を読むと、父親の形見である硯滴は眺めるほどに愛慕の念が湧き、寂しさを和らげる心の支えであったことが分かる。これは朝鮮時代の白磁を「忙しいときにはなきに等しく見えないものであるが、静かなときはすぐそばで待ってくれていた。静かに慰めと安息を与え、飽きることのない永遠の器である」（熊木勉訳）と評した、小説「夕陽」（1942）の一節からもうかがえる。「夕陽」は新羅の古都慶州を舞台に、李泰俊の東洋趣味が惜しみなく表現された珠玉の作品である。

孤独を感じる度に硯滴を取り出し、心の穴を満たしていた李泰俊は、次第に陶磁器に夢中になり蒐集家の道を歩んでいった。１９３３年には、蒐集品を自ら東京まで運び「李朝古陶磁展」を催すほどであった。東京の骨董品屋でも良品を探しまわった李泰俊は、城北洞へ戻ると時間も忘れて白磁に見入った。その方法とは、直感を頼りにじっくりと鑑賞するものであった。白磁を眺める李泰俊は、そこに古人の生活の垢を見出していた。ふちが欠け表面に染みの付いた白磁を五感で味わいながら、静かに古人と心を通わせたのである。そのとき室内には、静寂と虚無の世界が広がっていた。何よりも虚を好む李泰俊は雅号として尚虚《サンホ》を名乗った。虚を重んずるという意味が込められた名である。

李泰俊は城北洞の自宅に友人らを招き、蒐集した陶磁器を鑑賞することも多々あった。とくに陶磁器の蒐集家として名を馳せた画家の金瑢俊《キムヨンジュン》と実業家の裵正国《ペジョングク》は、城北洞の隣人でもあり日頃から李泰俊と行き来があったようだ。ある随筆で、李泰俊は雪の降る日に隣人の来訪を待ちわびる心情を綴ったが、この隣人とは金瑢俊と裵正国であった。陶磁器が織りなす友誼《ゆうぎ》は、出版物へと続いていく。

李泰俊が主宰する文芸誌『文章』は、金瑢俊と吉鎮燮《キルジンソプ》が描いた梅や柳が表紙を飾り、同時代の詩と小説以外にも朝鮮時代の文学や美術に関する論考、蒐集家たちの随筆が多く掲載された。『文章』は李泰俊とその周辺の文化人の世界観が、直に反映された雑誌であった。そして植民地支配からの解放直後に出版社・白楊堂《ペクヤンダン》を立ち上げた裵正国は、まっさきに李泰俊の名文をまとめた『尚虚文学読本』（1946）を手掛けた。この読本は朝鮮語の読み物に対する需要が高まるなかで版を重ねた。表紙には朝鮮時代の菱花版《ヌンファ》を使用し、題字は書道に造詣が深い裴正国が自らしたためた。継承すべき「朝鮮」の伝統を前面に押し出した書物ともいえる。こうして城北洞で形成された蒐集家の交友関係は、一冊の本として実を結んだのである。

ただ、李泰俊は『尚虚文学読本』の刊行前後に38度線を越えて北へと渡り、平壌を中心に活動した。城北洞での生活は、解放期に突如として幕を閉じたのである。越北後も一時は作家として活躍したとされるが、その足取りはいまも不明な点が多く、生没年も「１９０４〜？」と書かれている。これは南北の分断が、文学史にも大きな影響を与えているためである。韓国では李泰俊のように北に渡った文人を越北作家と呼び、１９８０年代末まで本格的な研究や作品集の出版が許されなかった。文学史では越北作家の名前を「李○俊」のように伏字にするなど、正しく表記することすらままならない状態が続いた。いまでは全集も編まれ、論文も多数発表されている。

ここに記した李泰俊と城北洞をめぐる逸話は、ソウル留学時代に新聞や雑誌を読み漁るなかで、新たに確認した事柄に基づいている。図書館で偶然にも全集未収の文章を目にし、断片的な情報をつなぎ合わせる作業は驚きの連続だった。城北洞に『文章』や白楊堂の源流があったというのだ。そして陶磁器に対する思いが込められた「破片的な話」は、李泰俊研究に新たな視座をもたらす内容であった。

城北洞の李泰俊宅は、現在ではソウル市の民俗文化財に指定され、茶房・壽硯山房《スヒヨンサンバン》として開放されている。ある冬の日の午後、城北洞の静寂を肌で感じようと李泰俊宅を訪ねた。玄関先に掛かる家族写真が、客人をあたたかく迎えてくれた。部屋の片隅に腰を下ろすと同時に、陶磁器を愛でる李泰

李泰俊の暮らした壽硯山房（2018年1月 執筆者 撮影）

俊の後ろ姿を想像してみる。週末になると安らぎを求める人々で賑わいをみせるが、平日には往時の静けさにつつまれる。そっと耳を澄ますと、いまにも蒐集家たちの清談が聞こえてきそうだ。窓に目を向けると、小雪がちらついていた。もうすこし、ここにいよう。李泰俊が隣人の来訪を心待ちにしたように。

《柳川陽介》

第10章　李箱《イサン》のたどった明洞《ミョンドン》─新宿

からっぽな「わたし」の発見

李箱（1910～1937）は韓国併合直後にあたる1910年9月23日、ソウルに生まれた。幼くして伯父の家に養子に出され、養家の長男として育った。自画像が朝鮮美術展覧会（鮮展）に入選するほどの絵画の才能を持ちながら、実学を好んだ養父の意向により工業学校で建築を学び、朝鮮総督府の下級官吏となってから登壇するという異色の経歴を持つ文学者である。型破りな作品が一部の同時代人から注目され、持病の結核のため職を辞してからは、文人の集まるカフェーや喫茶店の経営・仲買をしながら、代表作を次々と発表した。現在では韓国近代を代表する文学者のひとりに数えられ、その謎めいた作品は多くの韓国の人々、また韓国語を学ぶ人々を魅了しつづけている。

李箱の作品の大半は、かれが生まれ育ったソウルという

李箱

都市と深く結びついている。李箱の養家は、ソウル地下鉄3号線・景福宮駅《キョンボククン》の近くに位置し、現在は「李箱の家」という名前で、伝統家屋の外観と構造を活用したギャラリー・スペースになっている。その周辺は、「十三人の児孩《こども》が道路へと疾走します。（道はゆきどまりの路地が適当です。）」という、その不気味さから発表当時スキャンダルとなった連作詩「烏瞰図《オガムド》」の一節を、今でもかろうじて思い起こさせる雰囲気がある。

私娼の「妻」に寄生する男が主人公の短編「翼」は、李箱の代表作のひとつであると同時に、当時京城《けいじょう》と呼ばれた、植民地支配下のソウルの姿を鮮やかに切り取った作品である。

小説は、「剥製になってしまった天才」であるとされる一人称の書き手「わたし」が、「妻」と自分のこれまでの生活を回顧する叙述によって成り立っている。日の当たらない自室にひきこもって暮らす「わたし」は、障子一枚をへだてた表の部屋で客を取る「妻」の動静に強い関心を抱く。このときの「わたし」は、「妻」の行為の意味を理解できない一種の退行状態にあるが、やがて隙を見て街への外出をくり返すようになり、社会性を少しずつ回復していく。その過程で、「わたし」はあたかも「妻」の客の行為をなぞるように、「妻」にわずかな額の金を渡して同じ布団に入って寝るようになる。しかし、この段階に至っても、「わたし」は「妻」との関係のなかで性愛の主体となることはおろか、「妻」の職業が何を意味するのかすらはっきりと語ることができない。

このように「妻」という女性を認識しそこねつづけた「わたし」は、物語の最後で、真昼の京城の三越百貨店に到着する。その建物は、ソウル・明洞《ミョンドン》にある新世界《シンセゲ》百貨店の本館として、今でも現役で使用されている。周辺にはほかにも、現代的な超高層ビルが林立するロータリーを囲んで、朝鮮銀行本店（現・韓国銀行貨幣博物館）や朝鮮貯蓄銀行（1987年まで第一銀行本店）など、1930年代に建てられた西洋式石造建築が現存している。当時の京城随一の繁華街だった本町《ほんまち》の入口にあたり、現在もソウルの経済の象徴的中心という感のあるこの交差点の景観は、東洋の後発列強国・日本による植民地支配のもとで、資本主義経済体制に組み込まれたというこの都市特有の歴史を、あたかも断層のように見せてくれる。

新世界百貨店（2017年3月 筆者撮影）

日当たりの悪い私娼宿の一室から真昼の京城三越への移動によって、「翼」はクライマックスとともに幕切れを迎える。京城の私娼街が日本人の移住とともに導入された近代公娼制の裏面に成立し、京城の経済的中心が日本の資本・金融の進出により成立したという意味で、この移動は京城という植民地都市に生きる経験を象徴する。三越前の雑踏で逡巡する「わたし」は、時あたかも鳴り響いた正午を告げるサイレンの音をきっかけに背中にかゆみをおぼえ、これを「人工の翼が生えていた痕」であると認識する。そして、ふたたび生えてくる翼によって飛ぶことを希求する「わたし」の、「飛ぼう」という心の中の言葉によって、小説は結ばれる。

こうした幻想的なイメージの源泉は、芥川龍之介の遺作「或阿呆の一生」に求めることができる。芥川は、蠟《ろう》でできた翼を持って飛翔し、太陽の熱のために墜落したギリシア神話のイカロスに若き日の自分自身をなぞらえ、古道具屋で見かけたぼろぼろの白鳥の剥製を前に、「唯《ただ》発狂か自殺か」が残されているのみであることを悟る。「剥製になってしまった天才」という「翼」の「わたし」の造形はおそらく、自殺した芥川のこうした記述を下敷きにしたものである。だが、それでもなお「翼」の「わたし」は、「人工の翼が生えていた痕」を皮膚に感覚し、それがふたたび生え、飛びたっていくことを願う。この矛盾した引き裂かれ方に、「世界」なるものの本当の姿はここにはないのではないか、という李箱の怨念めいた思いが感じられてならない。

李箱は「翼」を執筆してから、1936年秋に東京に渡る。東京で書かれた「失花」という遺作は、東京と京城という二つの都市にまたがる魔術的な時空間の交錯が特徴的な短編小説である。この小説の書き手「わたし」こと「李箱」は、小説の終わりで、深夜の新宿駅のホームで酔ってふらついている姿で描かれる。全編を通じて、自分は何者なのか、という強迫的な問いにさいなまれつづける「わたし」は最後に、「わたしという正体は、誰かがインク消しで消してしまった」という決定的な自己喪失の感覚を語る。骨と皮だけのやせ細った身体をもつ「わたし」は「形骸」であり、「誰か」が「正体」を消してしまったあとの「痕跡」でしかないというのである。ここで選びとられた「インク」という言葉が、ほかならぬ文字にされた言葉の換喩であるという点で、この表現はひとりの文学者をおそった自己喪失の深刻さを印象深く伝える。

同時にこの表現は、当時の朝鮮の表現者に課されていた検閲という歴史的・制度的条件についての想像を触発するものともなる。印刷製本後の納本によって運用された日本内地の検閲制度とは異なり、朝鮮在住の朝鮮人に適用された「出版法」では、検閲の対象は「稿本」、つまり肉筆原稿とされていた。それは、植民地権力が字句の削除や原稿そのものの没収という形で、書くことに要される身体の動作や時間の経過を色濃くたたえた手書きの「インク」からなる文字に介入していく手続きにほかならない。「わたしという正体」を「誰かがインク消しで消してしまった」という感覚は、ともすれば、朝鮮人にして表現者であることの根底に横たわる、植民地検閲の痛みの象徴的な表現でもあったのではないか？

同じく遺作となった「東京」という随筆で、李箱は新宿のことを「鬼火のようなこの繁栄三丁目」と書いている。東京に渡ってから、李箱は東京という都市に対して辛辣でありつづけた。東京で「世界」なるものの本当の姿を垣間見ることを、おそらくいくばくかでも期待していただろう李箱が、新宿の「繁栄」を「鬼火」にたとえたという事実は、その期待が手痛く裏切られたことを雄弁に伝えてやまない。そして、その裏切られたという感覚は、それまで想定してきた「世界」なるものの無効性に対するきびしい自覚でもあったはずである。

李箱が住んだ東京には、１９３６年の二・二六事件後の緊迫はもちろんのこと、１９２３年の関東大震災のなかで起こった朝鮮人虐殺の記憶も、いまだ生々しく底流していたことだろう。その東京で、李箱がまさしく「正体」を問われることによって結果的に死に至らしめられたことは、凄惨な皮肉というほかない。李箱の友人たちの証言や回想は、李箱が１９３７年２月ごろに曖昧な罪状によって逮捕され、西神田警察署に収監されたことを伝えている。この収監が持病の結核を悪化させたために保釈となったが、１９３７年４月、入院先の東京帝大病院で李箱は亡くなった。

《相川拓也》

第11章 李孝石《イヒョソク》と郷土の原風景

今に生きる「嶺西《ヨンソ》の記憶」

欠けてはいたが十五夜を過ぎたばかりの月は、柔らかい光をたっぷりふり注いでいた。大和までは七十里の夜道で、峠をふたつ越え、野川をひとつ渡って、野っ原と山道を通らなければならない。道は今ちょうど長い山腹にさしかかっていた。真夜中を過ぎた頃だろうか、死んだような静けさの中に、生き物のような月の息づかいが手にとるように聞こえ、大豆や唐もろこしの葉が月明かりにひときわ青く濡れていた。山腹は一面そば畑で、咲きはじめの花が塩をふりまいたように快い月明かりに映えて、息詰まるようであった。（長璋吉訳）

月明かりを受けて輝く大豆ととうもろこしの葉っぱ、そして辺り一面に広がるそばの花。ロバに乗った三人の旅商人が一列に並んで、軽やかな鈴の音を鳴らしながら、その山道を流れていく。韓国の読者ならだれでも一度は読んだことがあるはずの、李孝石（1907～1942）の短編「そばの花の咲く頃」の有名な一節である。その背景となった蓬坪《ボンピョン》は、江原道《カンウォンド》の平昌《ピョンチャン》郡に位置する。2018年に平昌で冬季オリンピックが開かれるまで、この地を訪れる人々の目当ては、やはり作家の李孝石（1907～1942）とマックス（そばで作る冷たい麺料理）であった。

文学館観覧客を迎える李孝石の像 ©KIM Jooin

李孝石が生まれ、少年時代を過ごした蓬坪には、今世紀の初めに李孝石文学館が建立された。有名作家ゆかりの地に多くの文学館が立て続けに誕生している今日においても、李孝石文学館はもっとも成功した文学館のひとつとして、ゆるぎない大衆的人気を誇っている。文学館の展示資料だけではなく、それを囲む自然と様々な造形物が人々を彼の生と文学への旅へと導いてくれるからであろう。文学館の近くには、彼の生家と平壌時代を過ごした「青い家」が復元されており、文学館の中へ足を運ぶと、人生の楽しみだった蓄音機の音楽とコーヒーの香りに包まれて、原稿を書いている彼の像が人々を迎えてくれる。文学館の周りには「そばの花の咲く頃」に登場する水車小屋や蓬坪の市、飲み屋の忠州屋なども再現されており、運が良ければ、今でも5日に一度立つ蓬坪市を見物することができる。しかし、何よりも人々を小説の世界に直接的に誘うのは、「塩をふりまいたよう」なそばの花であろう。それが見ごろとなる9月下旬に、この町では李孝石に関連する様々な行事が開催される。

李孝石が生きた時代に、この地域からソウルまでは、「百重山《ももえ》を越え、原州、驪州を通る五百里の道程」（「杏」）だった。4歳の時に一度蓬坪を離れ、ソウルで過ごすことになった李孝石は、「ザクロ」の女の子がそうだったように、お輿《みこし》のなかで何日も揺れてやっとソウルに着いたのかも知れない。2年後に蓬坪に戻り、平昌公立普通学校を卒業した彼は、再びソウルの学校に進学し、それ以来この故郷には戻っていない。京城帝国大学で英文学を学び、在学中に作家として名を成した彼は、咸鏡北《ハムギョンプク》道《ト》の鏡城《キョンソン》や平壌の専門学校に勤める傍ら、創作を続けた。

そのため、彼の小説にはソウルや平壌といった、「何重にも秘密を隠している陰気な洞窟」（「季節」）のような都会で生を営む都市貧民や、華やかな都市生活の裏に目的を失って彷徨う知識人と芸術家の生活を描いたものも多い。「そばの花の咲く頃」を書くまで、生まれ故郷である蓬坪は、彼の「故郷」として顕在化しなかった。その直後に発表した随筆「嶺西の記憶」（嶺西とは、江原道を縦に走る山脈の西側を指す）で、彼は自分がそれまで故郷といえるものを持たない身であったことを告白する。そして、そこからの脱出を宣言するかのように、蓬坪、つまり嶺西の記憶を読者の前に広げ始めた。この転換を作品を通じて示したのが「そばの花の咲く頃」であり、同じく蓬坪を背景にした「杏」と「山峡」である。

これら「嶺西三部作」のなかで蓬坪の自然は、当時李孝石の作品の大きな主題であったエロティシズムの世界のよき背景となっている。魔術のような自然の魅力（「野原」）のせいだっただろうか、あるいはその調和が神妙すぎるという嶺西の月（「嶺西の記憶」）のせいだっただろうか、水車小屋で、杏の木の下で、そして百日祈願のために山寺（五大山月精寺）に向かう山道で、男女は秘密を作ってしまう。「杏」や「山峡」では、その衝動が、血のつながりこそないが、家族間で起こったものであったために、人間の倫理を超えたところに存在する自然の力をより強烈に感じさせる。プロレタリア文学の性格を帯びていた初期作から離れ、エロティシズムの世界へと移行する分水嶺となった「豚」以降、人間の愛欲と動物のそれとを重ねる書き方は、李孝石作品に広く見られるものである。

孝石月明かり丘にあるロバの形の展望台 ©KIM Jooin

「嶺西3部作」でも、蓬坪の山や野原、小川を背景に、人間の性と自然との対比が特有の精錬された文体で紡がれている。「そばの花の咲く頃」で、「おいぼれのくせにさかりついて」暴れ、子供たちにからかわれてしまうロバの醜態は、主人公の許生員《ホセンウォン》自身のそれに他ならない。そのロバがそれでも、仔を産ませていたという話は、許生員と童伊《トンイ》の関係の伏線にもなっている。「山峡」では、始終人間の生殖は牛のそれと同一視されており、子作りのために新たに迎えた妾との初夜は、部屋ではなく牛小屋で行われる。動物だけではない。「杏」では、「際立って白くぷるぷるした体」をしたソウルの女に対する村人たちの関心が、彼女の家の内情を覆い隠す杏の木に対する視線と重なる。黄色く熟してたわわに実った杏を眺めながら、村人たちは知らぬ間に口の中に唾を溜めてしまうのである。

じつは、李孝石の作品世界は、階級意識の濃厚な初期の作品群から異国情緒や西欧文物への強い憧れと理解を示した作品群まで、多様なスペクトラムをもっている。しかし、現代の韓国人にとって、彼は何よりも「そばの花の咲く頃」という傑出した郷土文学を残した作家として記憶されている。韓国人一般の郷土の記憶は、彼の作品を通じて生き永らえてきたといっても過言ではない。かつて、李孝石は、白石の詩集『鹿』について、その素材と情緒がそれを生み出した一地域に限らず、朝鮮半島の皆のものであると賞賛していた。彼自身の見せてくれた郷土も、まさにそのような力を持っていたのである。

１９７０年代に高速道路が開通し、冬季オリンピックを機に高速鉄道まで作られた今日、ソウルから平昌まではわずか1時間半の距離にすぎず、そこはもはや百重山を越えて辿りつく場所ではない。それでも、そこは変わらぬ郷土の風景として、これからも長らく韓国人の心を魅了するだろう。故郷を遠く離れた李孝石が、「嶺西の記憶」でなつかしく思い浮かべた、このような風景として。

だんだんと晩秋に近づく頃、小川の水が一気に減ると、乾いた岩が姿を現し、枯れたとうもろこしの葉っぱに、嶺の上に昇った月明かりが冷たく映るだろう。庭に立ってエゴマを刈る新妻の手は白く、そのチマにはゴマの葉の香りが充満するだろう。山ぶどうを食べた村人たちの唇は、大人気なく紫に色づいているはずである。

《金牡蘭》

第12章 朴泰遠《パクテウォン》のソウル

『川辺の風景』と『小説家仇甫《クボ》氏の一日』を歩く

朴泰遠（1910～1986）は、植民地朝鮮の京城で生まれた。１９３０年から1年余りの日本留学時期を除き、１９５０年、朝鮮戦争のさなかに北朝鮮に渡るまで、彼はソウルで暮らしながら作品を書き続けた。『小説家仇甫氏の一日』（1934）と『川辺の風景』（1938）が解放前の代表作といわれている。北に渡った朴泰遠は、南に残した家族の消息も知らぬまま後半生を彼の地で暮らし、１９８６年に平《ピョン》壌《ヤン》で没した。晩年病躯をおして執筆した大河歴史小説『甲午農民戦争』（1977～1986）がもう一つの代表作といわれているが、彼が残した作品はこれのみではない。生涯筆一本で生きた作家として、詩や短編小説、児童文学、随筆、評論、翻訳に至るまで数多くの作品を手がけた。今なお南北分断が続く朝鮮半島で、韓国と北朝鮮の双方で高く評価されている、希有な作家でもある。最近はアカデミー賞を受賞した映画「パラサイト」のポン・ジュノ監督の母方の祖父ということで注目された。

私が朴泰遠の小説に初めて出会ったのは、いまから40年近くも前のことで、それが『川辺の風景』だった。当時、韓国では「越北作家」の作品はまだタブーだった。日本でも朝鮮語を学べる機会は少なかった頃だが、私は〈現代語学塾〉という私塾で講師の長璋吉先生がテキストに選んだこの小説に巡り会った。先生は読み進みながら幾度となく「実にうまいなあ」とつぶやくほどこの作品を愛し、高く評価されていた。のちに病に倒れる直前に書かれた評論では、『川辺の風景』は朴泰遠の最高傑作であるばかりでなく朝鮮近現代文学の傑作中の一つと称え、その生き生きとした描写は朝鮮文学の白眉であり、特にそのことばは中流以下のソウルことばの宝庫であり、ソウルっ子作家の金字塔としていつまでも読まれるべき作品だと記された。先生亡きあとも有志で読み続け、いつの日かこの小説を日本に紹介したいと願っていたが、翻訳出版が実現したのは２００５年9月のことだった。

新しく生まれ変わった清渓川

　この年は忘れられない年になった。6月にはソウルで朴泰遠の雅号（漢字では仇甫《クボ》、丘甫《クボ》、九甫《クボ》など）を冠した〈クボ学会〉が創立され、朴泰遠文学研究が本格的に始動した。すでに翻訳を終えていた私は研究会に参加して「社会史としての『川辺の風景』」というテーマで報告をした。その前から留学生としてソウルの大学で学んでいた私は、小説の舞台となったソウルのあちこちを探訪していたが、清渓川《チョンゲチョン》復元工事進行中のソウル市推進本部を訪れたときはこの川の長い歴史を知った。植民地時代末期にも一部暗渠《あんきょ》にする話はあったが、結局は朝鮮戦争後、汚濁のため暗渠にされて道路と化し、さらにその上を高架道路が走ったという。その隠れていた清渓川が２００５年10月、50年ぶりに甦った。私は新装なった人工の川に清流がほとばしる感激の一瞬をソウル市民とともに見ることができた。

この清渓川こそが『川辺の風景』の舞台となった川である。朴泰遠はその川っぷちに建つ家、父の経営する漢方薬局〈共愛堂薬房〉に結婚するまで住んでいた。『川辺の風景』第一章は、清渓川の川床に設けられた洗濯場で女達が洗濯棒をふるいながら川辺の住人たちの噂話をするところから始まる。噂された者が次の章の登場人物となり、その人物が目撃し噂する人物が次の章で描かれるといった具合で、全50章、小説はパノラマのように展開していく。漢方薬局の一家と使用人たち、向こう岸の床屋と客の司法書士、その妾と浮気相手の妓生、貧しい寡婦と娘、その娘と結婚する専売局煙草工場の職工、カフェーの女給と客たち、はては橋の下をねぐらとする乞食たちまで。60人を超える登場人物には日本人は一人もいない、すべて中流以下の庶民の群像である。映画のカメラのように、ロングショットとクローズアップを繰り返しながら、彼らの姿かたち、しぐさ、会話、内なる声が映し出される。朴泰遠は東京留学で今和次郎の「考現学《モデルノロジオ》」に遭遇し、「河童」頭のモダンボーイとなって帰国し、

原著『川邊風景』（博文社刊、1938）の表紙に使われた絵

モダニズム小説『小説家仇甫氏の一日』を発表したのだが、『川辺の風景』もまさに見聞きしたことを克明にノートに記録し描写したと思わせる作品である。生粋のソウルっ子としてこの地と人を熟知していた作者は、川辺の住人、朝鮮人庶民の哀しさ、優しさ、滑稽さ、したたかさ、ずるさまで描き切ることで、これが朝鮮だ、これが我々朝鮮人だと言っているかのようである。発表当時の文壇では、モダニズムだ、リアリズムだ、ヒューマニズムだなどと論議を呼び、プロレタリア文学の側からは当初、思想性もなく世相をごたごた並べたに過ぎない「世態小説」と酷評されたが、後には読者に一種の愉悦を与えてくれる優れた文学として評価された。

こうして朴泰遠が克明に描いた清渓川の「川辺の風景」も、今は様変わりして往時の姿をほとんど留めていない。朝鮮戦争勃発の頃まであった朴泰遠の生家も姿を消し、鍾路《チョンノ》の百貨店、和信商会も１９９０年代に廃業して、跡地にはチョンノタワーが聳《そび》えている。仇甫氏が乗り降りした路面電車もバス路線に替わり、今や地下鉄が縦横に走るソウルである。だが、ありがたいことに『川辺の風景』や『小説家仇甫氏の一日』を読めば、時空を超えて１９３０年代のソウルをまざまざと体感しながら歩くことができるのだ。

その後、朴泰遠研究もさらに深化している。朴泰遠生誕百周年にあたる２００９年には、清渓川文化館（現、清渓川博物館）での展示や日本語やドイツ語の翻訳者による座談会など、記念行事が行われた。２０１６年には、朴泰遠の長男である朴《パク》一英《イリョン》氏による評伝『小説家クボ氏の一生――京城モダンボーイ朴泰遠の私生活』が出版された。そこには、子煩悩だった父への追慕だけでなく、南に残された家族の苦難の日々や、氏が１９９０年に平壌を訪れて父の墓参をし、姉や義母などと再会した

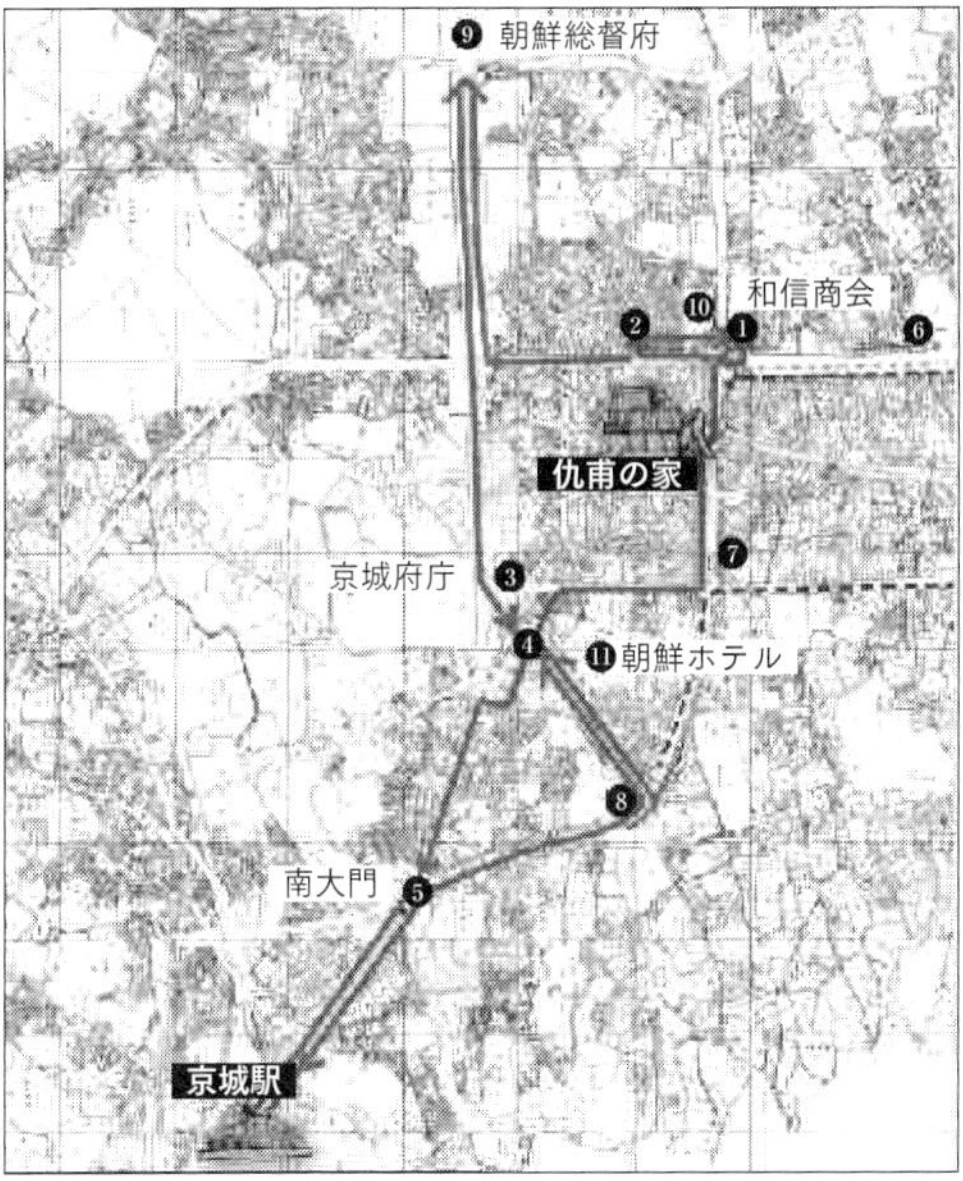

クボ氏が歩いた京城の町（「ハンギョレ新聞」2018年8月2日、日本語訳を追記）ⓒハンギョレ新聞＆崔在鳳

朴泰遠ⓒDoosan Art Center

ことまで記されている。また、２０１９年には〈クボ学会〉の面々が東京を訪れ、研究会と文学散歩を実施した。文学散歩は、『小説家仇甫氏の一日』にちなんでソウル市内を歩く「クボズデイ（Kubo's Day）」に倣ったもので、朴泰遠の東京留学時代を描いた小説『半年間』（1933）にゆかりの地を歩いた。「クボズデイ」の名称は、ジェームズ・ジョイスのモダニズム小説『ユリシーズ』にちなんでダブリン市内を歩く「ブルームスデイ（Bloomsday）」に倣ったらしいが、そもそも仇甫氏は小説の中でジョイスに言及しており、「意識の流れ」の手法を試みているのである。ジョイスは「たとえダブリンが滅んでも『ユリシーズ』があれば再現できる」と語ったそうだが、『川辺の風景』と『小説家仇甫氏の一日』があれば、１９３０年代の京城――ソウルは蘇る、ともいえるだろう。

《牧瀬暁子》

第13章 錦江《クムガン》の濁流に落ちる涙と蔡萬植《チェマンシク》

初鳳《チョボン》や勝在《スンジェ》に会える街・群山《クンサン》

蔡萬植（1902～1950）の『濁流』は、群山を舞台とする小説である。群山は錦江という川の河口、南岸に位置する。朝鮮が日本の植民地であったころ、群山はおもに全羅北道《チョルラプクト》・忠清南道《チュンチョンナムド》の農業地域から米穀が運ばれ、また全国に運び出される米穀の集散地として知られた。米穀取引所も設置され相場で一儲けしようとする人たちであふれた。何ともうまくできているもので、貸金業もそれに伴って繁盛していた。

群山米穀取引所。「建物こそ古い木造二階建てでみすぼらしく大したものでなくとも、ここが群山の心臓であるのは間違いない」というこの取引所で、米豆相場にお金をつぎこむ丁《チョン》主事（丁さん程度の意）とその家族を中心に物語は展開する。もっともこの相場で全財産を失っても自ら命を絶つ者はいない。「そう、いくら金を失い乞食に落ちぶれようとも、せいぜい船着き場あたりまでのそりのそりと歩き、涙を川の水にいく粒かでも落とすのが関の山である。錦江は百済が滅びたその日から宿命的に涙の受け皿となる運命だったようである」（拙訳）。

錦江は百済の三千人の宮女が身を投げたという扶餘《プヨ》・落花巖《ナックワアム》の時代からこの地の人々の涙が注がれてきた川である。それは相場ですってこぼす涙をも受け入れる運命の川でもあるのであった。

当時の群山の様子は、小説によくうかがわれる。蔡萬植というストーリーテラーの手によって、見事な語り口で、読者は作品に引き込まれる。そこで繰り広げられるのは、どこにでもあるどろどろの人間模様である。

この小説の主人公・丁初鳳《チョンチョボン》は済衆堂《チェジュンダン》という名の薬局に勤めている。そして、錦湖《クムホ》病院助手の南勝在《ナムスンジェ》と互いに惹かれ合う。しかし、初鳳の望む結婚の成就はなされない。なされないどころか、思いもよらぬ他の男性の企みにはまっていき彼女の結婚と人生は行きつくところまで行きつくというほどに、追い詰められていく。勝在とて心中穏やかではないものの、一方で初鳳とは異なりはつらつとした性格の初鳳の妹・桂鳳《ケボン》に、次第と心が移っていく。初鳳を思えば同情を禁じ得ないもののすでに結婚した女性である。一方で、初鳳は勝在をどうやら信じ続けていたらしい。旧式の考え方をぬぐいきれない初鳳と、あっけらかんとしていかにも現代的な桂鳳。

「物貨とカネと人間」が集まり「生き物のように動く」濁流は誰にも止められない。初鳳は川の流れに身を任せるばかりである。この小説には「むごいところ」に身を売られていく明姫《ミョンイム》も登場する。貧しさから親の手で売られる少女を勝在は救うことができない。すべてはどうすることもできぬままただ流れていく。姉を思う気持ちがあってか勝在と愛し合いつつも結婚しないことを選ぶ桂鳳は、せめてもの清涼剤のような存在である。

群山の街は、錦江に近い地域には日本人が多く住み、南の山手に近い地域には朝鮮人が多く住んで

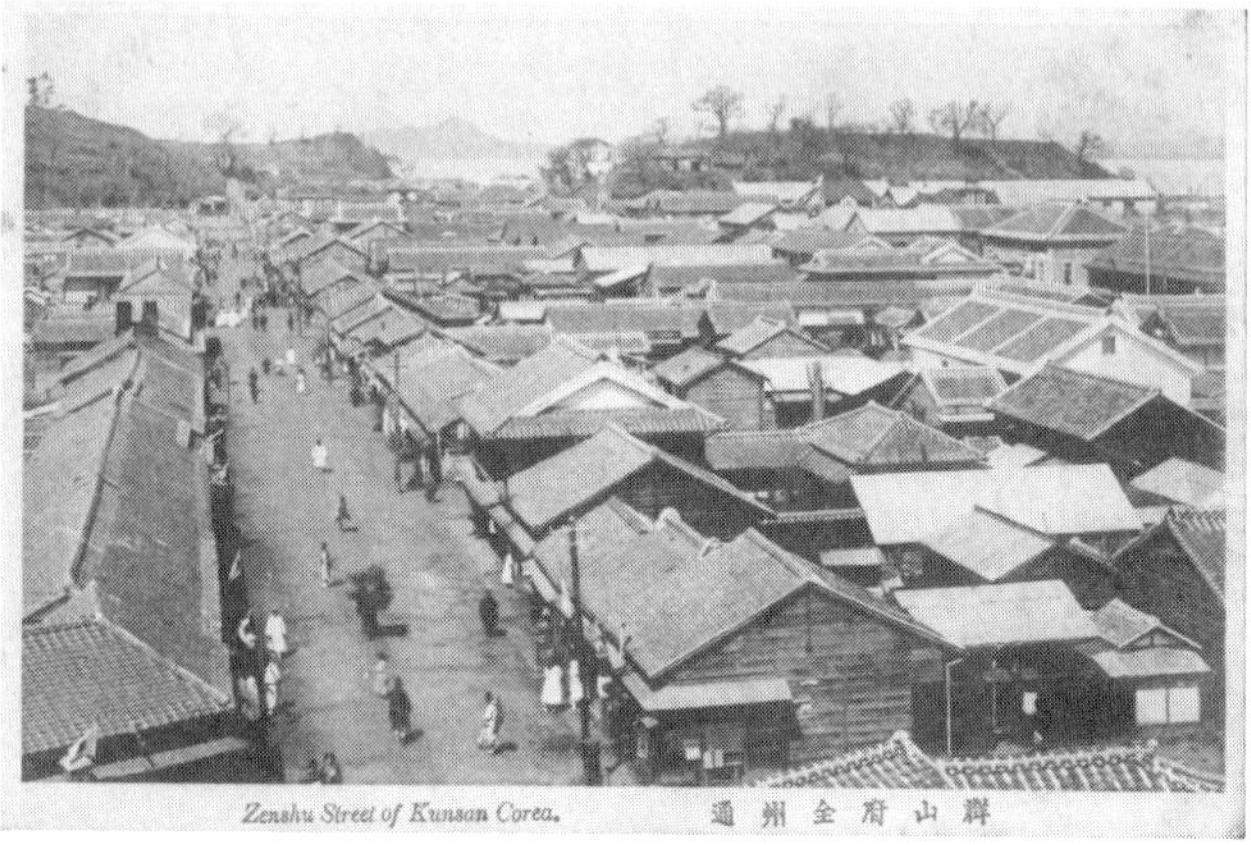

群山府中心部の全州通り（国際日本文化研究センター所蔵）

いた。群山朝鮮銀行、十八銀行群山支店など、近代的な建物も少なくなかった（初鳳の夫となる高泰洙《コテス》は銀行に勤務していた）。現在の東嶺路《トンニョンキル》と中央路《チュンアンノ》が交差する南東側にあった警察署までも三角屋根の洒落た建物であった。この『濁流』の舞台となったとされる場所は、現在、群山で観光地となっている。群山には済衆堂薬局があったとされる場所、旧群山朝鮮銀行ほか、丁主事宅すなわち初鳳の実家の場所まで含め、小説に関連する場所が、建物や碑石とともにあちこちに散在している。そう、群山は『濁流』という、何とも人間臭い物語の舞台として、どうしようもない生き方しかできなかった初鳳の生きた痕跡（フィクションではあるが）をリアルに感じさせてくれる、そんな街なのである。この都市には植民地期の日本式の建物も少なからず保存されている。

さて、『濁流』の舞台は群山から儒城《ユソン》温泉へ、そしてソウルへと移動していく。しかしソウルの街について、さほど詳しい記述はない。初鳳が住んだ鍾路の北東あたりの家や桂鳳の働いた××百貨店1階の化粧品店、勝

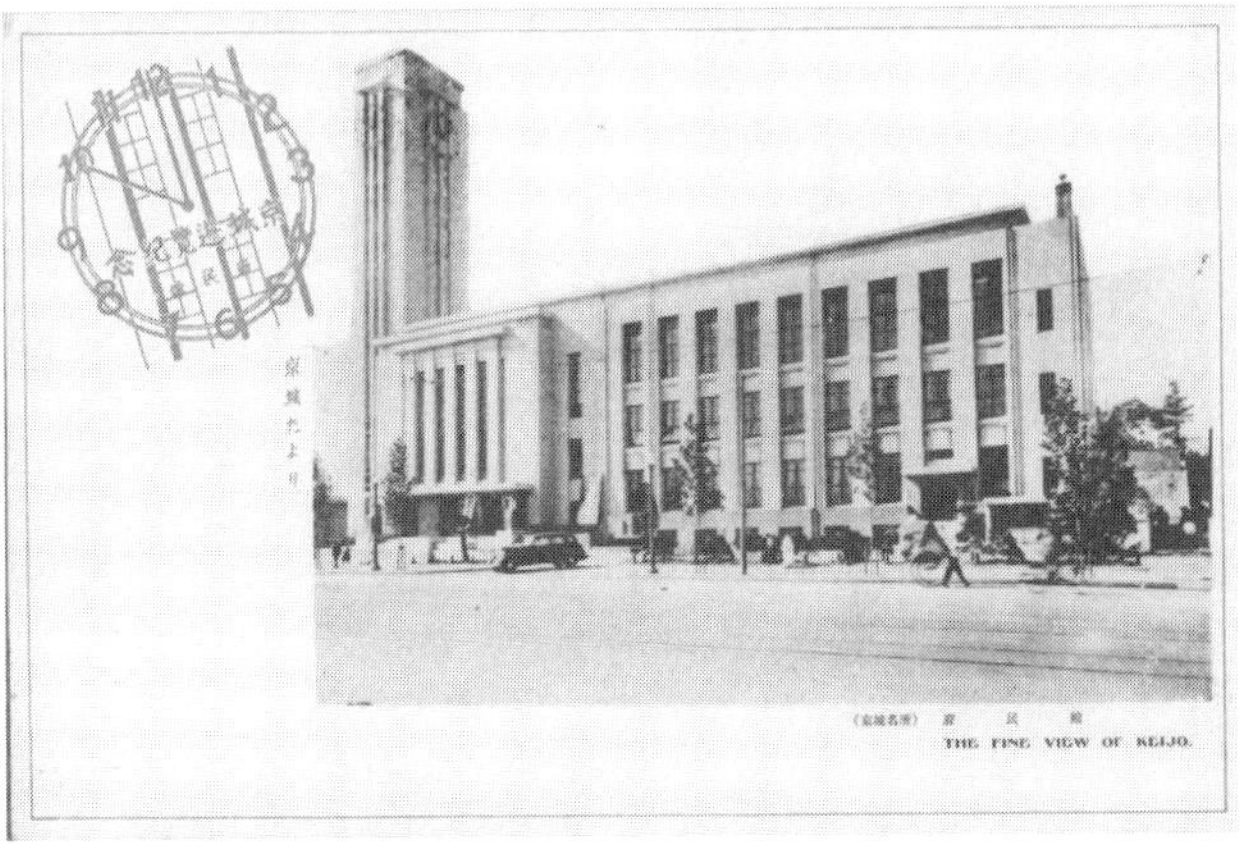

府民館（国際日本文化研究センター所蔵）

在が出した個人病院のある阿峴《アヒョン》といったところである。ソウルということであれば、むしろ彼の長編『太平天下』がもう少し具体的である。そこで描かれる重要な建物に府民館《プミングァン》がある。パンソリを愛好し、公演があるとなると必ずかけつけるだけでなく、稀代の吝嗇家でありつつラジオを購入してまでパンソリに聴き入る尹直員令監《ユンチグウォンヨンガム》（尹ご老人という程度の意）。これまたどろどろの家族の愛憎を描いた小説である。カネと健康にしか興味のない尹直員令監は15歳の童妓に恋をする。なんともけなげな物語である。

　蔡萬植が『太平天下』で描いた府民館は、現在でもソウル市議会議事堂として、地下鉄2号線市庁駅をあがってすぐのところに、昔の原型をほぼとどめたまま見ることができる。この建物は、解放後には米軍が用い、そのあとは国立劇場となり、1954年からは国会議事堂、さらに世宗文化会館別館として使われたあと、ソウル市議会議事堂として使われるようになった。もともと音楽や舞踊のために作られた施設であったが、日本統治期に

蔡萬植

は時局講演会などもここで行われることがあり、抗日団体により爆破事件まで経た、紆余曲折のある建物である。

私たちは群山に行けば初鳳や桂鳳の姿を幻のように見ることができるし、ソウルの旧府民館の前で尹直員令監然とした老紳士にまみえることも難しくはないことであろう（そのお方が吝嗇家かどうかは不明だが）。

蔡萬植は故郷である全羅道への愛着がかなり強かったように思われる。その一つのあらわれがパンソリへの関心という形で小説に見られるのではなかろうか。『濁流』にしても『太平天下』にしてもその語り口にはパンソリの影響があるとされる。また、『太平天下』で童妓・春心の顔だちを『水宮歌』とも関係する「兎画像歌《トキファサンガ》」に喩えて描くなどというのはまさに彼の真骨頂である。

話を群山に戻そう。群山の土地の価格はこの数年間で暴騰した。旧市街地が近代文化歴史地区に指定され、文化財庁がこの地域を登録文化財としたことによる。もとより映画の撮影を含めて観光に力を入れていた群山であるだけに、土地投機の熱を一気に高めたようである。投機ブームには常に誰かの犠牲がつきものである。百済の滅亡から変わることなく涙の受け皿となってきた錦江にさらなる涙が流れていないことを、あるいは今後も流れないことを願うばかりである。

《熊木勉》

第14章　京城に探偵を登場させた金来成《キムネソン》

怪奇と犯罪と神秘の交響楽

韓国では1980年代に金聖鍾《キムソンジョン》を牽引者として国産推理小説ブームといえる社会現象が生じたが、そのおよそ半世紀前、韓国が朝鮮と称されていた日本統治時代に京城を主な舞台とした探偵小説を新聞や雑誌に立てつづけに発表した作家がいた。それが金来成(1909～1957)だ。彼は朝鮮におけるたった一人の探偵小説専門作家であり、痛々しいまでに孤軍奮闘していたのだった。その作品に触れる前に、まず作家の生い立ちを振り返ってみよう。

金来成は大韓帝国末期の1909年、平壌《ピョンヤン》近郊の村で生まれ、少年時代を過ごす。当時の朝鮮には早婚の風習があり、12歳で5歳年上の女性と結婚する。むろん、本人の意思とかかわりなく家同士の合意によって決められたことであり、8年後にようやく協議離婚が成立する。その間の鬱屈した心情は作品にも投影されていて、とくに東京在住時に日本語で書いた未発表作品を20年後に韓国語に翻訳して芸術派探偵小説として発表した『思想の薔薇』の作中作ともいうべき少年時代の手記に色濃く表れている。現代の中学校に相当する平壌高等普通学校に通っていたころ、日本人英語教師の影響でコナン・ドイル、エドガー・アラン・ポー、江戸川乱歩に興味を持つようになり、やはり日本語教師により作文の面白さに目覚めた。

１９３１年、22歳のときに早稲田大学に留学、在学中に探偵小説専門雑誌『ぷろふいる』の懸賞小説に応募し、入選したことから、まず日本の探偵小説界で力量を認められ、いくつかの商業雑誌に作品が掲載されもした。１９３６年３月、大学卒業と同時に朝鮮へ帰って自らの意思で再婚し、それまでに日本語で発表していた自身の作品を韓国語に翻訳して『朝鮮日報』に連載することから作家活動を開始する。そのころ、新聞界、学界で活躍していた平壌高等普通学校の先輩に大いに助けられた結果でもある。30年代の朝鮮では教育環境の拡充に伴い読書人口が増加し、雑誌の創刊が相次いだ。１９３７年４月に朝鮮日報社から雑誌『少年』が創刊され、６月から金来成の創作による冒険探偵小説『白仮面』の連載が始まるや爆発的な反響があり、翌年６月の連載終了直後に単行本が出版されるほどだった。この成功が『魔人』の誕生をもたらしたのだ。

30年代の朝鮮における代表的長編探偵小説として、１９３４年に蔡萬植《チェマンシク》が徐東山《ソドンサン》の筆名で新聞連載した『艶魔』、金東仁《キムドンイン》がやはり同年に新聞連載した『水平線を越えて』、そして本格探偵小説『魔人』の三作を挙げることができるだろう。中でも１９３９年２月から『朝鮮日報』に連載の始まった『魔人』の登場は大衆に大いなる衝撃をもたらし、新聞連載終了直後に出版された単行本は、朝鮮における探偵小説としては初のベストセラーになっているほどだ。金来成は書き出しの文章から一気に読者の興味を惹くことに長けた作家で、『魔人』では冒頭部に「派手な犯罪の始まりは、その夜――世界的な舞踏家孔雀夫人の誕生日の夜の出来事からだった」とし、孔雀夫人の邸宅で催される仮装舞踏会のシーンから物語が始まる。しかも、この孔雀夫人とは作中でも「半島の舞姫」と称され、それは当時京城でも東京でも人気絶頂だった女流舞踏家崔承喜《チェスンヒ》の新聞紙上での呼称そのままでもあった。そして、その仮装舞踏会に予定外の客として画家を装った探偵劉不亂《ユブルラン》が怪盗アルセーヌ・ルパンに扮して登場するのだから読者が夢中になるのもうなずけよう。そんな舞踏会が盛り上がる中、突然、甲高い悲鳴が響きわたる。化粧室に入った孔雀夫人が何者かにナイフで襲われたのだ。幸い命に別状はなかったが、それは惨劇の序章に過ぎなかった。その後、不可思議な出来事が相次ぎ、警察からも要請があって劉不亂が捜査に協力する。劉不亂の逃走、散歩、尾行、追跡、調査活動などの背景の一角をなす多くの建造物は、今でも当時の面影を留める漢江《ハンガン》人道橋《じんどうきょう》、京城駅、南大門、府民館、朝鮮総督府、朝鮮銀行、三越百貨店、昌慶苑《しょうけいえん》など京城のランドマークでもあり、そんなシーンが描か

京城本町ビルヂング前通夜景（国際日本文化研究センター所蔵）

旧朝鮮銀行本店（現韓国銀行貨幣金融博物館、2013 年撮影）

京城時代の面影を残すソウル駅旧駅舎（2013 年撮影）

れているのも魅力の一つといえる。京城から、金来成は、東京留学中に浅草で体験したような「明と暗が交錯する所に漂う、ある種奇妙な雰囲気」を感じ取ったのだろう。随所に闇をたたえた急造都市京城は、神秘的犯罪と科学的論理思考を対決させるのにうってつけの空間だったのだ。本格探偵小説の理想型として創作した『魔人』の商業的成功を得て、朝鮮における探偵小説作家の第一人者となった金来成だったが、探偵小説を評論の対象とはみなさない文壇への失望や探偵小説について語り合える作家の身近にいないことで当時すでに悩んでもいた。

一方で、彼は長編を執筆するかたわら、合理的思考の持ち主が怪奇現象や異常な出来事に直面して茫然自失する様を描いた短編の変格探偵小説を『朝光』などの雑誌に精力的に発表している。「狂想詩人」「屍瑠璃《しるり》」「白蛇図《はくじゃず》」など題名を見るだけでもおどろおどろしい雰囲気が伝わってくる。奇岩怪石の連なる金剛山から東京神田まで作品の背景も多彩で、その時代ならではの味わいがあるといえよう。例えば「白蛇図」では、「この一編の恐ろしい物語は193×年6月初旬に開かれた鮮展（朝鮮美術展覧会）の特選作品『白蛇図』から始まった」という書き出しで、その作品に惹かれたある人物が江原道《カンウォンド》方面の山村に住むその絵画の作者を訪ねて奇妙な告白を聞くという展開となっている。

戦後（韓国では日本統治からの離脱という意味で光復後）、米軍政期を経て大韓民国が成立してほどなく金来成の短編探偵小説を収録した単行本が二冊刊行されたが、すべて日本統治時代に書かれたものだ。以後、金来成は創作探偵小説を書かなくなってしまうので貴重な短編集だといえる。長編探偵小説は『魔人』刊行後に探偵劉不亂が再登場する『台風』を発表し、商業的には大成功を収めるが、戦時色濃厚で諜報小説的側面も強いため、戦後は戦時協力作品として顧みられなくなっている。

その後の金来成は欧米探偵の翻訳、翻案や少年小説の執筆は続けながらも、主には新聞連載を通じて家庭小説、恋愛小説などの大衆小説を執筆して人気を得た。執筆年代順に並べた作品リストを眺めてみると、20年にわたる作家活動の前半の7年程度が探偵小説に専念した時期だといえる。その後、多彩なジャンルの作品を書き、それぞれに愛読者を得ていったことが、歳月の流れの中でかえって作家の印象を薄めていくことになったのかもしれない。ともあれ、金来成は韓国文学における探偵小説（戦後は推理小説の表記が一般的）の先駆者として貴重な足跡を遺した作家なのだ。

《祖田律男》

金来成

第15章 郷土に育まれた作家、朴花城《パクファソン》

木浦《モッポ》、東京、そして木浦

木浦と言って「木浦の涙」を思い浮かべるのは一時代前の世代かもしれない。１９３０年代を代表する大衆歌謡の一つだ。この歌のヒットによって朝鮮半島の西側最南端に位置する木浦が観光地として全国に名乗りを上げた。市街地を見下ろす儒達《ユダル》山の麓には１９６９年になって歌詞を刻んだ碑が立ち、木浦市民の誇りであることを教えてくれる。

南海に広がる島々は海産物の宝庫。港沿いには日本ではあまり目にしない魚介類が並ぶ。中でも「セバルナクチ」という脚の長いタコは有名で、踊り食いを楽しむ人も多い。今では「木浦の涙」よりもこちらの方が全国区と言えるだろう。首都ソウルからは湖南《ホナム》線の高速鉄道に乗って2時間半ほどの旅だが、同じ全羅道《チョルラド》地方には「ビビンバ」で有名な全州《チョンジュ》もあり、何よりここは食の都なのだ。

朴花城（1903～1988）は木浦が生んだ、韓国の女性文学では第二世代に当たる作家だ。女学校卒業後、教師生活を送りながら東京へ留学する機会をうかがっていた１９２５年に「秋夕前夜」で登壇した。これは当時の木浦で操業を始めた日本の紡績工場が舞台となっている。工場監督の暴力に抵抗

木浦朝鮮製油会社及朝鮮綿花工場（国際日本文化研究センター所蔵）

し、生活苦に喘ぎながらも必死に家族を守る女性が主人公だ。

釜山、元山《ウォンサン》、仁川《インチョン》に続いて1897年に開港した木浦は多くの日本人が移り住み、日本の領事館が設置された。鉄道も敷設され、湖南線の終着駅として港近くに開業した木浦駅の周辺には日本人居留区が作られ発展した。

一日に四本の汽車が行き来する停車場を中心に朝鮮人と日本人の商店が立ち並ぶ中央は朝鮮屈指の都会と呼ぶにふさわしく……（筆者訳）

木浦の玄関口であるそこを表の木浦とするならば、裏側には地元朝鮮人たちの悲惨な暮らしがあった。裕福な家庭に生まれた朴花城だったが、労働運動を指揮していた兄の影響で自らは執筆を通して木浦の発展の陰の部分を描き、支配層に抵抗した。

「秋夕前夜」では木浦の町の表裏が詳細な描写によって視覚化され、発展の裏に潜む貧民層の暮らしが浮き彫りになる。

昼間の木浦は見るに忍びない。南側は日本人の瓦屋が立ち並び、中央は草ぶき屋根と金持ちたちの昔の瓦屋が混ざり合う。そして北東の林の中は西洋人の住宅と学校、礼拝堂が聳えるほか、わずかの瓦屋を除いては地面にへばりついた草ぶき屋根ばかりだ。改めて向かい側の儒達山の麓に目を遣ると、岩の隙間にぽっかり穴があいただけの、今にも崩れそうな豚小屋さながらの掘っ建て小屋が山を覆う完全な貧民屈だ。けれども格差の著しいこの都会を囲む自然の風景は極めて美しい。（筆者訳）

一方、貧しさと対比的に用いられた儒達山から眺める景観の美しさや、鉄道駅周辺の発展の様子、豊富な農、魚産物、さらには仲秋の名月を祝う「秋夕」の日の民俗遊戯「カンガンスウォレ」などについての語り口からは、若き朴花城の隠し切れない郷土愛とともに、地方人としてのプライドも透けて見える。家庭の事情から上京が難しかった朴花城だが、それだけに全羅道地方への愛着心が強く、都会人に対してはライバル意識を持っていたようだ。地代の取立人に敢えて「ソウルの」という枕詞を付けているのもその表れだろう。

転じて場所は東京。「秋夕前夜」を発表したに過ぎず、まだほとんど無名だった朴花城は１９２６年、長年の念願だった日本女子大学英文学科に入学し、雑司ヶ谷でのアパート暮らしが始まる。自伝的小説と随筆には下宿から大学への道のりをはじめ、生活の様子が詳しく描かれ、かつて筆者は当時の地図を手がかりに、朴花城の通学路を辿ってみたことがある。大学の裏門との境に川が流れ、橋がかかっていたと記されている場所が、今は道路となり、横断歩道が作られていた。

留学中の朴花城は英文学の勉強に励む一方、のちに共産党員となる清家としと知り合い、紹介された読書会で福本和夫の著作と格闘する。また、女性による民族団体「槿友会」の東京支会長を引き受けるなど、東京での体験は朴花城の民族意識をより強固なものにした。

そして再び木浦。二度目の登壇作とも言われる「下水道工事」(1932)では、日本人居留区にのみ引かれる下水道の整備工事における労働者の搾取を暴いて階級意識を見せる。その後も木浦、そして全羅道各地に舞台を広げつつ、支配層に抵抗する作品を描き続ける。その筆致は当時の女性作家に求められた「女性らしい」作品とは一線を画したものだった。

植民地からの解放後、ソウルに居を移してからは、いわゆる長編大衆小説を書き始める。作品は映画化されるなど人気を博したが、政治、社会的視点を失うことはなく、場面設定に全羅道地方が用いられたものも少なくない。

筆者は2006年に初めて木浦を訪れ、朴花城の小説の舞台を廻った。そのとき1週間にわたって道案内をしてくださったのが、韓国における女性文学研究の第一人者である徐正子《ソジョンジャ》先生だ。郷土の作家として、ずっと朴花城研究を続けてこられたその大先生から大変な歓迎を受けた私は、ソウルから遠く離れたこの木浦の地に朴花城研究会を作ることを約束した。日本に住む筆者にできることはなかったが、先生は翌年、早くも人並外れた行動力と人脈をもって研究会を発足させ、それ以来、毎年秋に開催される「素影《ソヨン》朴花城文学フェスティバル」は木浦市の後援を受け、市民も参加する。

フェスティバルの2日目に行われるフィールドワークでは参加者たちと朴花城の小説の舞台を訪ねる企画が用意され、木浦以外にも、実際の大洪水に取材した「洪水前後」や、旱魃《かんばつ》に苦しむ農民を

朴花城

描いた「旱鬼」の舞台となった羅州《ナジュ》、霊光《ヨングァン》、そして光州《クァンジュ》など、小説ゆかりの地を訪れて当時に思いを巡らせ、その土地のグルメも堪能している。何よりここ全羅道は食の都なのだ。そしてこのような旅は何といっても地元をよく知る案内者がいてこそだ。

東京開催となった2015年の第9回では筆者が案内役となり、雑司ヶ谷から日本女子大学、さらに豊坂を下って早稲田大学までを歩いた。豊坂は大学生男女の通学路ともなっていたことから、当時は近所の子供たちが面白半分に「人生坂」と呼んでいたと朴花城は記している。朴花城が活動を通じて知り合った最初の夫は早稲田大学に在籍しており、朴花城もその道を歩いている。朴花城の東京での痕跡は本人による数少ない記述を通じてしか知り得ない。しかしそうした点と点をつなぎ合わせて線となるとき、目の前が開け、タイムスリップの旅に誘われる。

朴花城関連の資料は以前、それまで木浦文化院として使用されてきた旧領事館の建物の中に展示されていたが、現在はさらに多くの自筆原稿、著作集などとともに、新たに設立された木浦文学館の中の「朴花城館」に収められ、地域おこしの一翼を担っている。なお、旧領事館は現在、旧東洋拓殖会社の社屋とともに木浦近代歴史館となり、木浦の歴史を伝える場となっている。

《山田佳子》

第16章　1930年代の代表作　李箕永《イギヨン》の『故郷』

天安《チョナン》一帯の農村変革を描く

1972年3月の数日、わたしは忠清南道《チュンチョンナムド》天安にいた。「天安三ゴリ」は民謡で広く知られているが、天安は、北はソウル、東南は慶州・釜山、西南は光州・木浦方面に至る三差路《ゴリ》のカナメに当たる。しかし、カナメにしてはあまりに寂しい山また山の農村だった。

天安に行った目的は二つあった。一つは翻訳すると決めた『親日文学論』の著者林鍾国《イムジョングク》さんに会うことだった。林鍾国さんは会って話すとおだやかで、ギターはセミプロ級だが、学問的には相当な頑固派で、彼は1965年日韓条約の折に、親日文学に手を染めた者はそれが自分の師だろうと親であろうと綿密な資料をもって批判した。そのため学者の世界には留まれず、天安の電気もなく車も通らない山奥に、トラクターで建築資材を運んで家を建て、クリ畑を作って生計を立てていた。夜は自家発電のあかりのもと、リンゴ箱をひっくり返して机代わりにして本を読んでいた。

天安行きのもう一つの目的は、李箕永（1896～1984）の代表作『故郷』の風景の一端を味わってみることであった。李箕永の生まれは天安ではなく、そこから10余キロほど離れた忠清南道牙山郡排芳《アサングンペバン》面《ミョン》回《ヘ》龍《ヨン》里《ニ》であった。しかし、3歳の時に天安邑（町）に移り、天安が実質的な故郷になる。李箕永自身も天安を「原籍地」としている。

天安はソウルから南へ80余キロ、鉄路で93キロの地点にある。現在では各駅停車で2時間足らずの距離にあるが、1930年代にはその2倍から3倍の時間がかかったであろう。李箕永の『故郷』もこの天安のウォント村を中心に展開する。作中のウォント村は地図の上にはないが、ソウルの中学に通う学生たちが夏休みで汽車に乗って故郷に帰る際、成歓《ソンファン》駅で車窓からマクワウリを買って貪り食う場面から推しても、天安が作品の舞台になっていることは確かだ。成歓は天安の少し北にあり、マクワウリの名産地であった。

李箕永は早婚の因習によって（祖母の還暦祝いに花を添えるという意味で）1908年13歳で年長の女性と結婚させられる。逆らえる状況になかったので受け入れ、代わりにソウルの中学に進学する道を選ぶ。李箕永の多くの小説に出てくるこの早婚の話は、『故郷』のなかにも登場する。『故郷』の中心人物金《キム》喜《ヒ》俊《ジュン》は年上の妻を毛虫みたいに気持ち悪く思うのだが、それでも子供ができ、できればかわいいし、一家の中での妻の位置も否定できない。彼を慕う女性もいて心動くが、結局同志愛にとどめる。

当時のアジアの思想家・文学者、たとえば中国の魯迅《ルーシュン》や朝鮮の李光洙《イグァンス》などは、早婚の妻を離婚し、新思想に触れた新時代の女性と結婚しているが、李箕永は作品中の金喜俊のように、そうはしなかった。

従来のプロレタリア文学の主人公と言えば、社会の不正に立ち向かう完全無欠な善玉闘士が普通であったが、李箕永の『故郷』はそれとは違って、悩み苦しみながら、戦って一歩一歩前進する。そこが良い。

李箕永は１９２２年、旅費を用意し、友人を頼って日本に渡り、東京神田神保町あった夜間の正則英語学校に通う。通いながら封書書きのアルバイトをする。1時間に１００通、それを1日10時間やり、疲れて階段から落ちたと思い出を書いている。そんな中で西洋近代小説・ロシア文学・社会主義に触れる。日本文学では中西伊之助『赫土《あかつち》に芽ぐむもの』が朝鮮を舞台にしているだけに特に感銘したという。

李箕永

１９２３年関東大地震に際し、在日朝鮮人数千人が警察や自警団によって殺され、李箕永自身も身の危険を感じて朝鮮に帰る。翌年総合雑誌『開闢《ケビョク》』に短編が入選、作家としての道を歩み始める。１９２５年、『朝鮮之光』社に入社、そこで階級文学的傾向を持つ文学者と接し、彼らとともに「朝鮮プロレタリア芸術家同盟」、略称カップを結成する。その後カップは目的意識を明確にし、先鋭化する。しかしカップの全盛期は１９２７年から１９３１年までの短い期間であって、結局１９３５年には解散させられる。

満州事変が始まると、日本の弾圧はより強化され、李箕永も二度にわたって逮捕され、1年あまり獄中生活を送る。

そうした中で小説『故郷』は『朝鮮日報』紙上に、1933年11月5日から翌年9月21日まで連載される。当時の新聞を見ると、検閲による削除の跡がはっきり残っている。連載から3、4年後に出版された単行本ではつくろってあるけれども――。

『故郷』には日本のことはほとんど出てこない。あからさまに批判糾弾することなく、婉曲に抽象的な手法で表現しただけだ。それさえも、原稿を取り上げられたり、削除されたりしたという。つまり『故郷』はプロ文学最後の時期に、合法的出版物に発表された満身創痍の産物なのだ。

『故郷』の金喜俊は日本留学帰りで役人になってもいいはずの人物であるが、小作農として村に定着する。金喜俊は村の青年会の組織にかかわり、農民夜学を運営し、村人のトラブルを解決し、小作料の減免をめぐって地主とその差配（小作地管理人）と戦う。最後は差配の弱点をつかみ、工場労働者たちの資金援助を受けつつ、小作料減免闘争の先頭に立つ。

しかし、金喜俊が『故郷』の主人公かというとそうでもない。差配が不正な手段で土地をわがものとし農村経済を牛耳るさまをじっくりと描いている。また村の農民たちの叙述も多い。金喜俊との出会いを通じて、自分たちの貧しさの根本原因に目覚めていく農民たち。この農民たちの群像を描き出すことが『故郷』の目的だったのだろう。

李箕永は1945年朝鮮の解放後、ソウルで朝鮮プロレタリア芸術聯盟の成立に主動的役割をはたし、翌46年には38度線を越えて北朝鮮に入る。それ以降、朝ソ親善協会中央委員会委員長、朝鮮文学芸術総同盟委員長を長年つとめ、北朝鮮文芸界の指導者として活躍する一方、1910年代から30年代にいたる農民の闘争を描いた長編3部作『豆満江』、土地改革を描いた長編2部作『大地』等を創作した。１９８４年、89歳で亡くなり、ピョンヤンの愛国烈士陵に葬られた。

《大村益夫》

『故郷』連載時の挿絵

第17章 「日本語作家」金史良《キムサリャン》

創作のはじまりの場所 釜山《プサン》

平壌で生まれた金史良（1914～1950？）は、旧制佐賀高等学校と東京帝国大学に留学しているときに日本語での創作を始めた。１９３９年、大学を卒業した金史良は、文芸同人雑誌『文藝首都』の同人として本格的に創作活動を始め、「光の中に」が第10回（１９３９年下半期）芥川賞候補作となって日本文壇の注目を浴びた。しかし、１９４１年に太平洋戦争が始まると、「治安維持法」の思想犯予防拘禁条項により鎌倉警察署に拘禁され、釈放後に朝鮮に戻ることで日本での創作活動を終えた。

金史良が日本の文芸誌に発表した作品の多くは、作品集『光の中に』（小山書店、1940）と『故郷』（甲鳥書林、1942）に収められ、現在では『金史良全集Ⅰ～Ⅳ』（河出書房新社、1973～1974）や『光の中に――金史良作品集』（講談社文芸文庫、1999）などをとおして読むことができる。

金史良が日本語で書いた作品の登場人物たちは、「日本文学」に収まりきらない人びとである。東京の下町（押上）で朝鮮名を隠して生きる「光の中に」の主人公「南」と、朝鮮人の母親の存在を隠す「春雄」少年、平壌の大同江周辺にバラックを作って暮らす「土城廊」の主人公「元三」、東京・

芝浦海岸の朝鮮人移住労働者の集住地に住みつく「ちぎみ」老人、満洲に移民する農民を見て嘆き悲しむ「Q伯爵」、かつて独立運動を行っていたが現在は北京で中国人に阿片を売って暮らす主人公の姉「伽倻」──金史良作品を読むことで、私たちはさまざまな地に生きた植民地朝鮮の人びとと出会うことができる。金史良は、作品集『故郷』のあとがきで、こう書いている。

ここに収めた小説中の人間たちも、一二の例外を除いては殆んどが私と同様、故郷を慕ひ、その温かな懐の中に憩ふことを切に望んでゐる。彼等の猜疑の光に満ちた目や、うらぶれて物憂はしい心情や、それでゐて絶えず希望に追ひ縋らうとするいたいけな姿を、私はぢつと見守つてゐる。（『故郷』）

金史良が日本に来たのは、故郷である平壌を離れざるをえなくなったことがきっかけだった。1931年、「同盟休校事件」の首謀者の一人として平壌高等普通学校を諭旨退学処分になった彼は、日本の学校への進学を決意し、釜山に向かった。その時のことを、金史良はこう回想する。

釜山から一度密航を試みようとしたことがある。それは十八の時の十二月のことであるが、或る事情で堂々

金史良

と連絡船には乗り込めないので、毎日のやうに埠頭に出て寒い海風に吹かれながら、どうしたらばこの海を渡つて行けるだらうかとばかり思ひ焦つてゐた。（「玄海灘密航」）

「光の中に」を書く約10年前のことである。途方にくれて釜山港にたたずんでいる金史良の姿を思い浮かべながら私は考える。金史良にとって、創作のはじまりの場所はここではなかっただろうかと。

ソウルに次ぐ韓国の第二の都市である釜山は、日朝修好条規によって朝鮮が「開国」すると、日本と大陸をつなぐ港湾都市として発展した。植民地期には、釜山港と下関港を結ぶ関釜連絡船によって、多くの日本人と朝鮮人が日本と朝鮮の間を往来していた。

植民地期をとおして朝鮮の農村が窮乏すると、離農した人びとは働き口を求めて都市に流出した。朝鮮社会において行き場がない者たちは、日本や満洲への移民を選んだ。一方で日本は、労働力需給の調整や治安維持など、社会全体の政治状況によって朝鮮人の日本への渡航を制限していた。金史良も日本に渡ることはできなかった。当時朝鮮人が日本に渡るには「渡航証明書」が必要だったが、平壌高等普通学校を諭旨退学処分になった金史良はこの渡航証明書を持っていなかったからである。

自分や家族の生活のために日本で働くことを望んでも渡航が認められない人びとが選んだのは、密航という手段である。渡航証明書を持たない金史良もまた、密航を決意した。1940年に発表した随筆「玄海灘密航」で彼は、このとき釜山港を徘徊しながら「黒い縁の眼鏡をかけた内地人の男」や「宿屋のボーイ」から密航を勧められたことを回想している。

THE CONNECTING STEAMER AT
FUSAN PIER, FUSAN.

関釜連絡船と釜山桟橋（国際日本文化研究センター所蔵）

それはみぞれの降る日だつた。その時黒い縁の眼鏡をかけた内地人の男が、通りがかりに独言のやうに、海を渡りたければ明朝三時に××山の麓に来たらいいと云ふのである。私は驚いて振り返つて見た。だが男は吹き荒ぶみぞれの中に、どこかへ消え失せてしまつた。さすがに私はその晩いろいろと苦しみ悶えたものである。丁度二三日前から、宿屋のボーイにも三十圓程出せば密航させるからとしきりに誘はれてゐた訳なので、よつぽど思ひ切つてやつてみようかと考へた。だが何故となくおつかなかつた。隣りの部屋に一人の客がやつて来たが、言葉がどうも郷里の北朝鮮系である。私はその夜中に客の寝てゐる部屋へはひつて行つた。そして密航に対して意見を求めた。すると客はしげしげと私の顔を眺めてから、「よしなせえ」と一言のもとに反対した。（「玄海灘密航」）

日本への渡航を求めてさまよう人びとと、密航を斡旋するブローカーが徘徊する釜山港——。それは密航を試みる朝鮮人にとって、ありふれた釜山港の日常だった。

金史良が宿屋で出会った同郷の男に密航について相談すると、男は自身の密航の経験を語った。船底に敷き詰められたまま三日間かけて玄海灘を渡り、北九州沿岸の山際に投げ出されたあげく、現地で密航が発覚して追い返された密航団の人びと——この同郷の男の話をとおして、金史良は多くの朝鮮人が命がけで密航を行っている現実を目の当たりにすることになる。

実際に、金史良は密航することはなかった。しかし、釜山港で密航をしようとさまよいながら、自分とは異なる階層の人びとの密航への切実な思いに触れたことは、彼の創作に大きな影響を与えた。朝鮮で焼畑農業を行う火田民の集住地や、東京の朝鮮人移住労働者の集住地、北京の朝鮮人の集住地を訪れるなど、このあと金史良はさまざまな地に移り住んだ朝鮮人に関心を持ち、彼らが登場する多くの作品を日本語と朝鮮語で発表することになる。

植民地期に多くの朝鮮人を日本に運んだ関釜連絡船の航路は、1965年の「日韓基本条約」をきっかけに復活した。現在でも関釜フェリーを利用すれば、下関から釜山まで気軽に旅することができる。私自身も、金史良の作品を初めて読んでからだいぶ時間が経った頃、関釜フェリーに乗って釜山まで行ったことがある。飛行機とは違い、船はじっくりと時間をかけて目的地へと向かっていく。関釜連絡船に乗って日本に向かう時、金史良は何を思ったのだろうか——船の旅は、植民地朝鮮の「日本語作家」の旅について思いを馳せる時間を与えてくれる。

《高橋梓》

第18章　異境に見たふるさと　張赫宙《ちょうかくちゅう》

高麗《こま》郷と高麗神社

新宿から電車に揺られること1時間半あまり、武蔵野の一角、高麗駅に着いた。埼玉県日高市に位置する。今からおよそ１３００年前、関東に広がっていた１７９９名の高句麗《こうくり》からの渡来人がこの地に集められ、高麗郡高麗郷が誕生したといわれている。

張赫宙（1905～1997）は、「都心まで片道二時間」の「その不便を考えなかったら、住むには良いところ」で「武蔵野のいちばん奥の、清冽な川が山裾を洗い、平野を貫いて、渓谷と野と山のよいところだけを一か所に集めたようなところ」で「原稿を書くしよう《ママ》ばいの私には、申し分なく都合のよいことに、散歩するコースに恵まれたことである。そのコースの中に、聖天院と高麗神社が含まれる」（「高麗郷」）と書き残している。

高麗駅からゆっくり歩くこと小一時間で高麗神社に着いた。高麗神社はこの地に住み着いた渡来人のリーダーである高句麗王族・若光を高麗明神として祀《まつ》る社であり、高麗郡の守護神としてこの地を守り続けてきた。高麗神社は一見すると日本のどこにでもある神社の一つでしかない。ただ一つ違うのは朝鮮の伝統文化の象徴である「天下大将軍」「地下女将軍」の像が飾られていることである。「思ひ掛けなくこの武蔵野の一角で再会」（「岩本志願兵」）したと張赫宙は書いているが、日本の神社で「朝鮮そのもの」に接した時、彼は異境の地で突然同胞に話しかけられたように感じたのだろう。私もこれを目にした時、ふと故郷を思い出した。

「高麗神社」の芳名録に１９４３年10月8日付で張赫宙の名前を見つけた。おそらく戦前、日本文学報国会が主催した高麗神社参拝団に参加し、日本人文学者とともにその名前を残したのであろう。

張赫宙は朝鮮が日本の植民地となった１９０５年に朝鮮で生まれた。小学校の教員をしながら小説家を目指していた。思想的にはアナーキストと称していて、当初はプロレタリア文学系だったといえよう。朝鮮の農村の悲惨さを描いた「餓鬼道」で雑誌『改造』の第5回懸賞創作（１９３２年4月号）に入選し、朝鮮人作家として初めて日本文壇にデビューして注目を集めた。彼自身は朝鮮語を母語とし、朝鮮語で長編小説まで書いているが、作品は殆どが日本語による創作であり、やがて、日本文壇での地位を確固たるものにしていく。

デビュー当初、植民地朝鮮に在住しながら日本文壇で活動していた彼は、１９３６年に「内地」日本に移住することとなる。その2年後プロレタリア演劇家である村山知義とともに日本で朝鮮の古典である「春香伝」の日本語上演を果たすが、その過程で朝鮮文壇から彼の春香伝脚本を否定的に評され、張も「朝鮮の知識人に訴ふ」を発表し、反論する。張は日本語で小説を書き、日本文壇の一員という意識があった。しかし、朝鮮からは裏切り者呼ばわりされ、日本からはあくまでも朝鮮を代表する者とされ、両者の間で宙ぶらりん状態となっていった。

その後、日本の戦時体制に否応なく組み込まれていき、皇民化政策に沿うかのような作品も見られ、このため、戦後最初の彼に対する評価は「人間と文学にとって、これ以上の恥ずべき堕落がまたとあろうか。このような人間性の恐ろしい破壊は、張赫宙の内部で、虚ろな音高く急速度にすすめられていった」（任展慧、1965・1994）というようなものであった。張赫宙と言えば「親日分子」というレッテルは戦後70年を過ぎた現在でも広く行き渡っている。

高麗神社（写真：oimo）

このレッテルの要因の一つが短編「岩本志願兵」である。朝鮮人青年が「皇民への躍進」のために修養をし、軍人を目指すという話だが、そこに高麗神社が出てくる。ここでは高麗神社を「内鮮一体」の象徴のように描いている。なお、張赫宙はこの短編を朝鮮語版では内容はそのままで、題名を「巡礼」と変えている。

私は、高麗神社の宮司に伺った。張赫宙という朝鮮人作家を覚えているかと。すると、宮司は戦後間もない頃、張赫宙が家族を連れて一時期、高麗神社の境内に住んでいたという。

高麗神社をあとにし、近所の人に案内され、張赫宙が戦後50年あまり根を下ろしていた住まいを訪れた。そこには戦前と戦後を繋ぐ一人の作家の人生のすべてが埋もれているような気がした。周辺にはほとんど何もなく、山と川（おそらく高麗川）、隣は高麗神社、そしてちょっとした畑しか見かけないところであった。張は「高麗郷の美しさは高麗川なしには考えられない」（「高麗郷」）と記している。

私が訪れた当時は、空き地になっていた。子供四人家族六人が暮らすにはかなり狭苦しい広さだった。彼は高麗郷の一角にあるこの狭い土地に戦後50年間住んでいた。近くの商店の主人に尋ねたところ、張赫宙はたまに散策する以外、ほとんど書斎で過ごしていたという。時折、出版社の関係者らしき人が訪ねてくる以外、人の出入りはほとんどなかったようだ。代わりに、日本人妻を畑などでよく見かけたという。彼女は働き者で、家族の生計を担っていたらしい。一生涯書き続けた朝鮮人作家・張赫宙を、親の反対を押し切って、一生涯、尽くしたのだろう。

今でも田舎と言ってもよいこの地は夜になると真っ暗で、昼でもほとんど山と川しか見えない所でよくも50年間住んだものだと私は感心した。しかし、「ここの土地と私が深い因縁で結ばれてゐる」（「岩本志願兵」）からこそ、この地に住まいを移したのではないだろうか。

張赫宙は戦後、解放された朝鮮に帰らず、いや帰ることができず、日本に残り日本語のみで創作活動を続けた。祖国に決別するためか、献身的な妻への愛のためか、１９５２年には妻の姓を名乗って帰化し「野口稔」となる。

しかし、日韓で記憶してもらえなかったこの作家の生誕１００周年（2005）には、息子たちと孫たちが、小さい記念碑を群馬県に建立したことをご遺族から知らされた。張赫宙が他界して以来、彼の作品の読書会を息子や孫で開いているという。韓国では反日ナショナリズムを煽る際に時々呼び出され親日作家だと言いたてられるが、生前の彼は、きっと子供や孫たちにとっては、守り神である天下大将軍だったのかもしれない。

1991年ジャーナリスト・笹本研一が、86歳になった張赫宙を取材しており、「ウルトラシルバー世代賛歌　このエネルギーはどこから来るのか！――八六歳の作家はまだまだ書くべきことが山ほどあるという」なるタイトルの記事を発表している。さらに小見出しに、「英語で二冊の大長編小説を書く」「湾岸戦争のさ中に中東へ」「かわいそうだ……が行動力の根源に」「執筆予定リストはまだ続く」という言葉が続く。実際、71歳で3ヵ月間の渡米調査旅行に赴き、86歳で湾岸戦争まっただ中の中東を取材しに行った。晩年には、英語小説にも力を入れ、英文の長編小説をインド・ニューデリーで出版するなど、1997年2月1日に92歳で没するまで創作活動を続けた張赫宙は、作家という業と真っすぐに向かい合い充実した人生を送ったことになる。

作家金達寿《キムダルス》は次のようなエピソードを書き残している。彼が高麗神社を訪れた際、仲間と張赫宙宅で酒を酌み交わした。興が乗るにつれ朝鮮民謡や流行歌を歌い出す騒ぎとなり、詩人許南麒《ホナムギ》が「木浦《モッポ》の涙《ヌンムル》」を歌うと、突然、張赫宙の妻が張の肩に顔をもたせかけ泣き出すという異変が起こった。張も泣き出し、みなもどうしていいか分からないまま一緒に涙ぐんでしまったということを。

この時、夫人はなぜ涙を流したのだろう。なぜ張も泣いたのか。私はまた高麗神社を訪れ、天下大将軍、地下女将軍に聞いてみたいと思う。

《曺恩美》

張赫宙

第19章 片脚の戦士　作家金学鉄《キムハクチョル》

社会の不義と戦った生涯

金学鉄文学を「韓国文学」に入れるのは少し無理かもしれない。金学鉄（1916～2001）は朝鮮生まれで民族的・血統的には朝鮮人であるが、長年中国で生活し、中国国籍も取っている。中国朝鮮族作家と見るのが一番無難だろう。

１９８５年、中国吉林《きつりん》省延辺《えんぺん》朝鮮族自治州の州都延吉《えんきつ》市に１年間滞在していたわたしは、毎週水曜日金学鉄さんの家をたずね、その生きてきた足跡について話をうかがい、それを録音した。その後毎年のようにわたしは夏休みを延吉で過ごした。金学鉄さんに最後に会ったのは、２００１年9月13日、亡くなる12日前だった。断食をしつつ自宅で寝ていたが、いつものきりりとした生気はなかった。手を握ると、そっとほほえんで、日

延吉の街並み

本語で「いい男だねえ」と口にした。
どういう意味か？　わたしは俳優のような容姿はしていないから、その可能性はない。行為、態度、品行、生きざま？　金学鉄さんにそう言われると、うれしくもあり、「いい男」になろうと努めることが恐ろしくもあった。金学鉄さんは自分で死期が近いことを自覚していて遺書を書いていた。印刷されたものを息子の金海洋さんが、あとでくれた。朝鮮語で口述し、金《キム》海洋《ヘヤン》さんが記録したものだった。

残すことば

社会の負担をへらすため、家族の苦痛をへらすため、これ以上恋々とせず、
きれいさっぱり旅に立つ。
病院、注射、絶対拒否、静かに行かせてくれ。――金学鉄
楽に生きようとすれば、不義に顔をそむけよ。だが、人間らしく生きようとすれば、それに挑戦せよ。

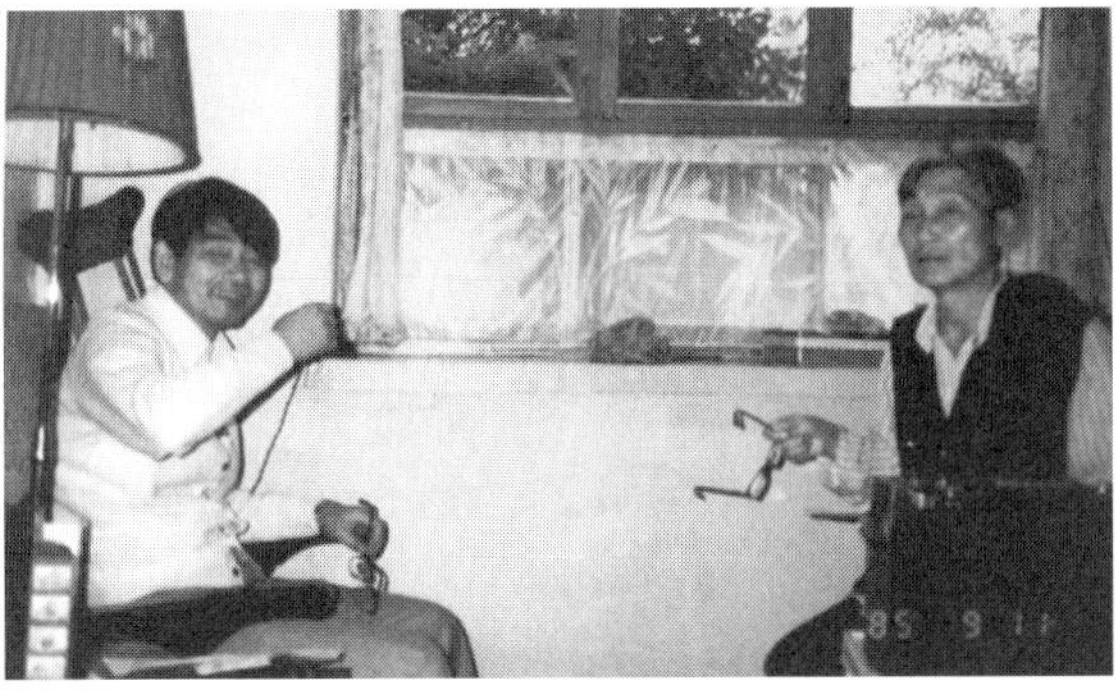

金学鉄（右）と筆者

金学鉄さんの生涯は、まさに不義に挑戦した一生であったと言えよう。遺灰は故郷朝鮮元山に届くようにと豆満江《トゥマンガン》に流した。２０１８年、わたしは金海洋さんの案内で豆満江河畔に行き、中国朝鮮族作家たちとともに追悼した。

金学鉄さんは１９１６年咸鏡南《ハムギョンナム》道《ド》元山《ウォンサン》府《プ》南山洞《ナムサンドン》96番地に生まれた。この地は現在北朝鮮の元山市になっている。本名は洪性杰《ホンソンゴル》といった。家業はこうじ作り、５歳の時に父を亡くし、父方の祖母のもとで育てられた。１９２９年、母の実家のソウル鍾路《チョンノ》区《グ》寛勲洞《クアヌンドン》に住んで、京城《キョンソン》普成《ポソン》高等普通学校（中学校）に入学。同年の光州学生運動のデモにも参加し、尹奉吉《ユンボンギル》の上海虹口《ホンコウ》公園爆弾事件に大きな衝撃を受けた。

高等普通学校卒業後、翌年上海に渡り義烈団《ウィヨルダン》に加入。１９３６年反日テロ活動に限界を感じ、朝鮮民族革命党に加入、37年江陵《ジアンリン》中央陸軍学校（校長蔣介石《ジアンジエシ》）に入学、社会主義に傾倒する。38年卒業。卒業直前に日中戦争が始まり、少尉として参戦、武漢で朝鮮義勇隊（のち義勇軍）の一員として活動。39年以降、湖南省、湖北省、河南省一帯で転戦し、最終的に河北省南西の太行山《タイハンシャン》麓で、八路軍《パールージュン》（中國共産党の軍隊）の一部としての朝鮮義勇軍の一員として戦う。41年日本軍と交戦中、左足大腿部負傷、日本軍の捕虜となる。43年長崎地方裁判所で懲役10年の判決を受ける。45年日本の敗戦により釈放、ソウルに帰り、文学活動を始める。46年アメリカ軍政の左翼弾圧に身の危険を感じ、38度線を越えて越北するが、50年朝鮮戦争で米韓軍に押し出される形で中国北京に。52年吉林省延辺に移住、57年反右派闘争で批判され、以後24年間執筆停止。その間文化革命がおこり、67年から10年間刑務所にいた。80年名誉回復、再び文学活動を開始、次々と長短編を発表。２００１年病没、享年84であった。

金学鉄さんは一生をかけて戦った朝鮮人だった。理想としたところは「人間の顔をした社会主義」であった。だから何十万と出た餓死者、老人がみずから入る墓穴をあらかじめ掘る養老院、きざみタバコひとつまみで春を売る女を出した毛沢東の大躍進・人民公社化の不合理に反対した。それを長編小説『20世紀の神話』に書いた金学鉄さんは、発表するあてもない原稿を壁のあいだに隠しておいた。その原稿を紅衛兵の家探しで見つけられ没収された、金学鉄さんは10年間獄につながれた。文化革命が正式に否定され、1980年名誉回復され原稿が手元に戻ったといっても、関連書類を見ると、原稿は公表されなかったから社会的影響はなかったし、執筆自体は犯罪行為を形成しない、というものだった。1985年金学鉄さんがわたしと会うようになったとき、周囲の目をしきりに気にしていたのは充分理解できる。

金学鉄さんは文学活動を始めた動機や、なぜ文学作品を書くのかという問いに対し次のように言っている。


もともと小説を書く気はなかった。だけど、たまたま日本軍が銃弾一発をわたしの脚にプレゼントしてくれてね。片足を失っては軍人として役に立たない。それで、よし、じゃあ書いてやろうと、諫早《いさはや》監房のなかで心に決めた。

朝鮮義勇軍は労働者の軍隊ではない。農民の軍隊でもない。知識人の軍隊なんだ。彼らは腹が減ったり、職がなくて参加したのではない。自民族が他民族に踏みにじられるのを座視できなくて、立ち上がっただけなんだ。わたしが書くというのも、人間の世の中がどうすれば良くなるか、人類に何が貢献できるか、そのために書く。わたしの一生は、目の前に何か不合理な現実があればそれと戦う。朝鮮義勇軍もそうだし、『20世紀の神話』もそうだ。

金学鉄さんの率直な文学観がよく出ている。

金学鉄さんの作品は、中国では金学鉄全集全10巻が出ているが、それに『自叙伝――最後の分隊長』と『20世紀の神話』は含まれていない。韓国ではこの2冊のほかに、長編も2、3編出版されているが、全集はない。ピョンヤンでの出版は不可能だろう。

《大村益夫》

IV

近代の詩人

第20章　きょっきょん、きょっきょん、金素月《キムソウォル》

定州《チョンジュ》そして雨降る往十里《ワンシムニ》

金素月（1902～1934）は1902年9月に平安北道《ピョンアンプクト》・定州の北方、亀城《クソン》の母方の実家に生まれた。生後百日の祝いを亀城で迎え、年を越さないうちに郭山《クァクサン》（1914年に定州郡に編入）の本家へと移る。本家のあった郭山・南端里《ナムダンリ》は名山・凌漢山《ヌンハンサン》（412メートル）を背に、北西に行けば宣州《ソンジュ》、東は定州中心部にほど近く、南には海の広がる、自然の豊かな地であった。彼は定州で学校に通った後、1922年にソウルの培材《ペジェ》高等普通学校5年次に編入し卒業。1923年に東京商科大学予科に入学したが関東大震災により朝鮮に戻ったとされる。22歳からは亀城の妻の実家近くに住んだ。

　彼の詩の多くは定州の地で書かれた。とくに彼の通った五山《オサン》学校時代（1915～1919）は彼が詩の原型を形作る時期に該当する。

金素月（「東亜日報」1934年12月29日夕刊4面）

定州は中国に近く、もともと開化思想を受け入れやすい土壌があったとも言われるが、それにしてもさほど大きいとは言えないこの地を故郷とする著名人の多さは目をみはるものがある。近代以降でいえば、朝鮮近代文学の父・李光洙《イグァンス》、民族教育で知られる五山学校の設立者・李昇薫《イスンフン》、詩人・白《ペク》石《ソク》、翻訳家であり詩人でもあった金億《キムオク》、朝鮮日報社長・方應謨《パンウンモ》、小説家・鮮于輝《ソヌフィ》、雑誌『世界』に1970年代から1980年代にかけて連載された『韓国からの通信』（岩波新書）の著者・T・K生こと池明観《チミョングァン》氏らをあげることができる。

中国に近い、あるいは中央から疎外された地（定州は洪景来《ホンギョンネ》の乱により一時「叛逆郷《パンヨクヒャン》」とされたこともあった）、ということで言えば別に定州でなくともほかにもいくらでもありそうである。しかし、人物の輩出ということで言えば、やはり定州なのである。この地は朝鮮時代から科挙及第者も多かった。教育に対する関心が昔からかなり高い地域であったと言えるのであろう。

金素月は昔話を好んだという。昔話をおもに聞かせてくれたのは、父の長兄の妻にあたるおば（桂《ケ》煕永《ヒヨン》）であった。中学に入るまで話をせがんだというから、よほど昔話が好きだったのであろう。

きょっきょん
きょっきょん
おとうと　きょっきょん
津頭江《チンドゥガン》　川辺に住んだねえさんは

津頭江のこちらの村に
　来て　鳴きます。
むかし、わたしの国の
遠いはて
津頭江　川辺に住んだねえさんは
継母の嫉みに死にました。（拙訳）

詩「杜鵑《チョプトンセ》」の一節である。平安道の津頭江近郊の村に住んだ姉弟が継母にいじめられ姉が死んで杜鵑《ホトトギス》となる説話をモチーフとしている。

おばから聞いた昔話で育まれた金素月の感性は、彼の文学の背景として重要な要素となっている。このことにあわせ、父方の兄弟が民族運動に身を投じるなどして家にいないのが日常であったため、昔話をしてくれるおばや母の存在が、彼の成長過程において少なからぬ影響を及ぼしたともいわれる。さらに言えば、金素月の父は精神を病んでいた。日本人の暴力によるものであったという。彼の一部の詩や小説「綿雪《ハムバンヌン》」に見られる民族主義的な志向も彼の家族環境に関係があるのかもしれない。ともあれ、彼の周辺の女性たちは夫の不在や夫の病気とともにあり、金素月はそうした女性たちの寂しさや哀しみに直接に接しながら成長したものと思われる。それだけに、彼は妻のことを大切にしたようである。

残念ながら、現在、日本から定州に自由に旅行することはできない。金素月にまつわる場所が韓国にないかといえば、ソウルということになる。

金素月といえば、往十里を思い出す。そして往十里といえば雨を思い出す。金素月の詩「往十里」が私にそうさせるのである。李成桂《イソンゲ》の命を受けた無学大師《ムハクテサ》が都を定めようとしているときにこの地を候補としかけた話はよく知られる。「雨が降る／降りにけり／降る雨は／降らば五日ばかり降るがよし」で始まるこの詩は、韓国人も愛唱する詩の一編に数えられる。「つつじの花」「山有花《サンユファ》」「母よ姉よ」、こういった詩は、韓国ではそらんじている人も多いことであろう。

南山・素月詩碑

ただ、彼の詩は、決して簡単なものとは言えない。かなり難解な詩が多い。「往十里」にしても、近年でもその解釈の仕方に議論が起きたほどである。彼は詩を何度も推敲し言葉を極限にまで研ぎ澄まさせた詩人であった。

ソウルには、金素月の詩碑が二つある。一つは南山にある詩碑で、「素月路《ソウォルキル》」（金素月の名に由来するが、彼と直接に関係がある道というわけではない）を上がった南山図書館のすぐそばにある。もう一つは、地下鉄二号線・五号線の往十里駅から上がったところにある往十里広場にある。

前者に刻まれた詩は「山有花」、後者はもちろん「往十里」である。

私がかつて何度か行った往十里は、がらんとしたさみしい地という印象があった。駅を降りると車道ばかりが広がり、さて、どこに足を向けたらよいものかと考えたものだが、今は地下鉄駅の地上に造成された往十里公園が市民の憩いの場となっている。ソウルはどこもかしこも10年ひと昔というほどに急速に様変わりしている。私がしばしば訪れた記憶の中の往十里の面影は、今はない。言うまでもなく、金素月が知る往十里の風景もずいぶんちがったものであっただろう。しかし、いずれにしても雨なのである。街の変化とは関係なしに往十里の街には雨が似合うのである。

ところで、金素月の詩の言葉の美しさからは考えづらいことだが、彼にはいささか偏屈なところもあったらしい。彼の妹でさえ「心が狭く偏狭だった」と言っているのである。彼は詩集『つつじの花』(1925) を刊行後、亀城で東亜日報支局を経営したが挫折、酒におぼれる毎日であった。結局、彼は１９３４年12月24日、自ら死を選んだのであった（彼の死についてはいくつかの異説もあるが、いずれにしても自暴自棄の状態にあったことに違いはないものと思われる）。何に悩んでいたのかは分からない。経済的な理由だろうか。そう考えるのが当時の彼の生活苦を考えるとそれらしくもあり、師・金億も金素月の世の中への嫌悪とお金への執着に言及している。しかし、どうにもそれだけだったとは思えない。私としては金億との葛藤も何らかの形で関係していたのではないかという気がしないでもない。彼が金億に贈った詩「三水甲山《サムスカプサン》」（彼の最後の発表作でもある）を読むと、どうにも違和感が先立つのである。彼は酒を飲むと泣いてばかりいたという。偏狭だったとも言われた彼は何に傷つき、何にいらついていたのだろうか。すでに彼の詩集『つつじの花』は高い評価を得ていた。一体何が彼を泣かせていたのだろうか。

彼はただ静かに生き、自らの文学を自由に追求することをひたすら希望していたのではなかったろうか。

母さん、姉さん、川辺に住もう。
前の庭には金色の砂
裏門の外には葦の葉の歌
母さん、姉さん、川辺に住もう。

《熊木勉》

第21章 禁じられた詩人 鄭芝溶《チョンジヨン》

郷愁の沃川《オクチョン》

「郷愁」という歌は、ある年代以上の韓国人であればたいてい知っている。これは鄭芝溶（1903？～1950）の初期代表作「郷愁」に魅了されたフォーク歌手李東源《イドンウォン》が、こんな詩に曲などつけられないという作曲家金熙甲《キムヒガプ》に頼み込んで完成したもので、李東源とテナー歌手朴忍洙《パクインス》のデュエットにより1989年頃に大ヒットした（朴忍洙は流行歌を歌うなどクラシック歌手の風上にも置けないと非難され、国立オペラ団を除名された）。「古《いにしえ》の物語を囁《ささや》く小川は／野原の東の果てをめぐり／夕まぐれ／斑《まだら》の黄牛《ファンソ》が気怠《けだる》い金色の声で鳴いていた、／／——その郷《さと》を、夢にだに忘られようか（……）」といった詩に曲をつけるのは、確かに難しそうに思える。

鄭芝溶

鄭芝溶は韓国（朝鮮）現代詩の起点となる詩人だ。当時の評論家たちは「わが国の詩に現代の呼吸と脈拍を吹き込んだ最初の詩人」（金起林《キムギリム》）、「フランス語や英語に翻訳して、彼らの超現実的芸術傾向、その貴族的水準に並びうるのは、この詩人を措いて他にない」（梁柱東《ヤンジュドン》）、「彼の天才を疑い、否定するものは皆無だ」（金煥泰《キムファンテ》）と評価し、英文学者李敭河《イヤンハ》は、朝鮮語がフランス語のごとき美しい言葉になったと言い、「我々もついに詩人を得たのだ！」とその喜びを表している。絶賛されたと言っていい。

ようやく文壇らしきものが成立した１９３０年代後半の朝鮮において芝溶の存在は圧倒的であり、その詩風に憧れる文学青年が後を絶たなかった。日本でも知名度の高い尹東柱《ユンドンジュ》もそうしたファンの一人だ。どういうふうに「朝鮮語の無限の可能性を具体的に」（李敭河）知らしめたのかは韓国語で読まなければ理解できないことではあるが、便宜上、翻訳で示す。

玻璃《ガラス》に
冷たく哀しきものが揺れている
おずおずと近寄り息をかければ
なついたように　凍えた羽をばたばたさせた
消しても　消しても
漆黒の闇が退いてはまた押し寄せ　ぶつかり
水をふくんだ星が　光る宝石のように象眼される
夜　ひとり玻璃を磨くのは
孤独で恍惚とした心持だからだ

かはゆらしい肺血管が割けたまま
お前は野の鳥のごとく行ってしまったんだね（「玻璃窓1」全文、拙訳）

これは幼な子を失った悲しみを表した詩だが、こうした感覚的な表現は、芝溶以前にはなかった。音の面からみても、たとえば「郷愁」のリフレーン「참하 꿈엔 들 잊힐리야《チャムハックメンドゥルイチルリヤ》（その郷を、夢にだに忘られようか）」は激音、濃音、流音の響きが絶妙に心地よい。

実のところ、鄭芝溶の詩は1988年3月31日に〈解禁〉されるまで出版・販売が禁止されており、ずっと公に語ることすら許されていなかった。しかし解禁と同時に鄭芝溶全集が出版されて研究も活発に行われるようになり、ヒット曲「郷愁」が詩人の名を一般に浸透させた。

鄭芝溶の作品が発禁になったのは、〈越北《ウォルブク》作家〉と判断されたためだ。越北とは永住目的で自発的に北に行くことで、拉致されて北に連れていかれるのは〈拉北《ナップク》〉という。朝鮮戦争の混乱の最中に行方不明になった芝溶は失踪の経緯も判然としないのに〈越北〉とみなされ、作品を読むことすら禁じられた。同じく〈越北作家〉扱いになった詩人白石《ペクソク》の場合はそもそも平安北道《ピョンアンブクト》出身だから北にいても〈越北〉ではないはずだが、共産主義者でないなら当然〈越南《ウォルナム》〉すべきだという理屈らしい。

1951年10月5日付自由新聞は、〈公報当局〉が林和《イムファ》、金南天《キムナムチョン》など朝鮮戦争勃発前に越北した38名の作家をA級、李庸岳《イヨンアク》、朴泰遠《パクテウォン》など勃発後に越北した作家24名をB級に分類して、これらの作家の既刊作品の出版販売を禁じ、今後も文筆活動を禁止する方針を出したと報じている。鄭芝溶、金起林など戦争中に拉致、行方不明などの理由で消息不明の12名はC級とされ、処分が保留されたようだ。

その後、東亜日報１９５７年3月3日夕刊は、文教部が越北作家（A級38名、B級は一人減って23名）の作品について出版販売禁止を指示したと報じているもののC級については言及されておらず、芝溶の作品がいつ禁止されたのかは正確にはわからない。とにかく鄭芝溶は不穏な詩人とされ、作品を国語教科書に載せることはできなくなったが、実際には学校でこっそり教えていた先生もいたようだ。およそ30年の時を経て解禁になったのは、１９８８年のソウルオリンピックを目前にした韓国が、自由な国であることを世界にアピールする意味もあったのだろう。鄭芝溶は越北ではなく拉北だったと認定され、金起林と共に１９８８年3月31日に作品が解禁された。7月になると、白石のようなケースも含め、１２０名の拉北・越北作家の作品が、翌年には北で要職についたという理由で保留されていた洪命《ホンミョン》憙《ヒ》などの作品も解禁された。

　北原白秋に傾倒し、同志社大学留学中に白秋の雑誌『近代風景』に日本語詩を投稿して有望な新人だと評価された芝溶は、その卓越した言語感覚で朝鮮語の新しい可能性を創造した。しかし、〈越北作家〉とされた芝溶の作品は、解放後に彼が左翼的な発言をしたこともあり、〈反共〉を掲げる独裁政権に癒着した評論家趙演鉉《チョヨンヒョン》などの牛耳る文壇で不当な評価を受けた。その後も、独裁政権に反対する文学研究者たちがプロレタリア文学を過大評価し芸術主義的な文学を過小評価したせいで、芝溶の作品はやはり過小評価され続けた。

　伝説の海に踊る夜の波みたいな
　お下げ髪をなびかせた幼い妹と

何と言うこともない　美しくもない
一年中素足の妻が
強い日差しを背に落ち穂を拾った（「郷愁」拙訳）

芝溶の故郷は、韓国内陸部に位置する忠清北道《チュンチョンブクド》沃川《オクチョン》だ。ＫＴＸ（韓国高速鉄道）とバスを使えばソウルから2時間余りで行けるが、芝溶の子供の頃はソウルなど遥か彼方だったに違いない。歴史的建造物としては寺や郷校があるだけで、これといった名物もなかった。大清湖《テチョンホ》という湖があるものの、これは１９８０年頃にできた貯水池らしい。現在、沃川最大の観光資源はおそらく鄭芝溶だ。生家（近くには朴正熙《パクチョンヒ》夫人・陸英修《ユクヨンス》の生家もある）が復元され、鄭芝溶文学館では実物よりも長身に作られた芝溶の人形がベンチに座って来館者を迎える。周辺にある商店の看板や壁にも芝溶の詩の一節が書かれ、郷愁サイクリングロード、郷愁公園、芝溶文学公園、芝溶路など、偉大な詩人の故郷であることをアピールして観光客を誘致している。

日本の植民地支配と急速な近代化が進む１９３２年、芝溶は「故郷に　故郷に帰ったのに／恋しかった故郷ではないなんて」という言葉で始まる「故郷」という詩を発表した。観光地として整備されるほど、沃川はいっそう芝溶の夢から遠ざかっていくだろう。

《吉川凪》

第22章　プロレタリア詩人　林和《イムファ》

植民地朝鮮と鍾路《チョンノ》十字路

港の娘よ！　異国の娘よ！／ドックを越えてくるな、ドックは雨に濡れ／私の胸はここを去る悲しみと追われる憤りに燃えている／おお、愛する港、横浜の娘よ！／ドックを越えてくるな、欄干は雨に濡れている／（略）／おまえは異国の娘、私は植民地の男／（略）／おまえと私――われらはひとえに勤労する兄妹だった　（「傘さす横浜の埠頭」1929、拙訳）

林和

林和（1908～1953？）は詩人・評論家で本名は林仁植《イムインシク》。ソウル生まれで１９２６年ごろから詩や評論を発表し、無産階級芸術に関心を持って、27～28年のカップ（ＫＡＰＦ、朝鮮プロレタリア芸術家同盟）の第一次方向転換では、不妥協強硬路線への転換に主導的な役割を果たした。詩「傘さす横浜の埠頭」は、当時、中野重治が書いた「雨の降る品川駅」（1929）への返詩とい

1930年代の鍾路二丁目の写真。左手にある三角屋根の建物はＹＭＣＡ。

われる。「辛よ、さようなら／金よ、さようなら／君らは雨の降る品川駅から乗車する」で始まり、「日本プロレタリアートのうしろ盾まえ盾／さようなら／報復の歓喜に泣きわらう日まで」で結ばれる中野のこの詩の「うしろ盾まえ盾」に応答するかように、林和は自らの詩で、日本を追われる朝鮮人青年と、彼を見送る日本人女性同志の関係を描く。このころ林和が残した詩は、労働者の連帯を兄妹関係で描いたものが多い。

おまえが今、行くというのは、どこに行くというのか？／私の愛する若い同志よ／私の愛するたった一人だけの妹・順伊《スニ》／おまえの愛するその大切な男／勤労するすべての者の恋人……

（「十字路の順伊《スニ》」1929、拙訳）

林和はプロレタリア文学の詩人で、物語詩をよく書いた。「十字路」というのはソウルの鍾路一街と

1930年代の鍾路十字路の東南の角にある「普信閣」(通称・鐘閣)

二街の境界の十字路のことをいう。ソウルがまだ城郭都市・漢陽だったとき、南大門(崇礼門)などの開閉を告げた「鐘閣《チョンガク》」がその東南の角にあるが、そのはす向かいには当時、鍾路警察署があった。留置場から出た人々は署の前で待ち人と会って、当時、ソウルの朝鮮人街としてもっとも繁華だった鍾路の往来の人ごみの中に、あるいは十字路の駅から路面電車に乗って街の喧騒の中に消えていった。林和が生涯に残した詩の大半は平凡な抒情詩だが、林和を詩人として記憶する人の大半は、これらの物語詩を想起し朗唱する。当時、議論されたプロレタリア文学の芸術大衆化論争でも、林和の詩は「短篇叙事詩」としてモデルとされた。彼は、東京に滞在した1930年前後の2年ほどの間、他の朝鮮人留学生と違って学校には籍を置かず、李北満《イブンマン》らの『無産者』誌グループと行動をともにして、カップ東京支部の運営に携わっていた。朝鮮に戻った後、1932年に林和はカップの書記長に就任するが、2年後の

1934年にはカップ解散のきっかけとなった「新建設社事件」が起きる。劇団・新建設社が「西部戦線異状なし」の公演を準備中に劇団員および関係者23名が逮捕・拘束された事件だが、彼らに対する罪状は、カップに属した経歴を問われた治安維持法違反であった。だが、その大半が林和の勧誘で加盟したにもかかわらず、被告の中に林和の名前はなかった。彼は数ヵ月の逃避生活の後、翌35年にはカップを解散させプロレタリア文学終焉の幕引きをした。林和はその後、詩集『玄海灘』の刊行(1938)のほか、評論集『文学の論理』(1940)や「朝鮮新文学史序説」をはじめとする近代文学史の先駆的な骨格作りにも専心した。

玄海灘、広い海の上/今、乳を飲んで横になり/揺れるおまえの両頬の上に/とめどなく涙ばかりが流れる/(略)/赤ん坊よ、おまえの若い父の涙の中には/何が入っているか知っているか?/一粒の涙の中には/かつておまえが見たこともないあらゆるものが入っている/(略)/この中には彼らが育った揺籃の昔の歌が入っている/この中には彼らが摘んだ春の菜と花のきれいな香りが入っている/この中には彼らが夢見た青春の空想が入っている　(「涙の海峡」1938、拙訳)

この海の波は/昔から高い/(略)/だが、われら青年は/恐れよりも勇気が先んじていた/(略)/どれほどの青年たちが/平安と幸福を求めて/この海の険しい波の上にのぼったのだろうか?/(略)/ある者は越えていったまま戻ってこなかった/ある者は帰ってくるなり死んだ/ある者は痛い敗北に泣いた/――そのなかに希望と決意と誇りを恥ずかしくも売り払った者がいたな

らば、私はそれを今、覚えていたくない　（「玄海灘」1938、拙訳）

「傘さす横浜の埠頭」のころには、国境を越えた無産者の階級連帯と、帝国／植民地の関係清算のはざまに揺れていたこの詩人も、「玄海灘」のころには、関釜連絡船の風景を活写しながら、帝国と植民地の関係の矛盾を風景として活写する詩人になっていた。その後、彼は出版社「学芸社」を運営する一方、高麗映画協会などで、当時の映画事業などにもかかわり、植民地下ファシズム期の「新体制文化運動」に加担するなど曲折を経た。

１９４５年８月の解放後、林和は「朝鮮文学建設本部」や「朝鮮文学家同盟」の結成を主導して、47年11月に北朝鮮に渡る。朝鮮戦争時には人民軍の従軍作家としても従軍、ソウルで朝鮮文化総同盟を組織、副委員長を務めるなどした。そのとき彼は、北朝鮮に渡る前にソウルに残してきた娘を探す父親の心情を、次のような詩として書き残している。

まだ／額を髪でかくし／後ろで大きく三つ編みするのも／恥ずかしがって顔を赤らめた／おまえは今、この／風の冷たい吹雪の中で／何を考え／どこにいるのか　（「おまえはどこにいるのか——愛する娘ヘランに」1950、拙訳）

この詩は当時の北朝鮮の文壇で感傷主義が克服されていないと批判の対象にされる。その後まもなく朝鮮戦争は休戦となるが、休戦協定の締結直後に北朝鮮内で始まった粛清劇で、林和は１９５３年

8月、北朝鮮の最高裁判所で「米帝のスパイ」との嫌疑で死刑判決を受けた。このあたりの彼の後半生は、松本清張の『北の詩人』（1962～1963）で日本でもつとに有名になったが、さまざまな制約で清張も目を通せなかった別の大部な裁判記録にある、林和自身による少し長めの最終陳述は、彼の最期を暗示する風景のパノラマである。不幸にもこれは詩人のエトスの確実な一部を物語っているように思えてならない。

……われわれの罪悪は申すまでもありません。私が感じたことは、米帝に私の友人と私の父母、子供、親戚を殺させ、私が住んでいた場所、私が歩いた道、山川を爆撃させたということであります。（略）私の家族も米帝の爆撃によって殺されました。私の家族を殺したのは、米帝というよりも私自身であります。（略）私もまた他の被訴者と同じく許されるものならば、最後まで人民の審判の場で顔をあげ、声をあげて祖国と人民に栄光あらんことを祈願致します。最高裁判所判事のみなさん、重大な罪を犯した私に祖国の栄光を祝い、満足に死ねる条件を作って下さったことに対して感謝を捧げます。（1953.8、拙訳）

《渡辺直紀》

第23章

モダニズム文学の旗手　金起林《キムギリム》の足跡

「北」と「南」の間で行方不明になった詩人

金起林（1908～?）といえば、1930年代に当時の京城で花開いた韓国モダニズムの理論的支柱として詩や詩論に筆を揮った文学者として知られている。代表的な詩集には『気象図』(1936)や『太陽の風俗』(1939)、『海と蝶』(1946)があって、ヨーロッパや日本のモダニズム詩の影響を強く受けた知的な作風を持っている。例えば「夜の港」という詩では「恥ずかしがりやの宝石商の娘／暗闇の中に隠れて／ルビー、サファイヤ、エメラルド……／彼女の宝石箱をこっそりとひっくり返す」といった短い詩句の中に、キーツの詩や西脇順三郎の詩の影響があることが見てとれる。

金起林

1933年、彼は韓国のモダニズム文学者の団体である「九人会」を鄭芝溶《チョンジヨン》や李泰俊《イテジュン》、李孝石《イヒョソク》、趙《チョ》容萬《ヨンマン》らとともに立ち上げ、のちに李箱《イサン》、朴泰遠《パクテウォン》もそこに合流することになる。李箱とは同じ普成《ポソン》高等普通学校の同窓生だったこともあって、格別親しい関係にあった。現在、ソウル市の松坡《ソンパ》区にある普成高等学校には金起林と李箱の詩碑が建てられている。つまり、金起林は韓国モダニズムの中心に立って活躍した文学者であり、ある意味でプロデューサー的な役割をしたと言ってもいいかもしれない。そこには、金起林が『朝鮮日報』の記者として幅広い人脈を持っていたことが関わっていただろう。

ところが、金起林の足跡を追っていこうとすると意外と彼の跡を追うのは難しいことに気づく。金起林は生まれが現在では北朝鮮の咸鏡北《ハムギョンプク》道《ド》鶴城郡《ハクソングン》であり、彼の故郷を訪ねていくことはほとんど現実的には不可能である。彼の実家は「武谷園《ムゴクウォン》」と呼ばれる1万坪にも上る広大な果樹園を所有しており、１９４５年の解放後、北朝鮮政府によってその土地は没収されることになる。彼は夫人や子供たちを密かに南に脱出させたということもあって、１９５０年の朝鮮戦争の勃発後、ソウル市内に入ってきた北朝鮮軍によって拉致され、その後消息不明となってしまう。いまだにその後の生死さえ不明のままである。

さらに、彼は韓国では自らの意思によって越北した「越北作家」と見なされたため、長いこと韓国で著作は禁書となり自由に触れることはできなかった。彼の名前さえも自由に触れることができず、文学史などで言及される時には「金○林」というように伏字とされたのである。つまり、金起林はある意味で解放後の「北」と「南」との間での対立と冷戦の中で翻弄された文学者と言うことができる。彼の文学は解放後長いこと、北朝鮮でも韓国でも正当な位置を持つことができなかったのである。

このような状態がようやく終わったのが、韓国の民主化後の１９８８年のことになる。この年に『金起林全集』全6巻が尋雪堂《シムソルダン》から出版され、ようやく自由に彼の著作に触れることができるようになった。その後、彼の文学に対する研究も盛んとなり再評価が進められてきてはいるものの、やはり彼の生涯と文学が「北」と「南」との間で宙ぶらりんになっているという印象はぬぐえない。ある意味で、彼は第二次大戦後の朝鮮半島の分断の悲劇をもっとも象徴的に表している文学者と言っていいかもしれない。

また、金起林をめぐる事情をより複雑にしているのが、彼の生涯が日本とも深く関係している点である。金起林は17歳の時に東京に留学し日本大学専門部文科正科（現在の日大芸術学部）で勉強している。さらに、その後京城に戻り『朝鮮日報』の記者となって数年間を過ごした後に、ふたたび１９３６年、28歳の時に東北帝国大学英文学科に留学している。

東北大学の学籍簿

植民地時代の朝鮮の文学者たちには日本留学をした者が少なくないが、二度にわたって留学をした者は数えるほどしかいない。李光洙《イグァンス》（明治学院、早稲田大学）がそのような数少ないケースだが、もしかしたら李光洙の再留学が金起林にも何らかの影響を与えていたのかもしれない。モダニズム文学に対するより体系的な勉強をしたいという動機からのものだったと言われているが、結婚し二人の子供もいた20代後半の金起林が再留学を決意するのは並々ならぬ決意があったはずである。

１９３６年から１９３９年までの３年間にわたる東北帝大への留学では、英文学科の土居光知教授や詩人でもあるラルフ・ホジソンの下で、かなり集中的に勉学に励む毎日を送ったようである。それまで『朝鮮日報』や数々の雑誌に発表していた文章が、特に１９３８年以降には大幅に減り、論文執筆に集中していたことが分かる。当時の雑誌『三千里』でのインタビューでは、暇つぶしの趣味に「散歩、シネマ、読書」を挙げているが、それらの余暇を除いてほぼ勉学に捧げられた時期だったと考えられる。留学当時に書かれた数少ない詩のうち、「仙台」と題された詩が「東方紀行」連作中にあり、留学中の彼の内面をうかがうことができる。そのような3年間の勉学の結実として卒業論文「I. A. Richards' Theory of Poetry」がまとめられた。その論文は現在確認できないが、解放後に出版された『詩の理解』が副題に「I. A. リチャーズを中心にして」とあり、ほぼ卒業論文を踏まえたものだったと見られる。

１９３９年3月に仙台を離れ帰国するのに前後して、金起林は「海と蝶」という詩を作っている。「誰も彼に水深を教えたことがないので／白い蝶は海がすこしも怖くない／／青い大根畑とおもって飛んでいったが／いたいけな羽は波に濡れ／姫君のように疲れ果ててもどってくる／／三月の海は花が咲かずやるせない／蝶の腰に真っ青な三日月が凍みる」という彼の帰国に際しての心情がよくうかがわれるものである。海の上をわたる蝶のいたいけな姿に託された彼の疲労と不安にさいなまれた心情は、その後戦時体制が強化され、朝鮮語も禁止されていく朝鮮の前途に対する不安を象徴的に示したものだったと見られる。この「海と蝶」という詩は、金起林を代表する詩としてその後知られるようになり、ソウルの普成高等学校にある詩碑にもこの詩が選ばれ、また２０１８年11月に東北大学片平キャンパスに建てられた金起林の詩碑にもこの詩の原文と日本語訳とが刻まれている。

北朝鮮と韓国の間で解放後長いこと読まれることも禁止され、苦難の時期を経た金起林の詩が、韓国の民主化と東アジアの文化交流の深まりの中でようやく自由に読まれることができるようになり、さらに韓国および日本で再び照明が当てられ始めていることは感慨を催させる。戦後の長い苦難の歴史をくぐって、彼の詩と文学は東アジアの地で共有され始めているのである。さらに北朝鮮との和解と共に彼の生家にも自由に行ける日が来ることがあれば、彼の文学は南北朝鮮と日本とをつなぐ架け橋となるかもしれない。

《佐野正人》

金起林詩碑（東北大学）

金起林詩碑（普成高等学校）

第24章 李舜臣《イスンシン》の町・統営《トンヨン》の少女と白石《ペクソク》
祠堂の石段に座りあの人をおもう

統営は慶尚南道《キョンサンナムド》の海に面した小さな都市である。椿、榧《かや》、柚子《ゆず》といった植物が多く、とりわけ椿は統営一帯の島々を含めて代表的な植物となっている。椿を見るためにこの地を訪れる人も多い。ここに、李舜臣《イスンシン》将軍（文禄・慶長の役で活躍し、韓国では英雄とされる）をまつった忠烈祠《チュンニョルサ》というところがある。その入り口の手前、わずかに下ったところに明井《ミョンジョン》という二つの小さな井戸がある（日井《イルチョン》・月井《ウォルチョン》と呼ばれる）。この井戸はこの地の人々の生活とともに長い歴史を刻んできた。比較的近年まで使用されてきた井戸であるらしい。

蘭《ナン》というひとは明井里《コル》に住むというが
明井里は山を越え、椿の木の青い、甘露のような水の湧く明井泉《セム》がある村で
泉のそばにはにぎやかに水を汲む娘や若妻のなかに私の好きなあのひとがいるようで
わたしの好きなあのひとは、青い枝に真っ赤に椿の花が咲くころに他郷に嫁いでしまうようで

（拙訳）

白石（1912～1996）の初恋の話である（初恋かどうかは実は知りようがないのだが、少なくとも彼が最初に真剣に恋をした女性であろう）。彼は1935年に友人である許俊《ホジュン》の結婚祝いの席で当時梨花《イファ》女子高等普通学校に通っていた少女に恋をする。一途な恋であった。のちの詩「白い壁があって」（1941）に出てくる女性、すでに結婚して子供もいて家族で食事をしている姿が描かれる女性も、おそらくこの初恋の女性なのであろう。

彼はこの少女に会うために、当時交通の便が相当に不便であったであろう統営まで、ソウルから数度にわたって足を運んでいる。しかし、彼が少女に会うことは一度もかなわなかった。それでも、彼は少女との結婚を少女の母に願い出たのであった。その彼の願いも叶えられることはなかった。白石はあまりに貧しかったし、家柄とやらが障害になったようだ。結局、少女は白石と少女の仲を取り持ってくれるはずだった、白石の友人の妻となるのであった。

しかし、わたしは白い布団の上でやせた腕の
真っ青な血管をみつめながら、わたしは貧しい父をもったことと
わたしがながく慕ってきた娘が嫁に行ったことと
あんなにもやさしかった友がわたしを捨てたことをおもう

英語教師時代の白石

何かへのこだわりというものをときとして人は持つものらしい。それがのちの人生に影響を及ぼし続けるということも珍しくはない。彼の詩を読みながら、私がしばしば感じるのも、彼のこの少女へのこだわりである。また、何かへのこだわりは何でもないちょっとした瞬間へと向かうことも往々にしてある。白石の詩には、幼年期へのこだわりというものがしばしばうかがえる。家族や親戚とともにあった記憶の断片、朝目覚めたときに台所から漂ってくる汁物のにおい。そうした日常の中のふとした瞬間の描写を通じて、読む者は自らの遠い記憶の中に共鳴する何かを感じとる。

白石は不思議な詩人である。どうも文人たちとさほど親しかったようには見えない。教師になるのが夢であった彼にとって、文壇というものはさほど大きな意味をもつものではなかったのかもしれない。もちろん、許俊という小説家は白石に近かったし、咸鏡南道《ハムギョンナムド》・咸興《ハムフン》にある永生《ヨンセン》高等普通学校で教壇に立つことができたのも、評論家・白鉄《ペクチョル》の紹介によるものといわれる。しかし、彼は何らかの集まりやグループに属するような性格ではなかったようだ。その一方で、盧天命《ノチョンミョン》のかの有名な「鹿《サスム》」という詩が白石のことを指して書かれた詩だとまことしやかに言われるほど（なるほどそう言われると詩に白石の雰囲気が感じられなくもない。事実なのかもしれない）、文壇の女性たちの関心の的であったということはできるのだろう。

彼はいささか潔癖な面もあったようである。彼は電車に乗るときに手すりにはつかまらなかったという。誰かと握手をした後には手を洗ったともいう。私がその様子を見たわけではないので本当かどうかは分からないのだが、いずれにしても、そう思わせるだけの何かが彼にはあったのであろう。モダンボーイとして知られた彼であっただけに、それらしく思える話ではある。人間関係においても、誰とでも気軽に会ってというような人付き合いのよい性格の持ち主ではなかったのかもしれない。

統営といえば、今は観光地として大いに開発が進んでいる。市民たちの手によりペインティングされた壁が有名である。美しい町から弥勒山《ミルクサン》にのぼると、眼下に閑麗水道《ハルリョスド》の絶景が広がる。閑麗水道は李舜臣将軍が日本軍を大敗させた場所でもある。海面からいくつもの団子が突き出るように浮かんで見える島々の見事な景色。ケーブルカーが運航しているので、弥勒山にのぼるのは難しいことではない。ただし、ケーブルカーをおりてから頂上まではしばらく歩かなければならないので若干体力を要する。白石がこの山を訪れたかどうかは知るすべがない（もちろん当時ケーブルカーはない）。いずれにしても確かなのは、白石が忠烈祠の石段に座って少女のことを考えていたということである。

昔の将帥を祀った古い祀堂の石段に座り、わたしは今夕、泣きそうに、泣きそうに、閑山島《ハンサンド》の海に船頭となってゆき

屋根の低い家、垣根の低い家、中庭ばかりが高く見える家で、十四夜の月を背に踏み臼をつく、わたしのあのひとをおもう

統営・忠烈祠

私がこの統営を訪れたのはずいぶんと昔、30年ほど前のことだが、海のにおいを覚えている。白石は日暮れる宿の中庭に降る「海苔のにおいのする雨」をうたった。私はこの町に着いてすぐに宿に荷物を預け市場でイカを買った。宿の女主人は親切にもそれを料理してくれた。海のにおい、なんと坂の多い町だろうという印象、警戒心も何もない人なつっこいこの町の人たちの姿を、私はとても懐かしい記憶として今も胸にいだいている。私がこの町を訪ねた時は、統営ではなく忠武《チュンム》という名称であった。忠武市であったのはどうやら1955年から1995年までらしい。

当時、私は白石のことを知らなかった（白石は1988年に韓国で解禁された北の詩人である。故郷は金素月と同じく定州）。もしも知っていたなら統営に着いたその足ですぐに忠烈祠へと向かい、石段に座って、恋に対しても何に対しても、あるいは解放後の北での身の処し方までも含めて自分として可能な形で潔癖であり続けようとしたように見える白石のことを思いながら、明井方面をゆっくりとながめたことだろう。もっとも現在、建物が増えたことで石段から明井洞あたりを一望することは難しいとのことである。

《熊木勉》

第25章　李陸史《イユクサ》の雄壮な想像力

安東《アンドン》の風景と「曠野《クアンヤ》」

日本で比較的多くの人たちに知られている詩人は尹東柱《ユンドンジュ》だが、韓国にはいつも尹東柱と並んで読まれる詩人がいる。李陸史（1904～1944）だ。韓国で、この二人はまるでペアのように記憶されている。内省的な尹東柱、雄壮で進取の気性に富む李陸史。だが二人は生前、お互いのことを知らなかった。彼らの詩の殆どは彼らが死んだあと、つまり韓国が植民地から解放されたあとに出版されたからだ。李陸史は1943年6月に北京の日本総領事館の地下監獄で死に、尹東柱もまた福岡監獄で1945年2月に死んだ。ともに朝鮮の独立を望んだという理由で異国で死んだのである。

死後に刊行された李陸史の代表作「曠野」を見れば、なぜ韓国人が彼を愛するのかがわかる。

遙か　遠い日
天が　初めて開かれ
鶏の鳴く声は　どこにも聞こえなかった。

あらゆる山脈たちが
海を慕って　駆けていくときも
ここだけは　どうしても侵せなかった。

絶えることなき　光陰に
季節は　せっせと咲いては散り
大きな川は　ようやく道をひらいた。

いま　雪がふり
梅の花が　ひとりほのかに香っているから
わたしは　ここに貧しい歌の種を播こう。

ふたたび　千古の時間がすぎれば
白馬に乗ってくる　超人がいて
この曠野で　声のかぎり歌ってくれるだろう。

李陸史はこの詩で時間と空間が初めて開かれた瞬間――「天が初めて開かれ」た「遙か遠い日」の

ことを詠っている。もちろんトキを告げる鶏など存在しない時間だ。それからどれほどの時間が流れたことか。ようやく世界が現在の姿へと創られていく。これを「あらゆる山脈たちが海を慕って駆けていくとき」と表現したのだ。この詩句を理解するには、山脈が描かれている世界地図を広げるといい。世界の主要山脈は、海の近くにあることが多い。アメリカ大陸のロッキー山脈とアンデス山脈がそうだし、韓国の太白山脈と小白山脈がそうだ。これを、巨大な山脈が海を恋い慕って駆けていくと表現したのだ。目を閉じ、想像してみよう。太初の時代に山脈たちが駆けていく姿とその音を！　なんと雄壮な想像力ではないか。

ところが、そのとき山脈たちが侵せない空間があった。それほどまでに神聖な空間。それはどこか。詩のタイトル「曠野」である。曠野は広い野原を意味する。だが、この曠野は具体的にどこを指すのだろう。ある人は朝鮮半島だと主張する。だが朝鮮半島には山脈がたくさんある。よく韓国ではどこにも山があると言うが、だからといって半島全体が広い野原だと言うのはやっぱりおかしい。それなら、この曠野は李陸史の生まれ育った安東《アンドン》ではないだろうか。

安東は盆地で、太白山脈にぐるりと取り囲まれている。李陸史の表現を借りるなら、海に向かって駆けていく山々が「どうしても」侵せない形状である。そのために今日でも交通が不便でソウルから直通列車がなく、車で3時間も走らねばならない。運転中一番多く目につく看板は、なんと「安東塩サバ」だ。安東は山に囲まれているから海とは縁がないはずなのに、面白いことにサバが特産物なのだ。海から遠いため、商人たちはサバを塩漬けにして運んだが、安東まで来るあいだに日光と風により魚肉が熟成し、揺られつづけて水分が抜け、独特の風味になったという。

洛東江

この塩サバが全国的な有名食品になったきっかけも面白い。安東は両班《ヤンパン》の村として有名である。現在でも昔の伝統に従って漢文を読み、祭祀《チエサ》を行ない、祖先を敬う家が安東にはたくさんある。その安東を1999年、英国のエリザベス女王が訪問し、安東の伝統料理である塩サバに関心を示した。これが契機となって全国的に安東塩サバが有名になったのである。

「あらゆる山脈たちが／海を慕って駆けていくとき／どうしても」侵せなかった、その安東の両班村に到着し、風景を見わたしながら「曠野」を読み直してみよう。いまや長久の時間が過ぎ、「大きな川」が始まる。大きな川は人間の歴史を意味すると同時に、実際に安東の伝統家屋が集っている河回《ハフェ》村《マウル》を取り巻くようにして流れる川も意味しているはずだ。この川の名は洛東《ナクトン》江《ガン》。東に流れて村をS字型に取り巻き、「河回」とも名付けられている有名な川である。

だが、このあと詩の雰囲気は一変する。寂しい冬の雪景色のなか、梅の香だけが遠くから漂う。雪が降る厳冬にひとり咲く梅の花は節操を象徴する。この梅の香りのなかで詩人は「貧しい歌の種」を播く。李陸史は、この種がいつかは花開くことを信じている。そうなれば、遠い後日、「白馬に乗ってくる超人」がこの「曠野」で李陸史を称えて慟哭《どうこく》するだろうというのだ。

李陸史はこの詩を書いて、日本の警察に捕まることを覚悟のうえで帰国した。母と長兄の死後1年の祭祀を行なうためである。長兄は、抗日運動をして監獄に行き、そのとき受けた拷問の後遺症で障碍者の人生を送って亡くなった。母親も、独立運動をする兄弟のことを生涯心配しつづけて亡くなった。安東で生まれ育った人間なら、自分を生んでくれた母と独立運動の道を示してくれた長兄の最初の祭祀に欠席するわけにはいかない。たとえそれが自分を死に導こうとも。だから李陸史は、安東に向けてこの詩を書いた。いつかは自分が書いたこの「貧しい歌の種」を読んで自分を理解し、涙を流し、朝鮮という国を解放してくれる「白馬に跨った超人」が現れることを信じた。

李陸史

陸史は、人生を賭けて詩を書いた。あるいは詩を賭けて人生を生きたのかもしれない。死を前にして自身の死に意味を与え、退かないためにこの詩を書いた。そして潔く死ぬことで、自身の生命により自分の詩を担保した。尹東柱もそうだ。それで韓国人たちは李陸史と尹東柱を一緒に読むのである。

《鄭基仁》

第26章

詩人尹東柱《ユンドンジュ》の故郷を探しに

龍井《ヨンジョン》のある辺境の風景

山々が二列に連なり
早瀬が叫び　息が苦しい。
真夏の太陽が雲に乗り
この谿間《たにあい》をはやくも渡ろうとする。

山々の麓に仔牛の角のように
小岩が突き立ち、
まだら牛のやわらかな毛が
山々に青く育つ。（「谿間」1936夏　伊吹郷訳）

尹東柱

故郷をこのように描いた尹東柱（1917～1945）は北間島《プッカンド》の明東《ミョンドン》村、現在の中国吉林《きつりん》省延辺《えんぺん》朝鮮族自治州龍井《りゅうせい》市智《ち》新《しん》鎮《ちん》明東村で生まれ、民族教育とキリスト教教育を受けて育った。龍井市から15キロ離れたところにある明東村は、19世紀の終わりに尹東柱の叔父金躍淵《キムヤギョン》をはじめとする四つの家族が朝鮮の会寧《フェリョン》と鐘城《チョンソン》から移住し、中国人地主から土地を買って開墾した朝鮮人村である。1870年まで間島は清朝の祖先の発祥地と考えられ、出入りが禁止されていたが、1875年の封禁令廃止により、多くの朝鮮人は間島に移住し、広い範囲で朝鮮人の居住が行われた。尹東柱の曽祖父はこの時期に家族を引き連れて朝鮮の咸《ハム》鏡《ギョン》北道《プクト》から近い間島《カンド》（現中国延辺）に移住し、1900年に龍井の明東に引っ越した。そして尹東柱が生まれたのである。

明東村入り口にある石碑「明東 尹東柱生家」

尹東柱の生家

尹東柱の家は明東村の入り口にあった。現在、村の入り口には「明東 尹東柱生家」というハングルで書かれた大きな石碑があり、隣に「明東村」と刻んだ小さい石がある。そこを曲がって少し下ると尹東柱の生家である。実は生家は1981年に壊され、いまあるのは1994年に再築されたもの。現在は中国政府で保護管理する文化遺跡になっている。

生家の敷地はもともと畑と庭地であったが、現在はそこに尹東柱の詩を朝鮮語と中国語で刻んだ石が並べられ、広い庭が開放感を与えてくれる。庭の一番奥には尹東柱の肖像と彼の代表作「序詩」が刻まれた碑があり、その両側に尹東柱の生涯を絵にした石が建つ。尹東柱の生家はそこから左斜め下の少し低いところにある。部屋が10室に倉庫もあったという彼の祖父が建てた瓦葺家の朝鮮民族伝統建築である。黒くて高い煙突が立っていて、あまり目立たないがその隣に、四角い井戸がある。井戸の底に向かって大きな声を出し、なかで響く声に耳を澄ましている尹東柱の姿を想像してみる。井戸は彼が自己省察する一つのツールであった。

井戸の中には　月が明るく　雲が流れ　空が広がり
青い風が吹いて　秋があります。

そしてひとりの　男がいます。
どうしてかその男が憎くなり　帰っていきます。　（「自画像」1939.9　金時鐘訳）

生家に入って左側は尹東柱の一生展示館、右側は尹東柱も通っていた明東教会である。十字架は撤去されて建物だけ残っている。ここでは唯一の築百年以上の建物で、建物の貴重な古さがその時代を感じさせてくれる。

　1909年に明東にキリスト教が入り、その思想が村に浸透したころに尹東柱は生まれた。両親は既にクリスチャンになっていたので、彼は生まれてすぐ「幼児洗礼」を受け、明東教会の一員として教会に出席した。小学校から一貫してミッション系の学校に通い、安息日には教会が運営する「日曜学校」に通い、賛美歌を歌いながら成長していった。

尹東柱が通っていた明東教会

明東学校旧校舎記念館

　尹東柱の生家から出て右に曲がり、道に沿って少し歩くと、明東学校の校舎がある（現在の建物は本来とは違う場所に建てられた）。明東学校は民族教育に力を注ぎ、民族独立運動の揺籃の地となった。ここで尹東柱は1年生の時は千字文を読むように頭を前後にふりながら朝鮮語を暗唱し、5年生の時には従兄の宋《ソン》夢奎《モンギュ》と一緒に『新しい明東』という文芸誌を作って童誌や童歌を発表した。明東学校は、朝鮮民族の独立の心をもつ民族語詩人尹東柱の揺籃の地でもあった。
１９３１年の秋に家族とともに明東から龍井の中心部に引っ越した尹東柱は、翌年、市内のキリスト教系恩真中学校に進学をする。この時に書いた「ろうそく一本」「生と死」「明日はない」「街にて」などは現在残る彼の詩のなかで最も古いもので、彼の詩精神のほとんど原型ともいえるものである。このとき彼は16歳だった。

光明の祭壇がくずれるまえ
私は清らな供物《くもつ》を見た。
山羊の肋骨《あばら》　のような　その躰
その生命であるこころざしの意志まで
白玉《しらたま》の涙で　血を流し
燃えつきてしまう。　（「ろうそく一本」1934.12.24　金時鐘訳）

その後、尹東柱は平壌の崇実《スンシル》中学校、ソウルの延禧《ヨンヒ》専門学校（現延世《ヨンセ》大学）、東京の立教大学、京都の同志社大学と、絶えず故郷から離れて学問の道を進んだが、１９４３年の冬休み（と福岡監獄に収監されたあと）を除いて、休暇の時は必ず家族が待つ龍井にもどった。植民地期の朝鮮や日本という異郷での郷愁のなか、彼を支えたのは故郷の家族と家だった。

お母さん、私は星ひとつに美しい言葉をひとつずつ唱えてみます。
小学生で机を同じくした子どもたちの名前と
佩《ペー》、鏡《キョン》、玉《オク》　こんな異国の少女たちの名前と
早くもみどり児の母となった乙女たちの名前と、
貧しい隣りの人たちの名前と、鳩、子犬、兎、ラバ、麞《のろ》、
「フランシス・ジャム」「ライナー・マリア・リルケ」、
このような詩人の名を口にしてみます。

これらの人たちはあまりにも遠くにいます。
星がはるかに遠いように、

お母さん、
そしてあなたは遠く北間島《プッカンド》におられます。　（「星を数える夜」1941.11.5　金時鐘訳）

尹東柱には龍井の方言があって終生とれなかったという。20年も過ごした龍井は彼にとって特別な場所だった。だからこそ叔父の尹英春が尹東柱に将来どこに住みたいかと聞いた時、彼は「私が生まれ育った明東」と答えたのだ。現在読まれている彼の詩はすべて明東の外で作られたが、彼が使った朝鮮語と、詩の素材を提供したのは明東だった。１９４５年、彼は大切にしていた言葉と詩の感受性

詩人尹東柱のお墓

を作ったゆかりの場所に遺骨という形で戻った。
２０１８年8月に初めて龍井を訪れた時、この世の終わりかと思うほどの大雨に遭遇した。その後は毎日快晴が続き、そのとき見た龍井の空はいまも忘れられない。青い空に雲が流れ、果てしなく続く山道、そっと音を立てて過ぎる風にも心が打たれた。このような自然のなかで暮らしたゆえに、あのように美しい詩が生まれたのだと龍井にいる間ずっと考えていた。
尹東柱の生家から4キロ離れた東山公園で、青い芝草が萌える彼のお墓を訪れた日、私は龍井市が一目で見渡せる山路に立って「与えられた道を歩む」ことを誓った。彼の詩が私にそれを誓わせた。

《金雪梅》

V

解放と分断と朝鮮戦争

(1945年〜)

第27章 黄順元《ファンスンウォン》の「鶴」

敵対から和解へ

〈ソナギ村——黄順元文学館村〉は、ソウル市の隣、京《キョン》畿《ギ》道《ド》楊平《ヤンピョン》郡《グン》西《ソ》宗面《ジョンミョン》に２００９年２月造成された。広大な森のなかに黄順元（1915～2000）を記念する文学館が建ち、その近くには黄順元とその夫人が合葬された墓がある。ソナギ村には彼の短編小説「ソナギ（にわか雨）」に出てくる背景が、山も谷も文字通りそのまま再現され、児童たちの修練の場としても広く用いられている。

「にわか雨」の主人公は〝少年〟とのみ表記される田舎の小学生である。〝少年〟は〝少女〟に何度か出会ううちにしだいに惹かれていくが、病弱な〝少女〟はにわか雨に打たれたことがきっかけで死んでしまう。幼い少年と少女の素朴な会話、韓国農村の詩的な情景、そして思いがけない場面転換からなるこの作品は彼の短編の代

黄順元文学館

表作であり、１９５９年に英国の『エンカウンター（Encounter）』誌に翻訳（ユ・イサン訳）が紹介されて賞を受け、韓国の国定中学校国語教科書に採用されて広く知られることになった。しかし、ここで取り上げるのは「にわか雨」と同じころに書かれた短編「鶴」である。二つの作品はともに朝鮮戦争のさなかに書かれた。とくに「鶴」の脱稿は、国連総会で朝鮮戦争捕虜中立地帯移送案（印度案）が通過した1ヵ月後のことであり、作品の創作動機がそうした動きと敏捷に関わっていたことが感じられる。

「鶴」の舞台は38度線の境界に近い村である。朝鮮戦争中、南側の村天台から、成三《ソンサム》はむかし自分が育ったこの村に治安隊員としてやって来た。治安隊の臨時事務所として使っている家の前まで来ると、若い男が捕縄にくくられたまま座らされている。他の隊員に「どうした?」と聞くと、「農民同盟の副委員長をやった奴だが、自分の家に隠れていたのを、いま取っ捕まえてきたところだ」という。

短編集『鶴』の表紙
（中央文化社、1956 年 12 月）

近寄って顔をのぞきこんだ成三はびっくりした。子供のころ一緒に育った幼なじみの徳在《トクチェ》ではないか。いまは農民同盟の副委員長であり、家に潜伏していたという昔の親友を成三は警戒の目で見つめる。

成三は徳在を青丹まで護送する役目を引き受ける。二人きりになったときに成三が徳在にまず聞いたのは「何人殺したのか?」という問いだった。それに対して徳在は「じゃ、お前はそんなにたくさん殺したのか」と言い返す。友がまだ人を殺してないことを直感した成三はホッとする。話を聞けば、農民同盟の副委員長になったのは村一番の貧農でつねに真面目に働いたためだし、家に隠れていたのは農地を決して離れようとしない病気の父親のためだった。自分の村が占領されたときは自分の父も同じことを言って動かなかったことを成三は思いだす。それが百姓というものなのだ。

徳在の妻は彼らが幼いころに一緒に遊んでいた〝ちびっ子〟で、この秋には最初の子どもが生まれると聞き、成三は彼女の大きなお腹を想像して吹きだしそうになった。やがて二人は38度線緩衝地帯に到着する。そこは成三と徳在にとって思い出の場所だった。

むかし、まだソンサムとトクチェが12歳ころのことだ。大人にかくれて二人で罠を仕掛けて、ここで鶴を一羽つかまえたことがあった。丹頂鶴だった。縄で羽まで縛っておいて、毎日のように二人で出てきて、鶴の首を抱きしめるわ、背中によじのぼるわ、大騒ぎだった。そんなある日のこと、村の大人たちのひそひそ話を聞いた。ソウルから誰かが鶴を撃ちにきたというのだ。標本か何かを作るために、総督府の許可まで受けてきたという。

その足で二人は野原に飛びだした。いまは大人に見つかって叱られることなんか問題でなかった。ただただ、自分たちの鶴が死んじゃいけないという思いだけだった。息をつぐ間もなく、雑草のあいだを這って鶴の足首の罠をはずし、羽の縄をといた。ところが鶴はちゃんと歩くこともできないのだ。これまで縛りつけられて体が弱ったせいだろう。二人で両側から鶴を抱き、空中に投げた。いきなり銃声が聞こえた。鶴が二、三度羽をバタバタさせて降りてきた。命中したんだ！

しかし次の瞬間、すぐ横の草むらでひらりと一羽の丹頂鶴が羽を広げた。すると地面に降りていた彼らの鶴も長い首を伸ばして一声鳴き、そのまま空中に舞い上がると、二人の少年の頭のうえで円を描きながら遠くあちらの方へと飛んでいってしまった。二人の少年は自分たちの鶴が消えた青い空から、いつまでも目を離すことができなかった。

突然、成三が、「おい、鶴狩りでもして行くか」と言って徳在を縛っていた縄を解く。徳在は成三が自分を後ろから撃つのではないかと疑うが、「やい、何を薄のろみたいに突っ立ってるんだ！早よう鶴を追わんかい」という成三の催促に覚るところがあり、そっと草むらに身をかがめると逃げていく。空には丹頂鶴が二、三羽、高々と澄んだ秋空で大きな羽を広げて飛んでいた。

作品に登場する村の場所は特定されていないが、天台や青丹などの地名が登場することから38度線ぎりぎりのところらしい。二人が鶴を捕まえて遊んだ場所は、そのころ38度線の緩衝地帯だったところだ。朝鮮戦争の停戦会談（1951.7～1953.7）が始まっても戦争は続き、38度線をめぐり陣取り合戦が行われた。休戦協定では休戦ラインが38度線より右肩上がりになり、このとき開城が北朝鮮側に入った。開城から青丹への方面にある白川温泉や延安温泉など往時は温泉客で賑わった観光地も今では韓国側から行くことができない。「鶴」は38度線近くの村で敵として再会した友人が、故郷の美しい風景をまえに共通の記憶をよみがえらせ、イデオロギーを乗り越えて和解にいたるまでを見事に描いた作品である。

黄順元。朝鮮戦争が終わり、ソウル会賢洞の自宅に帰って。

１９１５年に平安南道大洞郡で生まれた黄順元は定州の五山中学校と平壌の崇実中学校に学び、童謡や詩「私の夢」などを発表した。１９３４年に早稲田第二高等学院に入学、処女詩集『放歌』を刊行する。早稲田大学文学部英文科在学中に詩集『骨董品』を刊行し、１９４０年に創作集『黄順元短編集』を出版した。故郷に疎開して発表のあてがないままハングル作品を書きため、春園李光洙に送ったところ、激励の言葉と共にこれからは国語（日本語）で文章を書くようにという返事をもらったという。末尾には香山光郎と署名してあったそうだ。

解放後、越南してソウル中高等学校教師となり、朝鮮戦争勃発後は大邱、釜山に避難しながら作品を発表しつづけた。１９５７年、慶熙大教授となる。解放後発表された作品は短編集７冊総１０６編、長編は７冊に及び、『黄順元全集』全12巻がある。

〈この太陽の下で一番幸せな作家〉と呼ばれて、金東里と共に文壇の双璧と謳われた作家黄順元は、晩年はキリスト教信徒として信仰篤き夫人と共に教会に通い、次の世界を望みつつ静かに生きたという。

《芹川哲世》

第28章 李《イ》範宣《ボムソン》の「誤発弾」と解放村《ヘバンチョン》

母は「帰るんじゃ！　帰るんじゃ！」と叫ぶ

ソウルのほぼ真ん中に立つ南山《ナムサン》は、海抜２６２メートルのさほど高くない山だ。風水を重んじた朝鮮時代には王宮の景福宮《キョンボックン》から眺める前山で、今はソウルタワーがそびえる首都のシンボルの一つである。その南山の東南の麓にある龍山区《ヨンサング》龍山二街洞《ヨンサンイガドン》一帯は、「解放村」という通名で呼ばれる。一風変わった名前は、日本統治からの「解放」後に海外から帰国した人、解放とともに引かれた38度線の北から南へ逃れてきた人、そして3年に及ぶ朝鮮戦争の避難民たちが住み着いてできたことに由来する。日本軍が撤退して空いた軍用地や周辺の傾斜地の不法占有だったが、基地を引き継いだ米軍政庁により官舎から退去させられると、その上の日本軍第20師団の射撃場の跡地に米軍の補給品箱などを利用して掘っ建て小屋を建てた。南大門市場《ナムデムンシジャン》とソウル駅が近く、すぐ横に米軍基地があり、仕事や食料を見つけるに最適だったのも人が集まってきた大きな理由である。

この土地に軍の施設ができたのは、日露戦争時の日本軍の配備が契機と知られている。しかしさかのぼれば、１５９６年には壬辰・丁酉倭乱（文禄・慶長の役）の倭軍の後方兵站基地が、１８８２年と１８８４年には朝鮮半島での主導権を巡って争った清軍と日本軍が駐屯した歴史を持つ。

龍山の解放村

　この解放村を舞台とする文学作品でもっとも有名なのは、李範宣（1920～1982）の「誤発弾」（1959）である。著者は平安南道《ピョンアンナムド》新安州《シンアンジュ》の大地主の家に生まれたが、解放後に南に逃れてきた「失郷民」だ。朝鮮戦争後の疲弊した社会の暗鬱な姿をリアルに描いた作品として高校の教科書に掲載されることも多い。

　計理士事務所の書記である主人公チョルホの家族は、北から逃れて来た避難民である。「山の勾配を滅多やたらに切り取って、そこに蟹の甲羅のようなバラックを所構わずくっつけた解放村」にあるチョルホの家は、「レーション（軍の食料などの配給品）の空箱で葺《ふ》いた庇《ひさし》が肩に触れるほど狭い路地」の中にある。音大卒で才能と美貌を誇っていた妻は、今はまるで夢遊病者のように虚ろになっていて、幼い娘は栄養失調気味だ。大学を中退した弟は軍隊から戻って二年が経つが、職につくことができず酒浸りの日々を送っていて、妹は米兵相手の娼婦になって家計を支えている。戦争のショックで精神に異常をきたした母は、寝たきりの状態で時おりうわごとで「帰るんじゃ！　帰るんじゃ！」と金切り声をあげる。

失郷民たちの悲惨な姿とともに目を引くのは、厳しい現実をいかに生きるかに対する兄弟の議論である。兄のチョルホは、「訳の分からない憤りが喉首までこみあげてくる」現実においても良心や倫理を守って生きようとする。そんな兄に弟は「良心なんて指先の刺ですよ。抜いてしまえばそれっきりなのに、人間どもはそれをほうっておいて、触れるたびにびくびくする」と言い放つ。弟の現実への嫌悪は、疎外された者たちの憤りであり、兄の誠実さが虚しく思える腐敗した社会に対する痛烈な批判だろう。

その弟は銀行強盗で逮捕され、妻は難産の末に世を去ってしまう。妹が渡してくれた出産費用を持って病院に行ったチョルホは、その金で彼を慢性的に苦しませていた奥歯を二本も抜いてしまう。混乱と苦痛に打ちのめされた状態でタクシーに乗って、母親と娘のいる解放村へ、妻の死んだ病院と弟のいる警察署へと、何度も行く先を変更する。そしてついには、「どこにでもいいから、帰るんじゃ！　帰るんじゃ！」と叫んでタクシーの後部座席で倒れてしまう。タクシー運転手はそんな彼を「誤発弾」のような客だとあざ笑う。

希望を見いだすことの難しい作品だが、当時の多くの読者には切実な境遇を描いたものとして共感と好評を得て、韓国の「戦後文学」を代表する作品となった。作品の初めから最後まで不吉な呪文のように聞こえてくる母親の叫びは、分断状況が失郷民の家族、そしてすべての韓国人が生きる日常の条件として強いられていることを見せつける。

この作品は1962年に兪賢穆《ユヒョンモク》監督によって映画化され、韓国リアリズム映画の名作、戦争の捉え方のひとつの模範を示した作品として高く評価されている。ただ、公開されたのは、1961年に

誤発弾　映画ポスター
（提供：韓国映像資料院）

李範宣

軍事クーデターを起こした朴正熙《パクチョンヒ》が権力を掌握した直後、強硬な反共主義を掲げていた時だった。映画は上映禁止となり、作家と監督は当局の取り調べを受けた。社会を過度に卑下したことと、母の発する「帰るんじゃ！　帰るんじゃ！」という言葉が「北へ帰る」という意味と疑われたことが理由とされている。

　無許可の町だった解放村は、その後、政府の国有地貸し付けで正式に住宅地となった。1960年代から70年頃は、路地のいたる所でニット製品の家内工業が盛んで新興《シンフン》という名前の市場ができるなどにぎやかな時もあった。しかし、厳しい上り坂のため流動人口が少なく、軍事政権時代は近くに中央情報部（KCIA）もあって、町の歴史とともに暗いイメージのまま都市開発からも取り残されていた。

　それが今では梨泰院《イテウォン》と近くの経理団通り《キョンニダンキル》とともに、ソウルのホットスポットのひとつになっている。米軍基地に隣接する梨泰院は以前から外国人向けのショッピングストリートとして発展し、1997年には観光特区に指定された。2000年に地下鉄6号線が開通して利便性がよくなると、解放村の道路向かいにある経理団通りがまず注目された。陸軍中央経理団があったことから名がついた通りの近くには、ベルギーやフィリピン、クウェートなどの多くの大使館がある。そうした外国人向けのレストランや個性的なカフェが並ぶ通りは、さまざまな国の料理を楽しめるグルメスポットとなった。ソウルの中心にありながら庶民的でレトロな感じの解放村は、このエリアで開発が最後に残された地域だった。2015年からの6年間は都市再生先導地域（ジェントリフィケーション）に選ばれ、市場や通りの空き店舗は若い芸術家や起業家の新しい活動舞台となっている。日本統治時代の京城護国神社の参道である「108ハヌル（空）階段」（近年、住宅地としては初めてエレベーターが設置された）や入り組んだ路地とぎっしり並んだ低層住宅の懐かしい雰囲気が何度もドラマのロケ地となり、週末には多くの若者でにぎわっている。

解放村への入り口のひとつである米軍基地は、一部の行政機関を残し、2021年の夏には京畿道《キョンギド》南部の平澤《ピョンテク》へと移転が終わる予定だ。戦争の記憶が薄れていくなか、この町はいつまでもその名前で語り継がれていくだろう。

《きむ　ふな》

第29章　「戦後」を体現する作家　孫昌渉《ソンチャンソプ》

「戦後」の釜山

韓国の主要な作家たちの情報は、今では日本語ウィキペディアに詳細に掲載されている。その中で「戦後派」作家の代表格と評価される孫昌渉（1922〜2010）については、日本語でネット上で得られる情報はほとんど無い。

一方、韓国内では、大学入試の国文学史対策に不可欠な作家だ。高校国語の教科書に抄が何度も掲載された「剰余人間」（1958：『現代韓国文学選集3』冬樹社）をはじめとして、「生活的」（1954：『韓国短篇小説選』岩波書店）など、複数の作品が文学史の重要項目として学ばれる。朝鮮戦争の中で心身共に傷つけられ疲れきった人々が、「戦後」（韓国で朝鮮戦争休戦直後の1950年代を示す言葉）を生活してゆかねばならない時に何が起こるのか。それがどれほど救いようのない話であろうとも、韓国の人々が、次世代に伝えたい、現実にあったこととして受けとめてほしいと願っているからこそ、繰り返し若い世代に届けられる作品である。最低限の衣食住が確保できない多数の人々が、多少なりとも確保できる少数の人々の情にすがる他にどうするすべもなく、頼る側も頼られる側も泥沼の中に吸い込まれるような日常こそを、「戦後」として孫昌渉は書き続けた。

その登場人物たちは、同じ「戦後」でも、韓国映画『国際市場で逢いましょう』(2014)に見られるような、力強く働き続けて韓国の復興を支えた人々の群像とは、対極にある。初期作品の舞台は、この映画と同様に釜山が多い。しかし映画に投影された活力にあふれる国際市場とは全くの別世界が、同じ釜山の片隅にはあった。

「生活的」の男性主人公東周《トンジュ》は、仕事もなく一日中部屋に横たわっている。同居する日本人女性春子が働きに行っている間に、水を汲んでくるのが彼の仕事だ。

三、四回水汲み場まで往復してくれれば、東周はすっかり耐え難いほどの疲労におしつぶされてしまう。彼の体が極度に衰弱していることは確かだ。捕虜収容所にいた時よりよくなるどころか、よけいにひどくなっていくのだった。支えるのもやっというくらい重くなった体を部屋の中へ運ぶ。崩れるように東周は隅に身を横たえる。（「生活的」長璋吉訳）

隣室には東周と同じように、一日中横たわっている少女がいる。病の床にある少女は、孤独の中で呻き声を上げ続けていた。やがて呻き声が途絶えた時、東周は隣室に行き少女の屍を抱きかかえる。

「血書」(1955：日本語訳無)は現代文学新人賞を受賞した作品で、孫昌渉の出世作といえる。仕送りで不自由なく暮らす大学生の下宿部屋には、幼馴染で、片足を失って退役した男と、徴兵を目前にして大学進学を目指す主人公の二人が居候している。二人とも他に身寄りも収入も無い。もう一人、家族に置き去りにされた少女が暮らしている。父親から大学生に送られてきた手紙には、少女を妻にしてやってほしい、と書かれているのみだ。三人は少女の気持ちを聞いてみることもなく、その是非について討論を繰り返す。やがて少女の腹が目につくほどに大きくなった時、討論は争いに変わる。退役した男は激昂し、徴兵に応ずると血書を書けと迫って主人公の指を切る。少女はこの喧噪の中で一言も発しないまま、部屋の片隅にただうずくまって生きている。

「雨降る日」（1953：『韓国名作短篇集』韓国書籍センター、1970）では、歩行の困難な妹と暮らす兄が、友人である主人公に、妹を託そうとする。貧困に耐えかねて、自分は軍隊に入るという。妹は不遇な暮らしに感情を表現するすべを失っていたが、主人公が何度か訪れるうちに徐々に笑顔を見せる。しかし主人公もまた余裕のない暮らしで、躊躇していた。そのうちに兄妹は貸家を追い出され、兄は軍隊に入り、妹は行方不明になってしまう。妹が残していった手紙は、家の主人が無くしてしまったという。主人公は「お前が彼女を売り飛ばして食いものにしたんだろう」という言葉を投げつけようとするが、言えないままに立ち去る。自分もまた彼女を見捨てたのだ、という思いからだった。

以上のように孫昌渉の初期作品に登場する少女たちはみな、「戦後」の混乱と困窮の中で、親族から見捨てられ、心身ともに傷つき、哀しみのあまり無表情で、ほとんど言葉を発することもなく、一日中家の中に閉じこもっている。

その一方で、日本人女性は生活力にあふれ、同居する韓国人男性の生きる意欲を吸い取る人物のように描かれる。作品に登場する日本人女性と韓国人男性の関係が、孫昌渉の実生活と同一視される傾向があるが、夫人によるとそれは誤解で、夫婦生活は温和なものであったという。

孫昌渉は日本人女性と婚姻し、１９７３年に渡日、亡くなるまで日本で暮らした。小説家として一定の評価を得ていた孫昌渉が突如として渡日、やがて完全に音信不通になってしまったことは、韓国文壇に様々な憶測を呼んだ。自らの作品に対する、次第に低下していく評価に耐えられなかったのだという見方が一般的である。１９６０年代以降も書き続けてはいた。しかし東仁文学賞を受賞した１９５８年の「剰余人間」に対する評価を頂点に、「戦後」を代表する作家という評価を超えることはできなかった。

「剰余人間」は兪賢穆監督によって映画にもなった。貧弱な設備しかない歯科医院に、働く気力を喪失した二人の男性が用もなく訪れる。一人は朝鮮戦争の衝撃から強度の不眠症を患い、生活は妻の稼ぎに頼っている。もう一人はどの仕事も長続きせず、生活はやはり妻や義母の稼ぎに頼っている。

主人公格の男性歯科医師は、家族や妻の実家まで総勢14名を養うために、貧弱な設備に苦しみながらも、身を粉にして働いて不平も言わない。この主人公のような、困窮する「戦後」韓国社会の復興を必死で働いて支える人物像は、孫昌渉のそれ以前の作品には存在しなかった。また女性たちも懸命に、或いは要領よく働いて生きている。日本人女性が登場せず、その役割を引き受けた形である。

その一方で、これ以降、孫昌渉作品の評価が低下していく素地も見える。男性医師が優秀で美男で妻思いで、作品中の女性たちの好意を一身に集めるという設定や、金儲けの上手い女性が、資金の提供をちらつかせて性的関係を求める場面などは、大衆的という批判につながっている。それ以前の作品の常連であった、生きる気力を喪失した少女たちが登場しなくなったことも、孫昌渉作品の特色を失わせている。

孫昌渉

孫昌渉は1973年に渡日した後も、しばらく韓国に小説を書き送っていたが、それも1976年の新聞連載小説を最後に途絶えた。夫人は外で働き、孫昌渉は家で韓国から連れてきた娘さんの面倒を見て過ごした。筆者は、孫昌渉が亡くなる前年の2009年、東京都東久留米市に夫人を訪ねた。孫昌渉は高齢者施設に入って療養中でお会いできなかった。2010年に孫昌渉が亡くなられた後、夫人は娘さん一家と同居するために東久留米市を離れた。故国との連絡を絶ち、日本でも対外活動をしなかった孫昌渉の生活がどのようなものであったか、夫人も娘さんも、把握しておられなかった。

東京の一隅で、孫昌渉は家の中にこもり、家族以外との接触を断った。その構図は、彼の「戦後」小説に重なる。日本も韓国も「戦後」を脱却していく中で、孫昌渉だけが、韓国の「戦後」の傷痕を抱きかかえ続けた。かつての久留米西団地は、若い夫婦と子供たちで溢れるニュータウンだった。その一隅で、韓国でも過去の話になった「戦後」を、過去の話として見送ることのできなかった韓国人作家孫昌渉が生きて逝った。

《和田とも美》

第30章　驢《ろ》馬《ば》の眼差しをした失郷作家　李《イ》浩《ホ》哲《チョル》

ソウル・西大門《ソデムン》刑務所歴史館

李浩哲（1932～2016）は繊細な眼差しをもった驢馬といった印象を与える人物だった。彼はいくたびも連行され、拷問され、内乱罪という名目で理不尽な入獄生活を強いられた。民主化が実現されると、今度は南北統一を祈願する抵抗の文学者だといって賞賛された。彼はフグチリを食べながらわたしにいった。「ただ文学の延長上に行動していただけですよ。抵抗の文学者なんていわれたら、恥ずかしいですね。ほら、わたしの顔を見てください。そんな言葉が似合わないってわかるでしょう」。

李浩哲は1932年、咸鏡南道元山《ハムギョンナムドウォンサン》の小さな村に生まれ、名門中学である元山中学に学んだ。生徒の大部分は日本人で、そのなかに後藤明生がいた。長い歳月の後、二人は国籍の違う作家として再会する。後藤は李の存在をほとんど記憶していなかったが、李は後藤を強烈に意識していた。このあたりに植民地における支配者／被支配者の子弟の心理の違いが横たわっている。

叔父の家にあった世界文学全集を読み耽った少年は、高校でロシア語を学び、チェーホフを原書

李浩哲（右）と筆者（2000年、光化門のカフェにて）

で読めるまでになった。北朝鮮の政権下では農村をめぐってロシア民謡を教えに行くという仕事に従事した。1950年に朝鮮戦争が勃発すると、ただちに北側の迫撃隊に編入された。「一週間もしたら帰れると思い、ズボンの尻ポケットに岩波文庫のチェーホフを入れただけで出発しましたよ。それが両親との一生の別れとなってしまった」。

　もっとも軍隊経験のない李はただちに南側の軍隊の捕虜となり、釜山に送られてしまう。釈放されて宛《あて》がわれた仕事は、なんと米軍基地の司令官付きの警備員であった。まさに不条理な成り行きであるが、このとき勤務の合間を縫って短編「脱境」(1955) を書いたのが、彼の文学的出発である。戦争のさなか、越南して釜山まで逃げて来た北の青年たちが、昼は波止場で働き、夜は駅で眠るといった苛酷な生活のなかで、故郷喪失者として生きる道を模索する。この筋立ては、多分に李の体験に基づくものである。それ以後、彼は失郷の作家として、同じ境遇にある小市民たちを主人公に多くの作品を発表していく。

長編『南風北風』は35歳になってまだ独身の越南者の男が、同じ越南者の金融詐欺に遭い、すべてを喪失するという話だ。故郷喪失によって人ははたして道徳的に堕落するのかという問いである。連作短編『南のひと北のひと』では、みずからの従軍と捕虜の体験に基づき、さまざまな人物がみごとに活写されている。北を捨てて南へ逃げて行く難民から、裕福な家に生まれながらもみずから志願して南朝鮮労働党員になる少年まで、名もなき人々のスナップショットである。「市長補佐は新しいポストに就かなかった」は、ゴーゴリの『検察官』を思わせる軽妙な諷刺短編である。傷痍軍人として退役した教師が、突然三人の軍人が到来すると聞いて慌てて身を隠すのだが、実は彼らは単に市長補佐の内定を知らせに来ただけだった。このノンセンスなドタバタ劇は、朴正煕軍事政権時代に民衆が警察をいかに恐怖していたかを語って余りある。

1998年、彼はようやく念願かなって北朝鮮の地を踏み、妹と再会できた。彼女は兄が南の地で著名な作家となっていることをすでに知っていた。あるとき彼はわたしの前に、3冊のぶ厚いアルバムを運んできて、一枚一枚の写真について説明を始めた。ピョンヤンを訪問したときの記録だった。これが妹、これが大同江《テドンガン》。だが故郷元山に向かう許可は与えられず、両親の墓参りは叶わなかった。

「故郷《コヒャン》という言葉を聞いてまず思うのは土の匂いだ」。そう語る李浩哲は、政治参加の文学者ではなかった。20世紀世界文学にとって重要な主題となったノスタルジアという感情を、誰よりも繊細に描いた小説家だった。

別れしなに彼は、ひとつ頼みごとがあるといった。「西大門のそばにある刑務所博物館に行ってほしい。自分はあれが西大門刑務所と呼ばれていた時期に、ずっと収監されていたのです」。彼はそう

西大門刑務所（現在は歴史館、写真：Christopher）

いって、獄舎の部屋番号を告げると、そっと壁に触って来てほしいといった。李浩哲は毎日、その壁を触っていたのだった。

　李浩哲の多岐にわたる作品のなかから、韓国で民主化が実現されたのちの晩年の短編として、「非法 不法 合法」という短編を紹介しておこう（姜尚求《カンサング》による邦訳が短編集『板門店』作品社、2009に収録）。1950年8月、朝鮮戦争で北朝鮮軍があっという間にソウルを占領し、さらに南侵を続けていたころの物語である。

　高校生の金《キム》は大邱で韓国軍に招集され、ロクに訓練も受けないまま最前線へ送られる。一方、戦争の前に北朝鮮からソウルに移り、西北《ソボク》青年団（白色テロ）の熱心な活動家であった元《ウオン》は、ソウルを逃げきれず、危うく北朝鮮軍に徴用されそうになり、必死の覚悟で逃亡する。その後、彼は韓国軍に参加するが、「作戦命令不履行」という罪名で銃殺刑を宣告される。金は一通信兵として軍法会議で証人席に立たされるが、正直に証言して元を弁護することを怠ってしまう。元は寸でのところで、「先輩」の副連隊長に救出される。

休戦になると金は大学で法律を学び、法曹界で活躍。人権弁護士として著名な存在となる。彼は長らく良心の呵責に苛まれている。70歳を超えたあるとき、「六・二五参戦殊勲軍人連盟」の集会で、彼ははばったり元と会ってしまう。元は死刑を免れるや、部隊が撤退する混乱に紛れて自分の上官をただちに射殺。除隊以後は、「あらゆる不法を犯すのに渾身の力を注ぎながら、すぎた数十年を」ヴェトナムへ、サウジアラビアへ行き、もっぱら肉体労働ひと筋で生きてきたと金に語る。

「南北の指導者が会ったといって、あんなにわあわあ騒いでいるが、だから何がどうなったと言うのか、いまだに実感として迫ってくるものがないね。もうおれみたいなぼろぼろの老いぼれには、死ぬしか残っていないようだが、ただ一言だけどうしても言っておきたいことがある。おれのような悪が事実上、大韓民国の五十余年の最底辺を支えてきたように、北にも北の最底辺で事実上頑張っている、おれのような悪が確かにいるはずだよ。おれの今の心境は北のそんな人間と会って、さしつさされつ酒の一杯でも分かち合いたい、ということだよ。おまえらが好きな類の話は一切なしで……」

ちなみに付記すると、この失郷の作家は優れた日本文学翻訳者でもある。彼は川端康成から大江健三郎、中上健次まで、数多くの長編小説を翻訳した。個人的に好きな作家は誰かと訊ねたところ、同世代として共感するのは黒井千次、でもやっぱり一番好きなのは谷崎潤一郎だという答えが戻って来た。

《四方田犬彦》

第31章 崔仁勲《チェイヌン》 北でも南でもない場所への希求

巨済島《コジェド》の光と影

メシアが来たという、二千年来の風の噂があります。神が死んだという噂があります。神が復活したという噂もあります。コミュニズムが世界を救うだろうという噂もあります。

私たちは実にたくさんの噂の中に生きています。噂の地層は厚く重いのです。私たちはそれを歴史と呼び、文化と呼びます。（拙訳）

これは李承晩《イスンマン》の独裁から解放されてから数ヵ月後の１９６０年11月に発表された崔仁勲（1934～2018）の短編小説「広場」序文（この作品は長編に書き直されて刊行され、何度も改作されたので序文が7種類存在する）の冒頭部分だ。ここで崔仁勲は李承晩政権を、「アジア的専制の椅子に座り、民衆に

『広場』原書初版本（1961）

は西欧的自由の噂を聞かせるだけでその自由を生きることを許さなかった」と批判した。だが韓国はその後も朴正熙《パクチョンヒ》や全斗煥《チョンドゥファン》の独裁政権時代が続き、１９８９年版の序文で作家は、「筆者はいまだに、主人公が生きたのとさほど違わない政治的構造の中に暮らしている」と嘆いている。

「広場」の知的で観念的な文体と、南北両方の体制に向けられた批判的な眼差しは、当時、世の人々を驚かせた。朝鮮戦争勃発前のソウルに暮らす哲学青年・李明俊《イミョンジュン》は、韓国の政治・経済の広場は腐敗しているし文化の広場にはでたらめの花が満開だ、人々はそんな広場に不信感を抱いて自分の密室に引きこもるのだと主張する。「今の韓国の政治とは、アメリカ軍部隊の食堂から出るゴミをもらって、その中から缶をより分けてブリキを作り、木切れをいわゆる文化住宅の床材にし、残ったゴミを家畜の餌にしているようなものじゃないですか」。希望が持てない明俊は越北（南北の境界を越えて北に行くこと。その逆は越南という）するものの、そこで見たのは革命の情熱を失った人民が「オウムのようにスローガンを唱える」「灰色の共和国」だった。崔仁勲は１９３４年に咸鏡北道《ハムギョンブクト》会寧《フェリョン》に生まれて１９５０年末に越南したから、両方の社会を現実に見ている。李明俊には作者自身の姿が投影されているはずだ。

１９５０年６月に朝鮮戦争が勃発すると、明俊は人民軍兵士として従軍する。同年９月の仁川《インチョン》上陸作戦以後は、人民軍兵士の捕虜が増えて収容所が不足したため、慶尚南道《キョンサンナムド》の巨済島《コジェド》に大規模な捕虜

崔仁勲

収容所が造られた。明俊もこの「南の海に浮かんだ鉄条網で覆われた棺の中」に収容される。巨済島は、美しい海に囲まれた人口約10万人ののどかな島だったのが、韓国各地の捕虜収容所から捕虜が移送された結果、最も多い時には北朝鮮人民軍兵士15万人に中国軍兵士など2万人を合わせ、約17万人もの捕虜が収容された。警備をする韓国軍や国連軍の兵士もいた。

一方では1950年12月に中国軍が参戦した時、北に住んでいた住民たちが戦火を避けて咸鏡南《ハムギョンナム》道興南《ドフンナム》からアメリカ軍の貨物船で巨済島にやってきた。温暖な島の住民は、極寒の地方から来た避難民たちの防寒具を見て驚いたそうだ。その結果、巨済島には収容所の捕虜以外にも10万人ほどの避難民が暮らすようになり、人口は爆発的に増加した。

巨済島の捕虜収容所は捕虜の人道的待遇を規定した1949年のジュネーブ条約を遵守したから、一般市民が食糧と物資不足に苦しんでいても捕虜の食物や衣服は比較的恵まれていた。捕虜たちは生活に必要な各種の作業をするだけでなく、映画などを楽しんだり、職業訓練を受けたりできた。ラジオ放送もあった。文字を知らない捕虜には読み書きが教えられ、教養講座では国連やアメリカに親しむよう教えられた。

しかし休戦会談で捕虜の送還問題が話し合われるようになると、収容所内では、自由に憧れ、北に送還されたくないと考える〈反共捕虜〉と、北の理念に忠実な〈親共捕虜〉との対立が表面化し、収容所の各区域も次第に〈親共〉と〈反共〉に分かれていった。それはまるで朝鮮戦争の縮図だった。親共捕虜は収容所内に組織を作って人民旗を掲げ、「李承晩を殺せ」「アメリカ帝国主義を打倒せよ」という横断幕を鉄条網に垂らしたが、アメリカ人の収容所長はただ傍観していた。彼には司法権が与えられていなかったし、休戦になった後に捕虜を送り返せばそれで済むと思っていたのだ。ジュネーブ条約には、捕虜が暴動を起こした際にどう鎮圧するかという規定もなかった。韓国軍には、警備をする以上の権限がなかった。

捕虜同士の殴打やリンチ、それに対する報復行為が相次ぎ、親共系列の優勢な区域では毎日人民裁判が開かれて反共捕虜が殺害された。反共捕虜も組織を作って対抗したが、自己防衛のために急造された組織は、親共捕虜たちの堅固な組織にはかなわなかった。『広場』には収容所の生活について具体的な描写がないが、やはり巨済島捕虜収容所にいた兵士を語り手にしている張龍鶴《チャンヨンハク》の短編小説「ヨハネ詩集」(1955)では、死体をばらばらにしてその残骸を肥溜めにぶち込むような「死以上の刑罰」が日常的に行われていたことが語られている。1951年9月17日から20日にかけては300名もの反共捕虜が虐殺された。翌年5月7日には当時の収容所長ドッドが親共捕虜に拉致される事件が起こり、巨済島捕虜収容所の惨状が世界の耳目を集めた。

やがて休戦が成立すると、〈釈放捕虜〉に三つの選択肢が与えられた。北朝鮮へ送還されること、韓国に残ること、そして中立国に移住すること。北朝鮮側の説得にもかかわらず、多数の捕虜が韓国に残ることを望んだ。だが、「こんな社会にもあんな社会にも行きたくない」明俊は、中立国を選び、船に乗って中立国インドに向かう。実際に中立国を目指して船に乗った釈放捕虜は70、80人おり、多くはインドを経てブラジルやアルゼンチンに落ち着いたようだ。北朝鮮に帰還した釈放捕虜は、李明俊が憂慮したように「帝国主義の黴菌に感染した奴だと言われ、何かにつけて引きずり出されて懺悔を強いられる」結果になったかもしれないが、韓国に残った釈放捕虜も、決して平坦な道を歩めた

巨済島捕虜収容所の記念塔（写真：Asfreeas）

わけではない。反共の理念を掲げた朴正熙や全斗煥の政権下で、元人民軍兵士は常に疑いの目で見られながら暮らした。

現在、巨済島は都市部に高層マンションの並び立つ造船の島として知られており、観光用のモノレールも整備された。〈巨済島捕虜収容所遺跡公園〉として整備されたテーマパークのような観光施設だけが、残酷な歴史を今に伝えている。

《吉川凪》

第32章

有刺鉄線を越えて　金洙暎《キムスヨン》

自由への道のりを辿る

映画『スウィング・キッズ』（2018）は、朝鮮戦争真っ只中の捕虜収容所を背景に、捕虜たちでダンスチームを作り、収容所のイメージアップを図ろうとする米軍と、各々の目的のために米軍に協力し、ダンスチームの一員になる捕虜たちの物語を描いた作品だ。『スウィング・キッズ』の背景になったのは、南の島、巨済島《コジェド》に建てられ、1951年から1953年まで運営された巨済捕虜収容所である。済州島に続く面積をもち、美しい溺れ谷と山に囲まれ、夏の観光スポットとして人気の巨済島。今や釜山から橋一本を渡るだけでその景観を楽しめるが、朝鮮戦争当時は船に乗らなければたどり着くことのできない、しかし水と食糧に恵まれた、捕虜収容所を建てるにはおあつらえの立地であった。

鶏龍山《ケリョンサン》の麓にあり、『スウィング・キッズ』の青年たちがタップダンスを踊っていた巨済捕虜収容所に、詩人金洙暎（1921～1968）がいた。当時30歳を迎えた金洙暎は、朝鮮戦争勃発直後の1950年8月、ソウルを占領した北朝鮮軍に強制徴集され、北に連行される。脱出を試みるものの失敗を重ね、ついに成功してソウルに戻ったときには、「パルゲンイ（共産主義者）」と誤解されて韓国軍に逮捕される。その後、仁川、釜山の収容所を経て行き着いたのが巨済捕虜収容所だったのだ。

収容所の跡地に建てられた巨済捕虜収容所遺跡公園は、韓流アイドルが出演する映画の背景になったことから、多くの人々が足を運ぶ観光地となった。朝鮮戦争の経緯を辿れるように配置・構成された、様々な建造物と模型の野外展示はまるでテーマパークのようだ。2万坪近くある公園全体をゆっくり歩き回ろうとすれば丸一日かかる。捕虜収容所の遺跡までを目に留め、子供たちがはしゃぐ体験型展示館を後にした。鶏龍山に登るためだ。遺跡公園と鶏龍山の展望台を結ぶモノレールに乗り、緑陰の中をくぐりぬけて頂上に登ると、巨済島を囲む美しい自然が一望できる。暴動や感染病で七千人以上の青年が命を落とした血なまぐさい過去の歴史は、この美しい景観を前にすると嘘のようで、ただその痕跡が静かに語るのみだ。金洙暎がここ、巨済捕虜収容所から自由の身になるまでには、25ヵ月の歳月が必要だった。

釈放後、金洙暎は書いた。「真実を探すために真実を忘れてしまわなければならない／明日の逆説のように／俺は自由を探しに捕虜収容所に来たのだが／自由を探すために有刺鉄線を脱出しようとする　愚かな動物になってしまった」（「祖国に帰還された傷病捕虜同士たちに」）。1952年11月、温陽《オニャン》のとある救護病院で釈放された彼は、家に向かう電車も後廻しにし、アイゼンハワーを歓迎するポスターが至るところに貼られている街を、当てもなく歩いてみたという。

然して金洙暎は、自由を詠む詩人となった。彼にとって自由とは、国家、あるいはイデオロギーからの自由を意味した。むろん、金洙暎が自らの作品を通じて語ろうとした自由は、美しいばかりでは

四・一九革命のデモ（写真：중앙대학교）

なかった。それは、当時の韓国の状況からすれば、極めて危険でかつ不穏なものだったのだ。李《イ》承晩《スンマン》政権の不正選挙に反発し、学生と市民が起こした全国規模のデモにより、第一共和国が幕を閉じたのは1960年4月19日のことである。いわゆる4月革命だ。革命を目の当たりにした金洙暎は、以後彼を自由と革命の詩人として、「四・一九精神」の騎手として人々に刻印させた数多くの作品を残した。

自由のために／飛翔してみたことのある／人なら判るはずだ／ひばりが／なにを見て／うたうのかを／なぜ自由には／血のにおいが混ざっているのかを／革命は／なぜ孤独なことかを

（「青空を」韓龍茂、尹大辰訳）

しかし、4月革命以降発表された金洙暎の作品は、ただ革命に賛同し、それを擁護するものではなかった。それは、革命が革命らしくなることを戒めると同時に、もしかすれば革命よりも尊い、より厳格な自由への志向を詠うものであった

金洙暎

のだ。「合法的な革命」がいかに無意味であるかを歌い（「六法全書と革命」）、「金日成万歳」を叫べないところに政治の自由はありえないと嘆きもした（「〝金日成万歳〟」）点に、それが表れている。彼の自由への意志がいかに強力なものだったのかがうかがえる。

しかし、自由のない政治よりも、そして失敗した革命よりも、彼をより個人的な次元で苦しめ、縛りつけていたのは、きっと言語の問題だったはずだ。朝鮮がまだ日本の植民地だった1921年に生まれ、日本留学までしていた金洙暎にとって母語は、韓国語でなく日本語だった。韓国が日本から解放された後も、金洙暎は依然として『文学界』や『文藝春秋』を耽読し、ハイデガー、バタイユ、ブランショなど、いわゆる「現代思想」も日本語で読んでいた。そしてそのことを隠さなかったのは、彼の頑固さを物語るものである。金洙暎は日本語で思考し、また草稿を日本語で書いていた。1945年8月15日以降の他の詩人や小説家と異なり金洙暎は、「純粋な韓国語」を嘲笑うかのように、自分の作品で日本式の漢字語と人名、地名を用いることを恐れなかった。今に遺された彼の詩が、そもそも日本語からの「翻訳詩」だったのかもしれないと思われる所以である。

それゆえ金洙暎は、常に出版社からの求めに応じなければならない状況にあった。「原稿に漢字が多いから漢字をウリマル（韓国語）に書き換えてほしい」という出版社の要求を彼は嘆いた。「社長が純ハングルで書いてほしいというのでそれを念頭において書いたのに、これ以上漢字を減らしてほしいとは、何をどうすればよいかわからない」（「詩作における漢字問題」）。完全には理解できず、いつまで経っても自分のものにならない母語が、韓国語だったのだ。

韓国語への翻訳に疲れたせいだろうか。1966年2月、金洙暎はある出版社から依頼された原稿をすべて日本語で書き、そのまま出版社に送りつける。原稿用紙10枚ほどの分量だった。「詩作ノート6」と題されたその文章で彼はこう書いた。「あなたは私が日本語で書くことを誹謗するだろう。親日派だと、ジャーナリズムの敵だと。……私は解放後20年ぶりにやっと翻訳の苦労から逃れて、文章を書くことができている。読者たちよ、私の休息を許せよ」。当然、出版社はこの原稿を韓国語に翻訳して掲載したため、残念ながら金洙暎が当初書いた原文を確認することはできない。多少誇張されてはいるが、詩人で小説家の蔣正一《チャンジョンイル》が「出版社がそれを韓国語に翻訳して載せなかったら、雑誌は廃刊となり、光化門《クァンファムン》では金洙暎の火刑式が行われたはず」だというくらい、前代未聞の出来事だった。

金洙暎は、母語という言語の収容所から自由になれただろうか。韓国語の有刺鉄線を脱出して、母語に縛られない詩の世界へたどり着けただろうか。日本から朝鮮へ、北へ南へ、収容者から革命の詩人へ、幾度となく有刺鉄線を逃れようと試みた金洙暎。その彼が日本語で書いたはずの詩を、文章を、再び日本語に訳し、読もうとも、彼の求めた自由は、それを捉えようとする手をいつまでもすり抜けていくのだ。

《金景彩》

第33章　言葉と文字を失った作家　金承鈺《キムスンオク》

「霧津《ムジン》」は韓国のどこにでもある

高校時代の国語の先生が大の文学好きで、世界文学はもちろん人文・哲学から文芸誌まで網羅した必読書リストを毎年作ってくれた。受験勉強の合間を縫ってその中の本を読むのが私の楽しみだった。リストのトップに挙がっていたのはいつも金承鈺（1941～）先生の作品だったが、善悪のはっきりした物語に慣れていた高校生にとって、金先生の作品はよく理解できなかったのも事実だ。

必読書リストのおかげで、私は志望大学の文芸創作科に入学できた。現役の作家たちから教えを受け、文壇デビューを果たした先輩たちに囲まれて、私まで作家になった気分だったが、私の作品への周囲の評価は「文体にスタイルがない」と手厳しいものだった――そう、テーマやストーリーだけでなく、スタイルのある文体が必要だった！

私に課せられたのは、あのわけが分からない（と感じた）金承鈺先生の作品を書き写すことだった。日常の何ら変哲も無いことに意味をもたらすこと、短い文章で複意を駆使すること、リズム感を与えること……。当時の文学青年にとって金承鈺先生はいわばカッコイイ小説の教科書だったのだ。いや、文体を真似たのは私だけではない。申京淑さんや孔枝泳さんなど、名だたる作家たちも金先生の作品を書き写していた話は有名である。

今読むことができる金先生の作品の大半は、20代に書かれたものだ。デビュー作の「生命演習」はソウル大学在学中に書かれ、「霧津紀行《ムジンキヘン》」は23歳、東仁文学賞を受賞した「ソウル1964年冬」は24歳の作品である。その後1977年に第1回李箱文学賞を受賞したが、80年の光州民主化抗争以降、無力感から小説を書くことができなくなってしまったという。

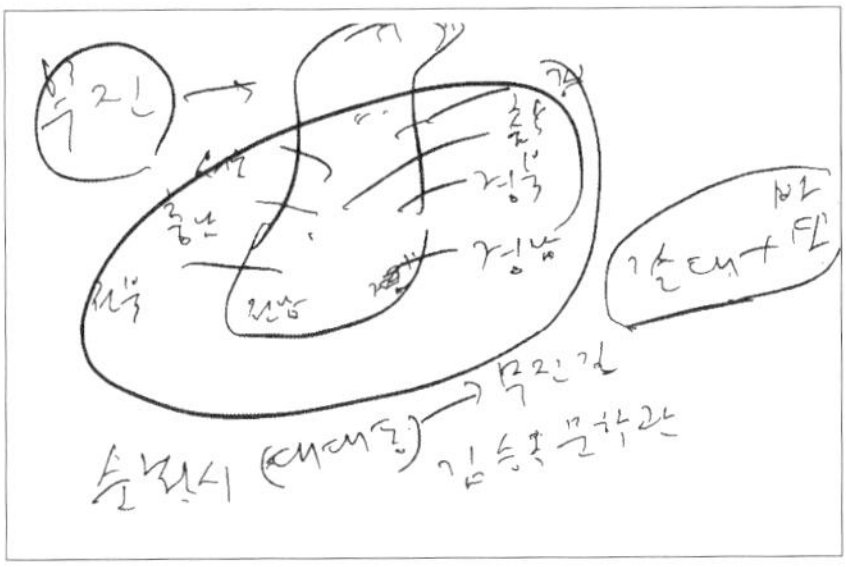
金承鈺氏の描いた地図

その後も文壇に復帰されることはなく、消息が文芸誌に時折載る程度だったが、しばらくして新聞の一面で「言葉を失った作家の金承鈺」と報じられた。作家仲間の訃報に接して駆けつけようとした際に脳梗塞で倒れたのだ。その後遺症として言語障害が残ってしまう。

そのため、2019年4月に私が店主を務める韓国の本専門のブックカフェ・チェッコリで行われたトークイベントでも、お話は筆談で進められた。iPad上に絵や単語を用いて表現する先生の様子とスクリーンに投影された画面を、初めのうちこそ会場中が緊張の眼差しで見つめていたが、先生のユーモラスなセンスは筆談でも冴えていて、次第に会場の雰囲気もほぐれ時折笑いも起こるほどだった。たとえば客席から「『霧津紀行』の霧津は実在する地名ですか」と訊かれると、先生はiPadで韓国の地図を描き、ゆっくりと地図上に各地の地名を

金承鈺

書いた上で地図全体を丸で囲み、こう答えた。「『霧津』は韓国のどこにでもある！」

先生の代表作はやはり「霧津紀行」である。主人公ユン・ヒジュンは30代で義理の親が経営する製薬会社に勤めているが、ソウルでの生活も結婚生活もうまくいってないように見える。妻と義理の父親からしばらくソウルを離れた方がいいと勧められ、自分の故郷「霧津」へと赴く。その霧津での二泊三日の出来事を書いた作品である。ストーリー性よりも、状況や状態、気分などの描写が緻密なことが特徴で、主人公の感情が読み手に強く伝わってくる。評論家たちが「感受性の革命」と言った通りだ。『霧津紀行』は霧のように実体のない状態で始まり、曖昧なままに終わる。「語る」のではなく「描写の力」が強い作品である。

イベントの話に戻ろう。終了間際に、登壇者で作家の深沢潮さんから金先生に「これからの作品を書く後輩たちに一言を」というリクエストがあった。すると先生はご自身の生い立ちから語り始めた。大阪で生まれ、解放後に家族と一緒に順天《スンチョン》に戻ったが、共産主義者摘発を理由とした韓国軍による民間人虐殺事件（麗水《ヨス》・順天《スンチョン》事件）に巻き込まれ、中学校の教師だった父親が行方不明になってしまう。「アカ」の烙印を押されたまま生きるのは大変だった。その後朝鮮戦争が起こる。それが今や南北のトップが会談をする時代になった。とても嬉しい。自分は軍事政権下の辛いことを文学にしてきたが、後輩たちには明るい世界でもっと自由に良い作品を書いて欲しい、と。

ご帰国後も、先生はカカオトーク（スマホのアプリ）で韓国のニュースやご自身の近況を送ってくださる。2020年の4月には、韓国のテレビで放送された先生のドキュメンタリー番組について教えてくれた。なんと5年間も先生を追った記録だった。

金承鈺文学館

言葉と文字を失った作家がペンの代わりに筆を執って描いた絵の展示会の風景から、ドキュメンタリーは始まった。そして先生は、神保町にいらした時と同様、杖を突き大きなリュックサックを背負って、毎週ソウルと順天とを行き来する（『霧津紀行』の舞台・霧津は順天かもしれない）。順天では、地元に建てられた「金承鈺文学館」（全《チョル》羅《ラ》南《ナム》道《ド》順天市《スンチョンシ》霧《ム》津路《ジンキル》130）で週の半分を過ごしている。文学館を訪ねるお客さんや作家たちと金先生が筆談をする姿が画面いっぱいに映っていた。一時代を築いた作家の波瀾万丈な人生と、80歳の老作家からが投げかける問いかけに満ちたドキュメンタリーだった。

かつての文学青年にとって「大先生」だった金承鈺先生と東京で、しかも自分の店でご一緒できたことがどれほど光栄なことだったのかを再認識した。どうか先生、元気で、お元気で。

《金承福》

第34章 金源一《キムウォニル》氏のこと

兄の目

白髪交じりの髪。大柄で穏やか。座の中心にいるけれども、にこやかにしているだけで、話をすることは少ない。金源一（1942～）氏のことを思い出そうとすると、そういう姿が浮かんでくる。金源一氏が作った財団事務所に、作家で弟の金源佑《キムウォヌ》氏が私を案内してくれたのは1996年の秋のことだ。韓国の作家は、作家として成功すると財団などを作ることが珍しくないと聞いた。もっとも弟の金源佑さんは「兄貴は作家というより、今や実業家だ」と笑う。いささか御兄弟に対する謙遜も混じった言い方だった。というのも1970年代から80年代の金源一氏は短編、長編いずれも大量の作品を執筆している。

1985年に発刊された中上健次編・安宇植訳『韓国現代短編小説』（新潮社）に金源一氏の「闇の魂」が収録さ

金源一

れている。このアンソロジーにある金源一氏の略歴は次のようなものだ。

1942年生まれ。慶尚南道金海《キメ》郡出生。嶺南大学国文科卒。1967年『現代文学』誌創刊150号記念長編小説公募に「闇の祝祭」が佳作入選して文壇にデヴュー。主要作品に「小説的な男」「喪失の魂」「喪失」「病める海」「今日の陣中」「血の体験」「不忘記」その他の中短編があり、長編に『塵土』『空焼け』『しぎに関する瞑想』等がある。また現在、大河小説『火の祭典』を二部まで刊行し続編を連載中。現代文学賞、韓国小説文学賞などを受賞。

この略歴に加え、中上健次による巻末の解説に金源一について何か書かれていないかと読み改めたが、なんと『韓国現代短編小説』に収録された八人の作家のうち金源一氏に関してのみ記述がなかった。

中上健次は1981年にソウルの汝矣島《ヨイド》に居を構え6ヵ月あまり滞在している。巻末解説は、その滞在中の交友の記憶を中心に書かれているので、金源一氏とは面識を得ることがなかったのかもしれない。中上の解説中に登場する全さんは、『韓國文藝』発行兼編集人の全玉淑《チョンオクスク》さんであろう。全玉淑氏は政界から文化関係者まで幅広い人脈を持つ女性で、文芸のみならず映画などにも影響を与えた人物だ。編集者と言うよりは文化プロュデュサーと呼ぶべき活躍をした人だと聞いている。日本語も堪能で、ソウル滞在中、中上健次を韓国の作家に引き合わせるだけでなく、その場に同席し通訳なども務めていた様子が中上健次の解説からうかがい知ることができる。

韓國文藝　創刊号

『韓國文藝』は全玉淑氏を発行兼編集人とし、主幹柳周鉉《ユジュヒョン》、編集委員古山高麗雄で、１９７５年冬号から１９８６年秋号まで刊行が確認されている日本語の文芸誌だ。終刊はいつであるかは判然としない。ソウル特別市中区太平路の小説文芸社が発行所となっている。どこかで「粗悪な紙の薄い雑誌」と記述されているのを読んだ覚えがあるが、創刊号を古書店から取り寄せてみると２００ページに及ぶ雑誌の表紙には韓國文藝の表題の下に赤い文字で「五〇万円懸賞小説募集」とあり、決して粗悪な紙の薄い雑誌ではない。表紙絵二人のチマチョゴリを着た女性が頭上に盆を載せている絵で作者は李達周《イダルチュ》。小説訳者は尾高修也、三枝寿勝、鎌田光登の三氏が名を連ね、尾高修也氏が「共訳者の弁」を寄せている。前述の中上健次編『韓国現代文学短編小説』に先立ち『韓国現代文学13人集』が刊行されているが、編者は古山高麗雄となっているところを見ると、『韓國文藝』がアンソロジー刊行の縁になっているものと思われる。

『韓國文藝』創刊号には金源一の「渇望」が掲載されている。『韓国現代短編小説』に収録された「闇の魂」は１９４５年から１９５０年の朝鮮戦争勃発直前までを舞台とする短編であるが、「渇望」は朝鮮戦争勃発後直後を描いている。おそらくこの『韓國文藝』に掲載された作品が金源一氏の作品が日本に紹介されたもっとも早いものなのではないかと推測される。

中上健次と韓国の縁を結んだのが『韓國文藝』の全玉淑氏だったと考えてよいだろう。そして

1992年8月に中上健次が亡くなったあと、東京で第1回目の日韓文学シンポジウムが開催された。開催は中上健次の生前からの希望であり、追悼の意味もあったと聞いている。金源一氏は第1回日韓文学シンポジウムから2000年の第5回まで参加されている。私がこのシンポジウムに参加するようになったのは第2回目の済州島からで、金源一氏の弟である金源佑氏と親しくなったのは、第3回目の松江の時だった。日韓のシンポジウムは2002年の韓国、原州を最後に、日韓の二カ国開催は終わり、現在は日中韓の三カ国によるシンポジウムが開催されるようになった。参加メンバーも世代交代をしている。

物事は一筋に進むものではなく、ましていろいろな人が関わる国際会議などは、多様な影響を関係各方面へと広げて行くものだ。とは言え、80年代半ばに中上健次がソウルへと導かれたことが、現在の日本の韓国文学への関心と繋がりを持っていることは否定できないであろう。金源一氏はその一筋の中にどっしりとした兄の面持ちを持って存在している。金源一、金源佑の御兄弟の父上は南朝鮮労働党の党員であり、朝鮮戦争の時、北へ行ったきりだと、96年の春に東京へお花見にきた金源佑氏から聞いた。韓国では楓《かえで》をめでる丹楓《たんふう》の習慣があるからと、その年の秋、金源佑氏がソウルへ私を招いてくれた。金源一氏の財団事務所を訪ねたのはその時のことだ。事務所の入り口に停めてあった乗用車のボンネットに赤く黄色く染まった落葉が積もっていた。事務所でご挨拶をして、その晩、ごはんを金源一氏からごちそうになった。

『韓国現代短編小説』に収録された「闇の魂」の主人公の少年が、勉強して「偉い人」になってと励まされるシーンがある。金源一氏も少年時代に同じことを周囲の人から言われてきたに違いない。

「闇の魂」の少年の父親は植民地時代の日本留学生で、１９４５年の解放後は政治活動に熱心で家にはほとんど戻らない。文字はひとつも読めないという母親は、知的障害を持つ姉娘と利発な妹娘、それに姉妹の間に生まれた少年を食べさせるだけで精一杯の暮らしをしている。少年の父親がゲリラ活動の疑いで地元の警察に捉えられた日も、父親が銃殺されるかもしれないという不安よりもひもじさが少年を支配している。作品は銃殺された父親の遺体を警察署の中庭で少年が見るところで終わる。少年に父親の遺体を見せたのは伯父であった。戦争中は日本軍の兵士として従軍したという伯父は漢文をよく読み、弓場で弓も引く、もとは士大夫と呼ばれる階級の人であったことが描かれている。作者によって造形されたこの作品に私は早くから一家を背負う気持ちを抱いた金源一氏の兄としての目を感じる。早くから家族への責任を背負った人の目である。

《中沢けい》

済州島《チェジュド》四・三事件と文学

大阪府とほぼ同じ大きさの済州島。韓国南端の孤島では、1947年3月1日、第28周年三・一万歳運動記念行事が行われた。その日、軍政警察の発砲で6人の民間人が死亡する事件が起きた。この事件は、引揚者の失業や日用品の不足、凶作と米穀政策の失敗、米軍政の失政などで動揺していた民心を悪化させた。その後、1948年4月3日に警察・西北《ソボク》青年団の圧政や横暴に対する抵抗と南朝鮮だけの単独選挙実施反対・統一政府樹立を掲げた武装蜂起が起こった。300人余りの小規模で始まった南朝鮮労働党済州道党の抗争は1954年まで続いた。その過程において凄絶な弾圧が行われ、130カ所余りの村が焼かれ、3万人に及ぶ人々が命を奪われた。この済州島四・三事件（以下、〈四・三〉と略記）は、韓国社会において、長年沈黙を強いられた痛みの歴史である。1980年の光州事件（五・一八）後、済州島内で学生運動が盛り上がり、〈四・三〉が議論されるようになり、1987年6月抗争後、真相究明への動きは爆発的なものとなる。それがようやく金大中政権の1999年12月に「済州四・三事件真相究明および犠牲者名誉回復に関する特別法」が制定され、政府直属の真相調査企画団による調査が始まった。そして、2003年3月、調査の結果を『済州四・

処刑を待つ済州市民たち（1948年5月）

三事件真相調査報告書』という一冊の本にまとめ、半年間の審議を経て、韓国政府はその内容を認めて公式見解としたのである。

１９８２年韓国生まれの私が〈四・三〉を知ったのは、大学を卒業した２００８年のことである。それまで〈四・三〉について聞いたおぼえはない。というより関心を寄せなかったのかもしれない。そんな私は、ソウルの古本屋で『金石範 장편소설 火山島』という背表紙の5巻本を見つけた。「장편소설」というのは長編小説のことである。その5巻本の『火山島』は、金石範《キムソクポム》（1925〜）が、『文學界』連載後、3巻本で上梓した『火山島』（文藝春秋、1983）が韓国で１９８８年に全5巻で翻訳出版されたものだった。私はその『火山島』第1部の韓国語版を読むことで〈四・三〉を知った。しかし、それだけで〈四・三〉の全容が分かるはずがない。大学の図書館で所蔵している『済州四・三事件真相調査報告書』を通じて、ある程度〈四・三〉の全体像を捉えることができた。

その後、『金石範作品集』（平凡社）を手に取って、最も短い「乳房のない女」を読んだ。日本語が乏しかった私でも〈五・一八〉と〈四・三〉を紡ぎ出す筆致の巧みさや〈四・三〉に向き合う作者の真摯さを読み取ることができた。また、短編に凝縮されている〈四・三〉の惨状と当事者の痛みの声が伝わり、それから『火山島』（全7巻）をはじめとする金石範文学に読みふけった。

しかし、〈四・三〉と金石範文学は私を簡単に受け入れてくれなかった。読めば読むほど〈四・三〉の時空間にいた死者と生者に対するスタンスが問われた。それと格闘しつつ、読み続け、何かを論ずることは耐え難い読書行為であった。そんな私をして、耐え難い読書行為を耐え得るものとしてくれたのは、「済州島四・三事件を考える会・東京」の実行委員会である。犠牲者を弔い続ける在日コリアンと韓国人留学生、そして何より日本人の存在は、私に予想だにしなかった原動力を与えてくれた。その会が発足したのは１９８８年で、同年

4月3日、日韓で同時に初の集会が開かれた。この歴史的な動きは、〈五・一八〉と6月抗争に続く民主化のための闘いの高揚にもたらされたものである。

韓国では、玄基榮《ヒョンギヨン》（1941〜）が1978年に初めて〈四・三〉を背景とした小説『順伊《スニ》おばさん』を書いたが、作品発表後、作家は保安司に連行され、作品は販売禁止になった。これが〈四・三〉の真相究明運動の導火線となったのである。14年間禁書とされた『順伊おばさん』は今、高校の文学や歴史の教科書に紹介される、高校生の必読書になっている。2020年6月現在、創作オペラとしても制作され、9月には完成した作品が上演される。玄基榮に続き、イ・サンハは1987年に長編叙事詩『漢拏山《ハルラサン》』を発表したが、国家保安法違反で拘束される。依然として韓国政府は〈四・三〉を共産暴動としか認めなかったわけである。その他、大阪で生まれ育って2010年より済州島に移住し日本語で創作を続けている金蒼生《キムチャンセン》や呉成贊《オソンチャン》、玄吉彦《ヒョンギルオン》の小説、キム・スヨル、ホ・ヨンソンの詩など多彩になっていく「済州四・三文学」は文学的想像力を通じて〈四・三〉の真実を追い求める闘いを続けている。

《趙秀一》

〈四・三〉を扱った映画「チスル」のポスター（提供：韓国映像資料院）

VI

独裁政権と産業化の時代

(1960年代〜)

第35章 朴景利《パクキョンニ》と平沙里《ピョンサリ》、間島《カンド》、沿海州、そして統営《トンヨン》

大河小説『土地』の舞台を訪ねて

朴景利（1926～2008）の大河小説『土地』（5部、全20巻）の舞台は慶尚南道《キョンサンナムド》の平沙里をはじめ、晋州《チンジュ》、釜山《プサン》、統営、ソウルなど朝鮮半島のみならず、旧満州の間島（現・中国吉林省延辺朝鮮族自治州）、沿海州、東京と広範囲にわたる。そこに600人とも700人ともいわれる人物が登場し、1897年の仲秋から1945年8月15日の光復節（解放記念日）まで、愛憎、苦痛、哀しみ、恨み、そして無念を抱えた人々の大小さまざまな物語が紡がれる。

この壮大な物語の世界に少しでも近づきたくて、私は現地をいくつか訪ね歩いた。最初に訪れたのは、主人公の崔西姫《チェソヒ》が生まれ育った村であり、物語の核となる平沙里だ。本書は何度もドラマ化されているが、2004年から韓国のSBSで放映された『名家の娘ソヒ』のロケ地として使われた「崔《チェ》参判家《チャムパンガ》」（参判は官職名）が目的だった。

カササギが垣根の内にある柿の木を訪れて朝の挨拶をさえずるより先に、色とりどりの服を着て

> お下げ髪にリボンをつけた子供たちは、松餅《ソンピョン》を食べながら、村の道のあちこちではしゃぎ回っている。大人は昼過ぎにならないとゆっくりできない。朝から茶礼《チャレ》や墓参りを済ませねばならないし、近所の人たちと食べ物を分け合ったりしているうちに、時間が過ぎてしまうのだ。それから脱穀場に集まり、祭り気分に浸り始めるのだが、おかみさんたちの支度は、どうしても男や老人より遅れてしまう。家族の世話や食べ物の片付けを終えた後に、自分の身づくろいをするのだから。おかげで鳥たちは、重い頭《こうべ》を垂れた稲穂が金色に波打つ田んぼに群がり、心置きなく豪勢な宴を開くことができる。（『完全版 土地』第1巻20頁、吉川凪訳、クオン）

河東《ハドン》の市外バスターミナルからタクシーで20分ほど走っただろうか。駐車場で車を降りて緩やかな坂道を上っていくと、第1巻の序章を思わせるわらぶき屋根の家がぽつり、ぽつりと見えてくる。坂道をさらに登っていくと崔参判家の門が現れた。

朴景利

中に入って眼下に見下ろすと、悠々と流れる蟾津江《ソムジンガン》と肥沃な田んぼが広がっていた。広い敷地の中には幼い西姫と母が寝起きしていた別堂《ピョルタン》、西姫の父であり崔家当主の致修《チス》が過ごした舎廊《サラン》、西姫の祖母、尹《ユン》氏夫人の居室である内《アン》房《パン》、使用人たちが暮らしていた行廊《ヘンナン》が並んでいる。じっと耳を澄ますと彼らの息遣いが聞こえてくるようだった。

次の訪問地は、主に第2部の舞台となる間島だ。間島

豆満江（図們江）を中国側から望む

旧間島日本総領事館

には、朝鮮王朝末期から西姫たちのように豆満江《トゥマンガン》（図們江）を渡って国境を越えた人々の子孫である中国朝鮮族が暮らしていて、彼女たちの案内で図們江沿岸を歩いた。折しも、南北融和が進展していた２０１８年６月のこと。数百メートル先の対岸に見える北朝鮮との国境地帯であるそこは、いつになくピリピリした雰囲気だという。私たちが黙って見つめる先には金日成《キムイルソン》、金正日《キムジョンイル》親子の肖像画が大きく掲げられていて、アパートのような建物のベランダでは、住人なのだろうか。何やら人が動いている様子が小さく見えた。

龍井《ヨンジョン》市街にある旧間島日本総領事館も案内してもらった。日本による植民地支配の象徴として描かれ、西姫が母方の親戚である趙俊九《チョジュング》に乗っ取られた崔参判家を取り戻すために、親日派のふりをしながら出入りしていた場所だ。２００５年まで龍井市庁舎として使われていたが、現在は当時の歴史を記録する資料館となっている。私が訪れた時はちょうど改修工事中で、少しだけ中をのぞかせてもらうと、日本語教育を受けさせられている朝鮮人の子どもたちの写真が展示されていた。地下には当時、拷問室として使われていた部屋があり、そこも今は展示室になっているという。

２０１９年には、物語の中で、朴在然《パクジェヨン》や権《クオン》澤応《ビルン》ら独立闘士が間島との間を行き来していた沿海州にも行ってみた。ウラジオストクは２０１７年から電子ビザでの渡航（８日間以内）が可能になり、それに合わせて成田空港からの直行便が増えたことから日本人観光客の人気を集めていて、ビザなしで行ける韓国人観光客も年々増加しているらしく、街のあちこちでハングルを見かけた。

目的地の一つは、ウラジオストク市内にある新韓村《シンハン》。１８６０年代から沿海州に移住しはじめたとされる朝鮮人（高麗人《コリョサラム》）最大のコミュニティーだ。義兵長の李範允《イボミュン》、議政府《ウイジョンブ》官吏の李相卨《イサンソル》、大韓民国臨時政府の国務総理を務めた李東輝《イドンフィ》といった『土地』の中にも登場する実在の独立運動家たちが亡命してきた場所で、海外の独立運動の代表的拠点として知られる。１９３７年、対日スパイの疑いで沿海州に住む約17万人の高麗人が旧ソ連政府によって中央アジアに強制移住させられ、今では村は消えてなくなってしまったが、１９９９年に三・一独立運動80周年を記念して記念碑が建てられ、２０１９年の１００周年を機にますます注目されるスポットとなっている。

『土地』には出てこないが、ウラジオストクから約１３０キロ離れた高麗人友情村にも足を伸ばした。そこは強制移住させられた中央アジアから戻ってきた高麗人が暮らす村で、20戸ほどのレンガ造りの家が点在していた。ウラジオストクの街中とは違ってハングルは見当たらない。

ウラジオストク市内にある
新韓村の記念碑

高麗人友情村に設置された記念碑

確か午後3時ごろだったが通りに人気はなく、門が少し開いている家の中に向かって声をかけてみた。犬のほえる声に気づいて出てきた女性は50代半ばぐらい。韓国語で話しかけた私たちの言葉を全く理解しなかった。村の中には、子どもたちに韓国語を教える公民館のような施設があり、韓国から講師が派遣されてきていた。

村の周りには果てしない原野が広がっていた。『土地』に導かれて随分遠くまで来たなと思うと感慨深かった。

朴景利の生まれ故郷は統営だ。『土地』の中に統営の描写は多くはないが、長編小説『金薬局の娘たち』(『現代韓国文学選集2』全素雲訳、冬樹社)の冒頭で作家は、故郷を次のように描いている。

統営(いまの忠武市)は多島海附近にあるこじんまりした漁港である。釜山と麗水《ヨス》間を往来する海路の中間地点で、土地の若者たちは統営を「韓国のナポリ」と言っているが、そういわれるだけあって海の色はいつも青く澄みきっている。南海《ナメ》岸一帯で南海島と双璧をなしている巨済島《コジェド》の大きな姿が前を遮っているので、玄海灘の荒波は遠く迂回し、四季を通じて港はいつも穏かで、冬も気候の温暖な、至って住みよい土地である。

晋州高等女学校を卒業後、結婚を機に統営を離れた朴景利は、朝鮮戦争のさなかに夫を亡くした後

朴景利が愛した統営は、風光明媚な港の景色と温暖な気候から
「朝鮮のナポリ」などと呼ばれる

に統宮に戻ってくると、しばらくそこで暮らした。さまざまな事情のために、故郷に対する複雑な思いを抱えながらまたそこを離れると、それ以来、長年にわたって故郷の地を踏むことはなかった。

１９６９年から25年の歳月を費やして書きつづけた『土地』が完結して10年。50年ぶりに懐かしい統営に帰ってきた作家は、人々の熱い歓迎を受け、８００人以上の聴衆の前で講演をした。そしてその3年半後、再び故郷に戻ってくると、自らが用意した、穏やかな湾を見下ろす小高い丘にある墓地で永遠の眠りについた。

私たちがその墓前に翻訳出版されたばかりの『完全版土地』の1、2巻をお供えしたのは２０１６年11月のことだ。何年か後にはあらためてお墓にお参りし、全20巻の完訳を報告したいと思っている。その時までに『土地』という作品は、朴景利という作家は、私をどこまで遠く旅させてくれるだろうか。

《清水知佐子》

第36章 メロドラマから百済滅亡史へ　崔仁浩《チェイノ》

百済の旧都　扶余《プヨ》

崔仁浩（1945～2013）と初めて会ったのは70年代の終わり、『星たちの故郷』をはじめ、彼が書き飛ばすメロドラマ小説が次々と映画になってヒットしていた時である。たしか『都市の狩猟者《サニャンクン》』というメロドラマ映画（李敬泰《イギョンテ》監督）の試写会だったと思う。上映が終わったとき、誰かがわたしを原作者に紹介してくれた。

「僕はきみよりも偉いはずだよ」と、彼は開口一番にいった。意味がわからなくてポカンとしているわたしに向って、「だって僕の方がきみよか背が低いからさ」と彼は、ニコニコしながらいった。後に誰かから彼は、身長158センチ以下の男性しか入会できないクラブの名誉会員だと聞かされた。本当かどうかはわからない。

当時、ソウルに住んでいたわたしにとって崔仁浩の名前は、『映像時代』という映画雑誌と固く結びついている。それは河吉鍾《ハキルジョン》、李元世《イウォンセ》、李敬泰といった若い世代の映画監督たちが、粗製乱造の韓国映画界のなかでなんとか〈作家〉の映画を撮ろうと結成した同人誌のことで、崔仁浩はその中心に

崔仁浩

あって、同人たちのフィルムのため原作となる小説を次々と執筆していた。

二度目に会ったのは東京で、崔仁浩は古代国家百済滅亡を描く長編小説『消えた王国』を執筆するため、伊勢神宮を訪れたり、神保町で大量の資料を集めていた。「僕は日本の経済発展は少しも羨ましいとは思わないけど、溝口健二という監督がいることだけは羨ましいなあ」といっていたのが印象に残っている。もっとも東京滞在は新作の準備のためばかりではなかったようである。知り合いのイタリア研究家の女性がいうのは、「もうチェイノさん。困っちゃうわ。今日会いたい。明日会えるかって、毎日電話かけてくるのよ」という日々だったらしい。そうか、この行動力なんだ。わたしは彼がまだ若く、韓国人の海外渡航が自由でなかったころ、わずか二千ドルの現金だけをもって半年間世界を放浪し、帰国後に旅行記を発表してベストセラーになったことを思い出した。

崔仁浩は1945年にソウルで生まれた。とても早熟で、高校生のときにはすでに新聞小説に応募して、佳作に入選している。1964年に延世《ヨンセ》大学に入学し英文学を学んだが、ただちに作家として頭角を現した。

初期短編には恐るべき子供たちがしばしば登場する。酔っぱらいの父親を捜していると嘘をつきながら居酒屋をめぐり、大人たちの同情を引いてあちこちで酒を呑ませてもらう少年。子供たちを相手に小銭を巻き上げている大人を前に、その不正トリックを見破ってみせ、彼を自殺へと追い込んでしまう少年。「酒飲み」や「模範童話」といった短編の主人公は、醒めた目で大人たちの真剣な遊戯の仕組みを見てとり、その裏をかいて卑小な利を得る子供である。カポーティに似ていなくもない。だがもっと社会的な存在として、子供を描いている。

この冷ややかでシニックな眼差しが学生運動における社会正義のあり方に向けられたとき執筆されたのが、『恐るべき複数』だった。この中編は朴正熙による維新体制が確立される前年、1971年に発表された。

『恐るべき複数』の舞台は、軍事教練に反対するデモが行われている大学キャンパスである。主人公の「私」は学生運動家たちよりもいくぶん年長で、学生でありながらすでに小説家でもある。彼は新学期そうそう、運動家の友人からデモの宣言文の起草を依頼される。だがどうしても書くことができない。実は兵役に就いていたころ、ささいな窃盗が原因で冤罪事件に巻き込まれ、抗議できないままでいたという体験があり、自分の無力感に打ちのめされた。それが原因で、正義はわれにありといった主張には距離を置くようになり、何事にも巻き込まれないよう用心する癖がついてしまったのだ。

デモは行われる。友人は逮捕されるが、しばらくして釈放される。夏が過ぎ、二学期になると、状況はより緊迫してくる。軍事教練の時間が増え、予備役ではなく現役の軍人が直接学生たちに命令するようになる。ふたたびデモが生じる。友人はまたもや逮捕され、今度は懲罰としてそのまま軍隊へ送られる。彼は「私」にむかい、自分のしていることが正しいのか、間違っているのか、わからなくなったと言葉を残して去る。主人公は何もしない。彼はデモの学生とそれを阻止する警官隊を、離れたところから眺めている。彼はただ、自分が咲く前に萎んでしまった花のようだと考えているのだ。

わが身の無力をしたたかに思い知らされた者にとって、公的な正義を唱えるデモに参加することに何の意味があるというのか。正義の理想に燃える者たちからすれば自分は卑怯者かもしれない。だがたとえ無だと認定されたとしても、本当は無ではないといい続けて、これまで生きてきたのだ。「私」はそう考えながら、これからは狡猾に、道化として生きて行こうと決意する。この主人公の決意は、日本でいうならば、大逆事件の後に戯作三昧に生きることを選んだ永井荷風を連想させなくもない。

『恐るべき複数』から2年後の1973年、すでに朴正熙の維新体制が開始された翌年、この自嘲的な決意の延長にベストセラー『ピョンテとヨンジャ』（邦題『ソウルの華麗な憂鬱』）が執筆された。主人公の男女の大学生はもはや政治を語らない。デモにも無関心だ。彼らは読めもしないのに『かものジョナサン』の原書を片手にデートをしたり、たわいのない痴話喧嘩をすることしか頭にない。要するに頭がパーボ、つまり日本語でいうパアなのである。作者はここに深い反語的意味をこめている。苛烈な軍事独裁政権下で青春を送るには、愚鈍を偽装することしか手立てはない。主人公の男の子が「炳泰《ピョンテ》」、つまり病態《ピョンテ》と名付けられているのは、そのためである。

80年代以降の崔仁浩についても簡単に触れておきたい。『消えた王国』は、韓国史で忘却の淵にある古代国家百済の足跡を訊ねていく長編歴史小説である。

この作品は1880年、清国と朝鮮国の境界近く、長らく「封禁地帯」であった荒野で二人の農夫が巨大な広開土王（好太王）碑を発見するところから始まる。やがて日本人スパイが暗躍して碑文の拓本を取り、その一文の改竄が噂され……ここで話は現在に移り、百済王家の裔である建築家の主人公が、大阪枚方の百済王神社を訪れ、宮司から百済王家の族譜を見ることを許される。王家は百済が新羅によって滅ぼされて以来、日本に亡命し、天皇家と姻戚関係と結びながら綿々と今日まで続いてきたのだった。ここから厖大な史料を横断しつつ広大な旅が始まる。語り手は『万葉集』『日本書紀』から『三国史記』まで、夥しい文献のなかを自在に廻り、古代世界へと少しずつ接近してゆく。その作業の途上で浮かび上がってくるのは、かつて朝鮮半島の西半分にあって殷賑を極めた百済王国の栄華である。また唐、新羅、高句麗という三国との間に、つねに緊張した国際関係を保ちながら生き延びてきた王侯たちの、叙事詩的な物語である。この長編を読了した後に百済の旧都であった扶余を訪れる者は、たとえそこにわずかの痕跡しか見つけることができないとしても、目に見えぬ広大な想像的空間に自分が参入していくことを知るだろう。

ソ連邦が解体し、世界から巨大な物語が消え去ったといわれた80年代に、崔仁浩はそれに異を唱え、巨大な物語の再構築に向かった。もはや痴愚を装うことも、道化を演じることも必要でなくなった。彼は世界の先頭に立つことをやめ、世界のもっとも後方にあって忘れられたものへと向かうことを決意したのである。

《四方田犬彦》

第37章　「旅人《ナグネ》」黄皙暎《ファンソギョン》の故郷・永登浦《ヨンドゥンポ》

「最後の韓国」の姿を求めて

「韓国現代文学とは、すなわち金洙暎《キムスヨン》と黄皙暎だ。そう歴史に刻まれたい」。

黄皙暎（1943～）はかつて冗談としながらも、このように作家としての抱負を語った。「永遠の自由人」「軌道を逸脱した小惑星」と称される、規格外の巨匠ゆえに許される浩然之気だろう。

黄皙暎は満州に生まれ、平壌を経て1947年に南に渡りソウルの永登浦に定着した。60年「四・一九学生革命」の際に親友が銃弾に倒れ死んだ後、名門景福《キョンボク》高を中退し放浪の旅に出た。62年『思想界』に最初の山岳小説ともいわれる「立石附近」を発表し登壇するも、韓日会談反対デモで拘束後、日雇い労働者として流浪の生活を送り、出家まで試みるが母親によってソウルに連れ戻される。兵役中にベトナムに派兵され、戦争の悲惨さと「加害意識」を刻むと共に、個人の内面的苦悩を超えてより構造的に物事を捉え、「アジア」「社会」「歴史」「共生」について考えるようになる。70～80年代は労働運動と民主化運動に身を投じ「光州」の真実を知らしめると共に、その犠牲者を追悼する曲であり民主化運動の聖歌として香港の民主化デモでも歌われた「あなたのための行進曲」を作詞した。

黄皙暎

89年に朝鮮文学芸術総同盟の招待で訪朝し金日成に会うも、国家保安法容疑で手配されベルリンなどで亡命生活を送り、93年の帰国後逮捕され服役する。98年金大中政権下で赦免されると、波瀾万丈の人生を糧に、軍事独裁の政治的暴力に抵抗した青春群像をほろ苦くもユートピア的美しさで描いた『懐かしの庭』、在米コリアンの牧師の故郷・北朝鮮への旅路を通じ、分断の矛盾と歴史構造を炙り出した『客人』など、「黄皙暎ワールド」全開の傑作が生まれた。天安門事件やベルリンの壁崩壊など、世界史の節目となる現場に居合わせたことから、トム・ハンクス主演の映画にちなんで「ファン・フォレストガンプ」というあだ名まである。

黄皙暎文学を理解するキーワードは「道」だ。南道《ナムド》への遠き路上で民草《たみくさ》（民衆）の苦難の人生を映した短編「森浦《サンポ》への道」をはじめとして、脱北者が満州、ヨーロッパへと流浪する『パリデギ』に続き、青春時代の自伝的長編『宵の明星』に至るまで、みな空間を苦労して移動せねばならなかった人物の物語だ。黄皙暎の「道」の原点となるのが、少年時代を過ごした永登浦だ。永登浦は「雑草」「弟のために」「モレ村の子どもたち」「宵の明星」、そして最新作『鉄道員三代』(2020) の舞台となった。

永登浦は京釜線《キョンブ》（ソウル―釜山）と京仁線《キョンイン》（ソウル―仁川）が交わる地点であり、物資と人の往来が頻繁なソウルの要所だ。鉄道中心の産業都市として、地方からの上京者や労働者が定着した。近代化と圧縮成長の化身のような永登浦の印象は「雑踏」そのものだ。南側のかつての九老《クロ》工業団地、今の大林洞《テリムドン》のリアルなチャイナタウンなど、屋台《ポジャンマチャ》と焼酎がよく似合うソウルで最も地方色と庶民色の強いエリアといえる。東側の韓国のマンハッタンこと汝矣島《ヨイド》、北側の漢江《ハンガン》対岸の弘大《ホンデ》エリアなど若者の街と奇妙なコントラストを放つが、永登浦には「最後の韓国」とも言うべき失われた韓国らしい何かが辛うじて残っている。

黄晳暎は50年代後半の永登浦を次のように描写している。

> 灰色のセメントの塀と丘のように所々に積み上げられた練炭の山。機関車の貨物車両の後ろをネズミのように追いかけてはコークスを拾っていた子供たち。カーキ色の作業服に一様に白い襟を出していた紡績工場の女工たち。黒い木綿のパンツ一丁で走り回りながら奇声を発していた営団住宅に住む労働者の子供たち。工場の排水が絶え間なく流れていた学校までの道。ネズミの屍、捨てられたわら人形、失業した労働者が集まって暮らしていた廃車となった貨物車、陽の当たる場所でひなたぼっこをしていた子供たち。米軍部隊の鉄条網が塞いだ汝矣島一帯のごみの山。隙間に雑草が生え、錆びた缶の間から咲いていたスミレ、タンポポ、レンゲソウ、ナズナのような小さな野草。これらが永登浦での私の幼い日の記憶だ。　（『宵の明星』）

永登浦は労働者の汗と血と涙がしみ込んだ街だ。上記の鉄道はいずれも併合前に日本によって敷設され、植民地支配と大陸進出の橋頭堡となった。鉄道周辺の土地が没収され、朝鮮人が過酷な労働に従事したことは想像に難くない。『鉄道員三代』は、韓国鉄道誕生期から朝鮮戦争まで半世紀に及んで鉄道労働者と機関士として働いた、三代の労働者の物語だ。ここに現在も高空籠城をする彼らの子孫の闘いを絡めることで、植民地以降の韓国労働者の苦難と労働運動の歴史を一つの線に結んでいる。黄晳暎は「韓国文学史において欠落していた産業労働者を主人公にし、彼らの近現代百余年に及ぶ生の路程を通じて、今の韓国労働者のルーツを浮き彫りにしようとした」と執筆動機を語る。永登浦は労働運動のメッカでもあった。80年代には進歩派政治家の象徴、故・魯会燦《ノフェチャン》や沈相奵《シムサンジョン》、作家の孔《コン》枝泳《ジヨン》や邦玄碩《パンヒョンソク》など多くの若者が九老工団に入り労働運動に携わった。

> この地域は工場が密集しており、労働者も自由労働者を含め数万人の産業地帯だった。労働者は土着の原住民ではなく、ほとんどが全国各地から仕事を求めてきた人だった。工場の寮に住めた一部を除けば民家での下宿、飯場や土小屋など仮住まいだった。従って、住居の永続性に乏しく職場の移動も頻繁だったので、警察の追跡や監視から比較的自由な利点があった。永登浦はソウルにおける運動の中心であり地下組織の根拠地であるだけでなく、活動家が身を隠す絶好の避難所でもあった。また西の最大港・仁川にも近く、そこにも埠頭の荷役場や工場が密集し数万人の労働者がいた。実際に永登浦は仁川を背後にソウルを前線におく戦線だった。（『鉄道員三代』）

黄晳暎は80年代の東京西小山の横丁の雰囲気が永登浦市場と似ていた回想する。永登浦は圧縮成長の韓国の矛盾とエネルギーが凝縮された場所だ。駅前のモダンなタイムスクエアと再開発の高層ビル、その一角には時代に取り残されたバラック集落「アントンネ《裏町》」が存在感を放つ。一方、鉄鋼工場や鉄製商店が密集していた地域には、芸術家がクールなアトリエや店を営みアヴァンギャルドな「文《ムル》来《レ》創作村」が誕生した。路地裏の鉄を利用した芸術作品や独特な壁画が革命の残香と不穏な雰囲気を醸し出す。永登浦の雑踏と路地裏の不穏さが、黄晳暎という「本物」を生んだのかもしれない。

大江健三郎はノーベル文学賞候補に黄晳暎の名を挙げていたが、本人はこう答える。

「別に関心ありません。マスコミが騒いでいるだけです。……ヨーロッパの辺境で老人が集まって受賞者を決めるわけですが、彼らに何がわかるでしょうか？　東アジアを旅した経験でもあるでしょうか？　ノーベル賞よりは、今は消えた（第三世界の最高権威の文学賞だった）ロータス賞の復活に力を貸したいです」。

黄晳暎は朝鮮戦争とベトナム戦争を体験し、光州民主抗争と6月抗争の最前線に立ち、「越南（脱北）と訪朝」「亡命と投獄」など境界を越えて冒険の人生を送ってきた。激動の韓国現代史を生き抜いた黄晳暎の自伝・『囚人』（2017）や、開発と成長の末に「どこに行けばいいのか……」自分を見失った韓国の自画像を描く『黄昏時』（2015）など、円熟味を増す晩年の作品は時代の傷跡をあたたかく包み込む。黄晳暎は自らの誓い通りに「人生と文学が合致する」作家となった。作家の辞書に引退の語はなく、死ぬまで書き続けたいと語る黄晳暎は、作家の使命は「社会のタブーを壊すこと」だとした。今なお「少年の目」をしている巨匠が、次にどんなタブーを壊すのか楽しみだ。

《権容奭》

第38章 田舎と都会を往復した魂 李清俊《イチョンジュン》
南道《ナムド》の艶やかな闇の中で

李清俊（1939～2008）の訃報に接したとき、私は「あっ」と小声を漏らした。〈会いたかったのに……〉という身勝手な思いからだった。当時の私は、90年代半ばに林權澤監督の映画「風の丘を越えて――西便制《ソピョンジェ》」を観て心を揺すぶられ、原作の連作小説「南道の人」を文庫本で読んで、韓国の人々の〈恨《ハン》〉について理解できたように錯覚していただけだった。たとえ生前の李清俊に会えていたとしても質問の種はすぐに尽き、気まずい沈黙の中で彼をうんざりさせてしまったことだろう。

没後6年の2014年秋、同僚の誘いを受けて李清俊文学祭に参加するため彼の郷里・全羅南道《チョルラナムド》の長興《チャンフン》を初めて訪れた。着いたとき秋の日は既にとっぷり暮れて、辺りは墨を流したような闇に包まれていた。なんと濃くて美しく艶やかな闇なのだろう。近代化が洗い流した大切なものをこの地域はまだ豊かに残しているると、そのときは思った。しかし今は、この漆黒の闇に抱かれた長興の大地には李清俊文学の魅力と秘密、本質が溶け込んでいて、だからこれほど美しく謎めいているのだと感じている。

長興に着いて最初の夜、同郷の作家、韓勝源《ハンスンウォン》氏の自宅兼書斎〈海山土窟《ヘサントグル》〉を訪ねた。李清俊生誕の地から入江一つを挟んだ近隣の海辺で生まれ育った韓氏は、〈海の作家〉と呼ばれるように、若いころは郷里の海で自ら海苔養殖をし、そこで生きる人々を書いて作家デビューした。韓氏は私に一枚の写真を見せてくれた。二人の作家が干潟を背景にして顔を見合わせ破顔大笑している。含羞の微笑が似合う李清俊にしては珍しい爆笑だ。「どうしてまたこんな大笑いを？」と聞いても含み笑いで「それは秘密」。「もしか女性の話では？」と鎌をかけると、氏は否定せずに打ち明けてくれた。「実は谷神《こくしん》の話をしていたんですよ」と。

ふるさとの干潟を背景に破顔大笑する同郷の李清俊（左）と韓勝源の二氏（両氏の後輩作家・金碩中氏撮影、長興別曲文学同人会提供）

《谷神は死せず、是を玄牝《げんぴん》と謂う。玄牝の門、是を天地の根《こん》と謂う》という老子の宇宙観をめぐって両作家は「天地の根、つまり宇宙の根本は子宮なのだ」という解釈から干潟と子宮の類似性に話が及び、さらに「つまり、谷神とは女陰のことだ！」という着地になった途端に顎が外れそうなほど大笑いをしたのだという。朝鮮半島南部の豊饒な干潟を共通の母体とし、共鳴し合う感性を持った気の置けない友同士ならではの大笑だったのだろう。

この郷里の干潟をめぐって李清俊は少年期に、一つのつらい記憶を心に焼き付けた。15歳の春、長興から北に70キロほど離れた光州の中学校への入学が決まった李清俊は親戚宅に居候することになった。「背が低い自由人」にその記憶を記している。

父親を早く亡くし、母子の暮らしは貧しかった。世話になる親戚へのせめてもの手土産に……と、家から近い干潟に行き母子二人で蟹捕りをしたのだった。翌日、少年が蟹の笊を持ってバスに乗り、親戚宅に着くと、蟹はすっかり傷んで悪臭を放っていた。親戚の人は鼻をつまんでその蟹をごみ箱に捨ててしまう。そのとき覚えた〈みすぼらしい田舎者〉としての激しい羞恥と悲哀を心の奥に畳み込んだ少年は〈都会人〉になることを渇望したという。

李清俊は〈四《サ》・一《イル》九《グ》世代の作家〉と呼ばれる。1960年、ソウル大学文理学部独文科に入り、〈都会人〉として暮らし始めたばかりの李清俊の若い魂は、激しい高揚と墜落を体験した。初代大統領で四期目に入って間もない李承晩を下野に追い込んだ同年の四・一九革命と、朴正煕が軍事独裁政権を樹立した翌61年の五・一六軍事クーデターに直面したのだった。大学四年の65年、友人の死を契機に書いた「退院」で文壇にデビュー、69年に出した『書かれざる自叙伝』では主人公の心の中に〈審問官〉が現れ、四・一九と五・一六への姿勢を尋問する。ドストエフスキー『カラマーゾフの兄弟』でイワンがアリョーシャに語って聞かせる劇中劇〈大審問官〉のように不気味に、重々しく、執拗に。

『書かれざる自叙伝』の姉妹編とも言うべき71年の『うわさの壁』で作家は、〈懐中電灯の恐怖〉について語っている。六・二五（朝鮮戦争）のさなか、母と〈私〉が寝ている部屋に押し入り、懐中電灯で母の顔を真っすぐ照らしながら「あんたはだれの側か」と詰問する。共産ゲリラ側か、それとも地域でその掃討に当たっている警察隊側かというのだ。懐中電灯を照らしている人物がどっち側なのか見当がつかない母は、生死の確率五分のロシアンルーレットを強いられたような恐怖に震えておろおろと口ごもり、哀願する。

母の顔を照らした懐中電灯の冷たい白色光は、作品を介して〈そう言うおまえは何者だ〉と作家の姿勢を問う不特定多数の読者の厳しい視線でもある。懐中電灯という現実的な道具を〈表現者の思想性〉を照射する装置という抽象的な道具に重ね合わせる李清俊の剛腕。深部地下の高温高圧の環境でこそ宝石が生成するように、李清俊は自由な陳述を躊躇させ窒息させる軍事独裁政権下で作品を結晶させたのだった。ハンセン病患者の村、小鹿島《ソロクト》を舞台に〈支配と服従〉の問題を掘り下げた『あなたたちの天国』は、一つの頂点をなす作品だ。

しかし、李清俊は〈都会の高くて頑丈な壁はたやすく私を受け入れてはくれなかった〉と、回顧的エッセー「私はなぜ、どのように小説を書いてきたか」で述懐している。小説の執筆は李清俊にとって、都会での焦燥と落魄を癒やすための装置でもあった。しかし、やがて李清俊はこうした日々にも消耗と疲労の色を濃くしていく。そして、ふるさとへの精神的な回帰を模索する過程でパンソリの旅芸人親子を主人公とする「西便制」や、母子間の繊細な愛憎劇が帰省を機に展開する「雪道」といった珠玉の作品が生まれた。李清俊はこれらの作品で〈恨〉と〈恨解き〉を、生の根源的なエネルギーとして描き上げたのだった。李清俊は〈田舎〉と〈都会〉の間を精神的に幾度も往復して、そのエネルギーをばねにして感性的で情緒的な作品群も書けば、理知的で理念的な作品群も書いていったように思える。
光の三原色が混じれば白になるように、李清俊の持つ複雑な文学要素が混じり合ったとき、作品の終わりに祈りにも似た温もりのある自然光が現れるときがある。宗教的な救いを見つめた『低きところに臨みたまえ』はその一例だ。それは、高島野十郎（1890～1975）が多く描いた〈蠟燭〉の絵のように、美しい闇の中で明るく灯っている。そしてその闇は、長興の土を最初に踏んだときに味わった美しく濃い闇にほかならない。

郷里に対して二律背反する思いを引きずって生き、書いた李清俊とは対照的に、韓勝源氏は郷里の風土に根を下ろして生き、書いてきた。同質性と異質性がある両氏だが、韓氏に会えたのは、李清俊に会えたのと同じだった。

〈凧——未白《ミベク》兄へ〉と題した韓勝源氏の散文詩がある。〈未白〉は李清俊の号。〈母親より早く白髪になってしまい申し訳ない〉という屈折した気持ちを込めたのだという。この詩の中で韓氏は、「兄貴の凧は上昇気流に乗って糸を握っているだけで楽々と高く揚がるけれど、ぼくの凧は出来が悪いから、糸を握って必死に走らないといけない」と言う。すると未白は「それはぼくも同じことだよ」と答えた。韓氏は未白に言った。「兄貴、ぼくたちまだその凧の糸を離さないようにしようね」。

〈凧〉とはそれぞれの〈文学〉だった。凧なら楽々と揚がりもしようが、易々と書ける文学はない。血反吐を吐くようにして李清俊は小説を書き続け、病のため68歳で凧の糸を手離さなくてはならなかった。

《井手俊作》

第39章 金芝河《キムジハ》 振れ幅の大きかった「抵抗詩人」

日本人は彼の詩で韓国文学を知った

『季刊三千里』の創刊号は1975年3月に出て、特集テーマは「金芝河」だった。これは当時の日本の「金芝河ブーム」を反映したものだ。それから45年もの歳月が流れ、日本には何度か「韓国ブーム」が訪れた。しかし、そこには金芝河の名前はなく、いま彼は過去の人物になろうとしている。

金芝河（1941〜）の名が日本で知られるようになったのは70年代を迎えてからで、先行して朴正熙《パクチョンヒ》政権の非民主的な権力行使、それに粘り強く抗議する人々の存在、抵抗する人々に対する厳しい弾圧があった。朴政権の圧政に立ち向かう闘いが韓国各地で展開されていたことを、記憶している方は少なくないだろう。苛酷な権力の行使によって無辜の被害者が生まれ、この被害者救援の運動は国内から海外へと広がっていった。

こうした闘いのなかに死刑を宣告された金芝河もいた。彼は詩人だったので「不屈の抵抗詩人」と呼ばれ、メディアが彼の生き方や文学活動の内容を紹介する機会が多かった。日本でも彼の詩や時論のいくつかが単行本になって出版された。韓国で発表禁止になった作品も日本では活字になった。そ

金芝河

んな事情もあって日本で韓国の文学者となると、金芝河の名前が第一に挙がるのであり、現在でも彼の名前を知る人は少なくないのである。

図書目録で「金芝河関連書」を索引してみよう。『長い暗闇の彼方に』（1971）を筆頭に、『民衆の声――金芝河詩集』『不帰――金芝河作品集』などの個人詩集が13点、『いまこそ詩人よ』『韓国発禁詩集』などの合同詩集が6点、さらに『傷痕に咲いた花』『金芝河、生を語る』などの随想類などが5点あり、合計すると24点を超えている。

なお、文芸・時事評論誌などにも詩・対談・インタビューが何度も掲載されており、彼をめぐる論評なども、前掲の『三千里』のように目に触れる機会が多かった。現在のように「韓国文学」の刊行が活発ではなかった時期だけに、こうした出版界の「金芝河ブーム」は、かなり目立つ現象だった。これ以降に韓国の特定作家に関心が集中した例は見られない。

さて、金芝河の詩はどうして評判を呼んだのか。それは創作詩の芸術的成果の見事さだろう。題材の新鮮さ、特異性、対象物に切り込む手法の斬新さ、ユーモアと諧謔が読む者を引き付けたからだ。小気味よいテンポの運びも魅力的だった。最も知られている譚詩「五賊」の出だしは、次の通りである。

眼も覚める花の御殿に、夜昼なしに樂の音ただよい、餅つく音ぺったんこ
ここぞまさしく狾絜《ジェボル》（財閥）、㺂獪狋猿《クッフェイウォン》（国会議員）
跍礫功無猿《コグブコンムウォン》（高級公務員）、長猩《ジャンソン》（将星）、瞕㺃矔《ジャンチャクワン》（長・次官）とうたわれた
肝っ玉ふくれあがり南山のごとく、首のつよきこと董卓のへそのごとき
天下の凶悪、五族の巣窟なるぞ。
人はみな腹のなか五臓六腑しかないのに
こやつらの腹には、雄牛の金玉ほどの泥棒ぶくろがおまけについて五臓七腑。
もともと同じ親分に盗みの技《わざ》を学んだが、そのお手並みはさまざま
夜昼のべつ盗みにはげみ、その技これまた神技《かみわざ》の域。　（姜舜訳）

金芝河は1980年12月に刑の執行停止で、6年8ヵ月の投獄生活から釈放された。その後、彼は「民青学連事件」有罪の取消しと国家賠償を求める裁判を起こし、判決は原告側の全面勝訴となった。しかし、この裁判を除けば、彼の釈放後の生活は前半部分と比較すると、大きく異なるものになった。詩作は続行されたが、何よりも後期の生き方の特徴となるのは、「生命（環境）運動」の提唱だった。

東学思想を引き継ぎ、現代的に新たに発展させた生き方の哲学というべきものである。この考えは実践面では生活協同組合「ハンサルリム」運動に影響を与えた。だが、知識人世界には限定的な影響にとどまったようで、一例を挙げれば、黄晳暎《ファンソギョン》の自叙伝『囚人』を読むと、獄中の黄晳暎に面会に行っ

た金芝河が、突然「生命思想」について熱弁をふるいだし、同行の仲間が辟易するシーンが出てくる。察するところ、周囲からは煙たがられ、観念的で独りよがりの主張、と見られていたのではないか。

さらに、金芝河の訴えが、社会的に注目を浴びたことが二度ほどあった。第一は、生命運動の延長線なのか、「若者よ、自殺するな。命を大切にせよ」との呼びかけである。これは『朝鮮日報』(1991.5.5)に掲載された「死の賛美、死の見せ物扱いはやめよ」で、在野や学生の運動を批判したものだった。「命を大切にせよ」。これが平常時における一般的な訴えだったら理解できるが、彼が提唱したのは反権力闘争が熾烈を極めた時期だった。闘う主体が手を尽くしても「現状打開」できずに、追いつめられた結果、闘争参加者のごく一部が「自死」を選んだことを指弾したのだ。韓国の反権力闘争においては、全泰壱《チョンテイル》や金相真《キムサンジン》の場合のように、いくつもの痛ましい事例が残っている。

なぜ、自死を選ぶのか。金芝河は自身の闘いの経験からも、そこにいたる理由を充分に心得ているはずである。それなのに、いまこの段階でなぜ「生命尊重の訴え」をするのか。それは反権力闘争をする人々に徹底抗戦の放棄、「無条伏降伏」を勧めるようなものではないか。彼の発言は「利敵行為」と見なされ、訴えの是否に関する論議が社会的に広がった。

第二は、「私は泥棒である」という告白を『東亜日報』(1991.4)に掲載したことだ。20年前に「五賊」を発表し、韓国社会の不正腐敗を痛烈に批判した彼が、今また政経癒着による国の混乱に直面し、こうした状況を打開する手段として「自分が泥棒であることを告白しよう」と呼びかけた。そして、まず「私は泥棒である」と告白して見せた。

彼の告白内容は、「私は〝五賊〟発表のあと、酒場で働く女性を妊娠させた。私は狼狽し金を与えて堕胎させた。私は生命運動をしてる人間であるが、それなのに生命を三度も盗み、殺した。私の履歴には『4・19運動に参加』とあるが、実際には参加していない。『良心宣言』は私が書いたものではなく、趙英来《チョヨンネ》弁護士が書いたものだ」「私は名誉への執着が強く、英雄意識もあったので、転向への誘いにも安易に乗ってしまった」と言う刺激的なものだった。

一時期、金芝河は民主化闘争のシンボル的な存在だっただけに、かつてともに闘った人々にとっては、こうした彼の発言や行動は理解の範囲を超えるもので、昔の同志に対する背信行為ではないか、こんな彼をもう見たくないと発言した人もいた。

彼は現在も折に触れ新作詩を発表し、２００３年には回顧録『白い影の道』（全3巻、学古斎）を発表した。２０１２年の大統領選挙では、政敵であった朴正煕大統領の長女槿恵《クネ》を支持すると表明し、リベラル進歩派とは完全に離別した。こうして彼は昔、スクラムを組んだ仲間から冷たく見られるようになった。彼の動きはいつも独断専行の傾向があり、それだけに、長年の支持者にとっては理解に苦しむものだった。

いずれにせよ、人の評価は「棺を蓋いて事定まる」という。金芝河の場合は思想と行動の振れ幅がかなり大きかった。それだけに、心ならずも誤解を招いてしまった面があったのかもしれない。

《舘野晳》

第40章 チョ・セヒ リアルにして象徴的な世界

タルトンネはいたるところに

連作短編集『こびとが打ち上げた小さなボール』は間違いなく、特別な小説だといえる。１９７８年の刊行から今まで、一度も途切れることなく読まれつづけてきた。韓国にはこのような粘り強いロングセラーがいくつかあるが、中でもこの本には、長いタイトルを縮めて呼ぶ愛称までつけられ、広く行きわたってきた様子がわかる。刊行から約40年。その間に韓国社会はいかに大きく変化したことか。にもかかわらず本書がずっと読まれてきたという事実から、韓国における文学の役割を探ることさえできそうだ。

著者のチョ・セヒ（趙世熙：1942～）は京畿道加《キョンギドカ》平《ピョン》生まれ。65年に「帆柱のない葬船」でデビューし、将来を嘱望された新人作家だったが、その後10年間執筆活動をしなかった。長い沈黙を破って

チョ・セヒ Ⓒ LTIKorea

1975年に発表されたのが、本書の一部である「やいば」という短編小説だった。

私が日本でこの本を読んだのは1981年のこと。大学のサークルで朝鮮語を勉強していたのだが、先生が「最近、学生たちの間で人気の小説ですよ」と、冒頭の「メビウスの帯」の最初のところをテキストに選んでくださったのだ。同じ箇所を拙訳で掲げてみる。

数学担当教師が教室に入っていった。教師は本を持っていなかった。生徒たちはこの教師を信頼していた。この学校で生徒に信頼されている、唯一の教師だった。(拙訳)

どうだろうか。難しい言葉は一つもない。センテンスも短い。初心者でも辞書なしで読めた。私はちょっと心弾んだのだと思う。だが、平易な言葉で書かれ、高校の教室が舞台だからといって、ゆめゆめ油断してはいけない作品だった。数学教師が生徒に語るのは、「せむし」と「いざり」という障害を持つ人々が、自分たちをだました不動産ブローカーの殺害を企てるという禍々《まがまが》しいお話だったのだ。しかもそれが奇妙に幻想的な、不思議な遠近感で記されている。「メビウスの帯」というタイトルそのもの、出口のない、リアルにして象徴的な世界がそこにはあった。

舞台となるのは1970年代の「ソウル市楽園区幸福洞」。もちろん、架空の地名である。名前とは裏腹に、不法建築住宅がぎっしりと立ち並ぶ貧しい人々の町だ。かつて韓国には至るところにこうした地域があり、しばしば「タルトンネ」(「月の町」という意味)と呼ばれてきた。その多くは広い斜面を利用したものであり、山のてっぺんまで家がひしめきあう様子が月の近くに迫るようだから、というわけである。だが、現実はそんなにロマンチックではない。

天国に住んでいる人は地獄のことを考える必要がない。けれども僕ら五人は地獄に住んでいたから、天国について考え続けた。ただの一日も考えなかったことはない。（中略）生きることは戦争だった。そしてその戦争で、僕らは毎日、負け続けた。

主人公の一人、ヨンスはこう語る。本作にはさまざまな人物が登場するが、中心となるのは体の小さい「こびと」夫妻と三人の子供たち、長男ヨンス、次男ヨンホ、長女ヨンヒだ。

物語の前半で描かれるのは、70年代ソウルの急速な都市開発の中で「こびと」一家が家を失う様子だ。タルトンネがどんどん撤去され、見上げるような高層マンション群に生まれ変わってゆく。「こびと」一家も、かつて自分たちの手で作った家を壊され、高層マンションに入居する権利が与えられるが、高価な家賃を払えない彼らに、そこに住むという選択肢はない。結局、不動産ブローカーに入居権を安値で買いたたかれたあげく、どこかへ去るしかない。

その渦中で「こびと」は死に、後半では、家も父親も失った一家が仁川《インチョン》をモデルとする工業都市に移転していく。ヨンスは工場で労働組合を作って戦うが、結局は蹴散らされるようにして倒れていく。

この小説の重要性は三つの側面から説明できると思う。①社会問題を真っ正面から扱い、②しかもそれを詩的・幻想的な手法で描いて文学的価値を認められ、③その上、よく売れた。

「よく売れた」という点については、時代を鑑みた理解が必要だ。この本が出た1978年は朴正熙《パクチョンヒ》政権の末期で、社会批判を活字にすれば厳しい検閲が待っていた。チョ・セヒは、この小説を書くためにソウル鍾路区《チョンノグ》の母岳洞《モアクトン》、中浪区《チュンナング》の面牧洞《ミョンモクトン》、九老《クロ》区の加里峰洞《カリボンドン》、また仁川の万石洞《マンソクトン》などで取材をしたり、部屋を借りてタルトンネの暮らしを体験したりした。また、仁川の東一紡績の労働争議にも関わっていた。このように、当事者たちとの具体的なつながりがあればこそ、何としてでも本が生き延びて読まれなくてはならないという思いは強かった。そのために②の文学的手法が動員されたのである。

著者はこの本を「一つの小部隊」と表現したことがあった。本書に収められた短編は約3年かけて、八つの雑誌と一つの新聞に散発的に発表された。一つのメディアに連載しているうちに出版停止となったらそれまでだが、このようなゲリラ的発表スタイルなら、検閲に引っかかっても被害は最少で済む。

そしてこの小部隊は、周到に準備された混成部隊でもあった。貧困層、中産層、富裕層と、異なる立場の人々の声が立体的に構成されているのだ。例えば「トゲウオが僕の網にやってくる」という章の話者は、公害企業を経営する一族の青年である。彼は「こびと」の子供たちを人間と見なしていない。しかしそんな彼が一方では、強権的な父親に見離されることに戦々兢々とする弱い息子にすぎないのだ。また、「こびと」一家を助けようと努める主婦のシネや大学生のユノも印象的だ。

結果としてこの本は、純文学としては異例の売れ行きを見せた。9ヵ月で6万部、1年半で20万部のベストセラーとなり、12年も途絶えていた文学賞「東仁《トンイン》文学賞」の久々の受賞作となった。演劇や

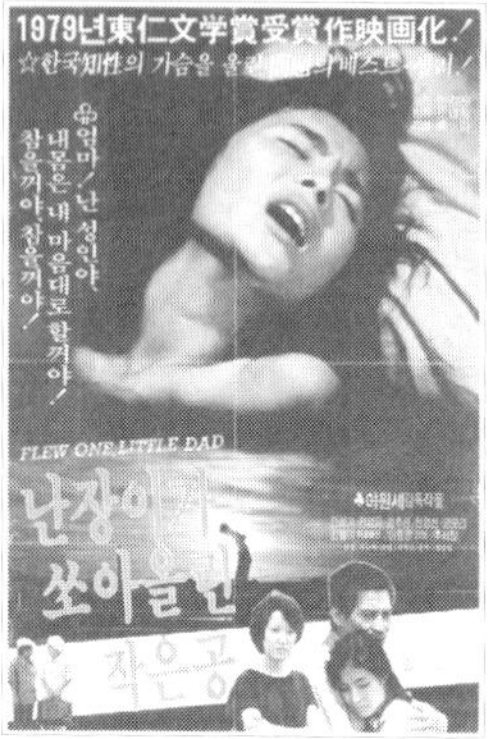

映画のポスター
（提供：韓国映像資料院）

映画にもなった。

その後、韓国社会が大きく変わっても、学生・若者の必読書という立ち位置は変わらない。Kポップアイドルのバッグの中に『こびと』が入っている写真を見て驚いたこともある。金大中政権の時代以降は高校の教科書にも掲載されるようになり、そのため「受験のときにさんざん読まされたから『こびと』は嫌い」と言い放つ若い人もいる。そんな皮肉な現実も抱え込みつつ、２０１７年の時点で販売部数は累計１３７万部。また、作家たちに与えた影響も大きい。韓国の作家たちには、「苦しむ人々とともにあることが文学の使命」といった考え方が自然に共有されていると感じるが、その総本山のような存在が『こびとが打ち上げた小さなボール』ではないだろうか。

社会がどんなに変わっても、いつの時代にもその時代のヨンスたちがいる。『こびとが打ち上げた小さなボール』の不変の存在意義もそこにある。

なお日本では、１９８０年に神戸の市民サークル「むくげの会」のメンバーが本書から7編を選んで訳出し、『趙世熙《チョセヒ》小品集』として出版した経緯がある。私も当時買って興味深く読んだものだが、むくげの会でこれを５００部印刷したところ好評で売り切れ、増刷したというのだから驚く。当時日本の出版界に紹介されていた韓国文学は金芝河《キムジハ》などいわゆる抵抗文学だったが、『こびとが打ち上げた小さなボール』には、それとは全く違う不思議な手触りがあった。

韓国の小説を読む人の数が今と比較にならなかったころから愛されてきた物語である。そして今、日本の読者がヨンスたちの姿に自分を重ね合わせて読む姿が見られる。「こびと」が問いかけるのは、日本の40年が何だったのかという問いでもある。

今、ソウルのタルトンネの多くは再開発によって消え、蘆原区《ノウォング》中渓洞《チュンゲドン》の通称白砂《ペクサ》マウルをはじめ何か所かに「最後のタルトンネ」と呼ばれる地域が残っていたが、それらもまた再開発を控えている。また、仁川にはタルトンネの暮らしを再現した水道局タルトンネ博物館がある。そこではタルトンネを「貧しくとも助け合って暮らしていた時代の象徴」ととらえているようだ。

《斎藤真理子》

第41章 李文求《イムング》と忠清南道《チュンチョンナムド》

海と山に日は落ちる

忠清道の人間の気質を評して「清風明月《チョンプンミョンウォル》」という漢詩風の熟語がある。原義的には清らかで気持ちの良い風と、明るく澄んだ月のことで、静かで清らかで、さわやかなすがすがしさといった趣きの気分である。ただ、朝鮮八道《チョソンパルド》のそれぞれの地元住民の人間的な気質を表現したものとしては、「見かけを大事にし、上っ面を飾る態度」といった、ちょっとマイナスの感のある意味もある。見掛け倒し（見かけと違う）というニュアンスもあるらしい。

忠清道（忠清北道、忠清南道に分かれる）は、朝鮮八道と呼ばれる地域のなかでもあまり目立たない区域である。中央（首都＝ソウル）に対して反抗的で、幾多の革命家、芸術家を輩出した全羅道《チョルラド》、大統領をはじめ政治家、官僚を多く生んだ慶尚道《キョンサンド》、独立的な風土と気風を持った済州道《チェジュド》などと比較しても、目立たない、地味で、中庸道を行く気風が感じられるのである。

忠清道には、百済の古都、扶余《プヨ》や公州《コンジュ》があるのだが、三国時代に真っ先に滅ぼされた国だから、新羅の都・慶州《キョンジュ》のように、今に残る古蹟や歴史的な名所は乏しい（新羅や高句麗などの侵略者に破壊されたのである)。輩出した人物もそうで、一度も権力の中枢たる大統領を生み出したことはなく、せいぜい首相の金鐘泌《キムジョンピル》ぐらいだ(ちょっと待った、尹潽善《ユンボソン》のことを忘れていた。彼は忠清南道牙山《アサン》市出身で、李承晩《イスンマン》と朴正煕《パクチョンヒ》との間の短期間、第4代韓国大統領となった。直接選挙の大統領ではなく、後に野党の候補者だったので、忘れていた)。

首都圏の京畿道《キョンギド》から近く、干潟の広がる穏やかな海(黄海、韓国では西海《ソヘ》ともいう)と、神話と伝説の山(鶏龍山《ケリョンサン》)と、松林の美しい泰安《テアン》半島の風土。そのおっとりとした土地柄が、李文求のような地味な作風の小説家を生み出したのだろう。

李文求は、1941年4月12日、韓国忠清南道保寧《ポリョン》市に生まれた。当時は保寧郡という田舎だった。保寧市は、保寧郡と大川《テチョン》市が合併して保寧市になったもので、市内を通る韓国鉄道の長頂線の駅名は、大川駅である。

李文求

保寧市は、旧大川市の市街を中心地とし、その周辺を取り囲む近郊の農漁村によって構成されている。黄海に面し、タチウオやワタリガニの豊富な漁場であり、ガラスの材料となる硅砂で有名な元山《ウォンサン》島、泰安半島の先っぽの安眠《アンミン》島などの島嶼もある。首都圏に近い観光地として、白砂青松の大川海水浴場が有名である。

ソウルからは、鉄道では、京釜線で天安《チョナン》駅で天安始発、益山《イクサン》終着の長頂線に乗り換え、大川駅で降りるのが一般的である。

ソウルや仁川《インチョン》からの直行の都市間バスの運行も少なくないが、首都圏から近距離のわりには、交通は不便で、ソウルからの観光客は、温陽《オニャン》温泉や道高《トゴ》温泉や、泰山半島の海水浴場などに訪れるものの、保寧市には、さしたる観光名所も、名跡もない。道庁のある大田《テジョン》市からも距離があり、直通鉄路もないので、どこか都市としての繁栄や開発からは取り残されたような地域である（ソウルや仁川の首都圏には近いのに）。

産業は、農業と漁業。高麗人参や花卉栽培に特徴があり、黄海の遠浅の干潟には貝類が多い。沿岸では、牡蠣や海苔の養殖や栽培漁業も盛んで、保寧名物としてワタリガニや牡蠣飯《キュルパプ》がある（昔は塩田も多かった）。

李文求の代表作『冠村随筆』は、そんな保寧市の近郊にある農村〝冠村〟を故郷とする人物の郷愁に溢れた、随筆風の小説である。長編小説といっても、『現代文学』（韓国の月刊文芸雑誌。李文求は、一時同誌の編集者ともなった）には短編の連作として掲載されたもので、「日楽西山」「花無十日」「行雲流水」「緑水青山」「空山吐月」など、漢詩の一部のような四字熟語の章題は、それぞれ短編の題として発表された。

作者・李文求自身と思われる語り手が、流行歌の好きな子守りの姉《ねえ》ややや、近所の遊び仲間、親戚や友人などの〝懐かしい人々〟を回想したり、再会したりする内容で、静かで、のんびりとした変哲もない韓国の田舎の生活の背景にも、南北分断の朝鮮戦争、左右両翼の対立、在韓米軍の存在、独裁政治の民主主義への弾圧など、韓国現代史の社会的問題が横たわっていたのである。

作品のなかに、アメリカ映画『ゴッドファーザー』の話が出てくるから、１９７０代半ばが作品世界のリアルタイムであることがわかる（これは『冠村随筆』が雑誌連載されていた時期と同じである。単行本は1977年）。だから、これは李文求の私小説というべきもので、40年代から50、60、70年代の世相を作者とともに同伴して体験することができるのだ。1988年のソウル・オリンピックの前、そしてその直前の、軍事独裁政権の終焉と民主化の実現。〝漢江《ハンガン》の奇跡〟と呼ばれた経済の高度成長。それと裏腹の現象としての大都市と郡部との落差、経済格差の拡大が問題になってくる時代である。

『冠村随筆』を読むと、70年代まではまだ、伝統的な行事や儀礼、野山の風景や干潟の自然などを含めて、古き良き韓国の田舎町の風情や人情が残っていたようだ。それが大きく変わったのは、日帝時代や朝鮮戦争などの激動の時代的変化にもかかわらず、長らく保たれた〝原郷〟としての風土や人情が、高度成長という経済状況の変革で、見る見るうちに変わっていったということになるようだ。

一見、村夫子《そんぷうし》といった容貌と、風土的な伝統文化、郷土色の強い食べ物や、子供の遊びや、大衆娯楽の出てくる彼の作品の背景には、過激で激越な政治的対立の〝分断時代〟の文学の生々しい鮮血の色が見られる。地味な作風と裏腹に、民主化運動をリードする実践作家協会の代表として、社会活動を行った李文求の作家としての軌跡は、まさに「清風明月」の〝見かけ〟とは違った、気性の裏面を示すものであるかもしれない。

政治体制よりも経済成長やGNPの拡大のほうが、その社会を大きく変える。これは日本の50～60年代を見ても、韓国の70～80年代の社会の変動を見ても明らかだ。〝月の町《タルトンネ》〟といわれた丘の上に広がるスラム街が壊され、林立する高層の高級マンション群に変わり、瓦屋根の韓屋《ハンオク》街が都会の中心部から消え去り、割烹料亭や、洒落た民俗酒場やカフェの街並みに変わった。

街の中を流れる清流の川辺には、洗濯をする女性たちが見られたが、川は埋め立てられ、高速道路に変わった（その後、人工的な水路として復元されたが、洗濯風景は二度と甦らなかった）。

「パリ！　パリ！（早く、早く）」とバスの胴体を手のひらで叩いて、乗降客を急がせたバスの車掌（案内嬢《アンネヤン》）も、いつの間にか不愛想な運転手独りのワンマンバスになった。リヤカーいっぱいに練炭《ヨンタン》を積んで、「クルマ、クルマ」と言いながら配達に来た練炭アジョシは姿を消し、ましてやチゲに練炭を積み上げるチゲクンはとっくの前に市中からいなくなった。飴売りのハサミの音も、盥を頭の上に載せた朝の塩売りのアジュマの声も消えた。

ソウルから始まったこうした変化は、数年もしたら近隣の地方都市へ、さらに農村へ、山村へ、漁村へと広がっていった。李文求は、そうした日常の暮らしの細部の変化を〝冠村〟という場所からじいっと見つめていたのである。町や村の風景の変化とともに、人の心も変わった。しかし、李文求はそれでも〝変わっていない〟ものを見出そうとしていたようだ。

李文求が亡くなったのは２００３年2月25日のことだから、ＩＴ大国となった韓国の現在の姿を見てはいない。しかし、〝冠村〟のような田舎は、一体どれほど変貌したのだろうか。何気ない、韓国の田舎の風景を楽しむために、『冠村随筆』を持って、保寧の町を訪ねてみるのもいいかもしれない。

《川村湊》

第42章

呉貞姫《オジョンヒ》の「失郷」の文学

港町仁川《インチョン》の「中国人町」

ソウル駅から地下鉄に乗って1時間。京仁線《キョンイン》の終点である仁川駅で降りると目の前はチャイナタウン。極彩色の門をくぐり、中国料理店がならぶ坂道を登ってしばらく歩くと、一本の坂道をさかいにして今度は日本風の店が続く。昔はこの坂道が日本租界（租界とは外国人居住地のこと）と清国租界の境界だったのだ。坂の上は仁川港が一望のもとに見わたせる公園になっている。

1893年、仁川が開港して各国がこの町に租界と公使館をおいたとき、清国と日本の租界は隣り合って造られた。植民地時代には日本の銀行、米取引所、海運会社が軒を並べて栄え、敗戦後に日本人は引き揚げていったが、中国人たちは住みつづけた。朝鮮戦争の仁川上陸作戦で市街が焦土と化したときもこの一帯は奇

チャイナタウンの門

跡的に焼け残り、いつか二つの旧租界地はひっくるめて「中国人町」と呼ばれるようになった。

北朝鮮の南西部の海州《ヘジュ》に住んでいた呉貞姫の両親は１９４７年の春に38線を越え、11月にソウルで彼女を産んだ。韓国では、北朝鮮から南に来て故郷に帰れない人々を「失郷民」というが、呉貞姫は生まれる前に「失郷民」になったのだ。朝鮮戦争のあいだ忠清南道に避難していた一家は、戦争が終わると父の仕事が見つかってここ仁川に引っ越してきた。呉貞姫が小学校２年生のときである。小学校６年生までをこの町で過ごした彼女は、のちにこの時代を『中国人町』（1979）に描いた。

少女が引っ越してきた公園の下の家は、二階に物干し台が付いた日本家屋で、隣の町内には中国人が住んでいた。つぎつぎに弟妹を産む母親の生理を嫌悪し、米軍兵士の愛人たちの華やかな姿にあこがれ、近所に住む中国人青年の視線をしだいに意識しながら、少女は成長していく。そんななか、自分たちを育ててくれた祖母の訃報が田舎から届いた。その夜、少女は家を抜けだして公園の「伝説の上陸作戦の総指揮者」の像によじ登り、東シナ海から吹いてくる風を受けながら呟く。


「人生って……」わたしは呟いた。だけど、後につづく適当な言葉が浮かんでこなかった。不可解で、ひたすら複雑で、不明瞭な色に混じりあった、混乱でいっぱいの昨日と今日、そして数限りなく近づいてくる明日、これらを全部包みこむ言葉なんてあるんだろうか。（拙訳）

「万国公園」は、開港時代に西洋人のために造られた韓国最初の公園である。朝鮮戦争のあと「自由を奪回してくれた」米国への感謝のしるしに「自由公園」と改名され、マッカーサーの銅像が建てられた。私をそこに案内してくれた仁川在住の評論家は、銅像を指さして「いつか壊してやる！」と言ったものである。私は、将軍の双眼鏡に足をかけて立っている凛々しい少女の姿を想像してみた。しかし、台座はどう見てもよじ登るには高すぎる。当時は低かったのだろうか。

『風の魂』（1982）の主人公ウンスが育ったM市も仁川である。Mというのは『三国遺事』にも出てくる仁川の古名「弥鄒忽《ミチュホル》」の頭文字だろう。

母が実の親でないと気づいてから、ウンスはどこにいてもそこが「自分のいるべき場所」だと感じることができなくなった。結婚して子供ができたあとも風に誘われるように家出をくりかえし、彼女はとうとう離婚されてしまう。母親を問いつめ、ウンスは自分が双子だったことを知る。朝鮮戦争のさなか、市街戦のなかで人々が門戸を閉ざしているときに押し入った強盗が両親と双子の姉を惨殺し、4歳のウンスは記憶を喪失した。そのトラウマが彼女を放浪に駆り立てていたのだ。

マッカーサーの銅像

自分が何かの片割れであり、失われた記憶の向こうに大切なものを残しているという感覚――呉貞姫は「失郷民」意識をこのように小説化した。そして「風の魂」を発表した翌年、呉貞姫は自分のファミリーヒストリーをもとに「不忘碑」を書く。

黄海道の町に住む幼い少年ヒョンドはある日、古い石碑のまえで楽器を演奏する白系ロシア人の家族を見た。そのとき、彼の母親が口にした言葉があまりに悲しく聞こえて、ヒョンドは泣きじゃくる。「故郷を出た人間は、ひとつところにじっと留まっていられないのよ。そこが自分の死に場所だって思うことができないからね」。それは自分の家族の運命の予感だった。日本の植民地支配が終わると、工場主の父は人民委員会に呼びだされて身の危険を感じ、船で南に逃げようと決意する。だが阿片中毒の弟と生活能力のない妹は置去りにするしかなかった。弟と海岸に駆けつけた妹は遠ざかっていく兄家族を呼びつづける。そのとき、それに応えるように、突然お腹の胎児が足をばたつかせて母親を呻かせる。生まれる前に起きた民族の分断に抗議するかのごとく、呉貞姫は自らをその胎児に比したのである。

呉貞姫は社会参与型の作家ではないが、彼女の作品のなかにはつねにその時代の鬱屈した空気が凝結している。１９８０年代前半、分断から30年以上たって高度成長経済のなかで軍事独裁が続いていたころ、失郷民たちのあいだに流れていた空気——生きているあいだに自分たちは故郷を見られるのだろうかという悲しみと不安がこの作品には充満している。やがて民主化闘争が起き、壁が崩れて冷戦が終わり、世界と韓国の状況は大きく変わった。しかし、失郷民が故郷に帰る日はまだ来ていない。

『古井戸』(1994) の主人公は、地方都市に住む45歳の主婦である。自分と同じく戦争と飢えと独裁の時代をくぐりぬけた夫と一人息子に囲まれて平穏な生活を送る彼女には、じつは心の恋人がいた。その人の名前を新聞の死亡広告欄で見つけたあと、彼女は日常のなかにある「存在したものの痕跡」に執着するようになる。現在は、かつて存在したものの痕跡と、これから消える存在とで満ちあふれている。そして見えない痕跡は人の心に堆積して追憶になる。

追憶とは水の中から掬いあげた小石のようなものかもしれない。水中ではさまざまな色をして美しかったものも、水から取りだせば平凡な模様と石目を見せてさみしく乾いてゆくただの小石でしかない。

痕跡への執着は、今いる時間を越えて広がっていく。彼女の視線は古いマンションの壁にある正方形や長方形の痕跡《あと》に注がれる。タンスや額が置いてあったことを示す図形は、それがなくなってようやく現れる存在の痕跡である。

ここで私の想像は、呉貞姫が少女時代に住んだ仁川へと飛翔する。「中国人町」の木造日本家屋の壁にはこんな痕跡がたくさん残っていたに違いない。昔そこにはどんな家具が置かれたのだろう、それを使っていた人たちは皆どこに行ってしまったのだろう、と少女は想像したに違いない。呉貞姫は、自分もかつて存在したものの痕跡であること、そして自分もいつかは消えて痕跡を残す存在であることをつねに意識している作家である。そんな作家を生んだのが、この仁川の中国人町なのだ。

《波田野節子》

呉貞姫

第43章 申庚林《シンギョンニム》と歩く仁寺洞《インサドン》
〈平和《ピョンファ》マンドゥルギ〉の夜は更けて

申庚林（1935〜）氏に会う時は、いつも仁寺洞だった。1990年代後半、今ほど派手な観光地ではなかった仁寺洞を連れだって歩くと、よくいろいろな人が、「あ、申庚林先生！」と声をかけてきた。相手が申庚林氏の友人であれば、そのまま一緒にコーヒーや酒を飲みに行くこともあった。ついて歩いている間に、数えきれないほどの作家や詩人や画家に会ったのだろうが、何せこちらが韓国の有名人をよく知らないので、あまり覚えていない。『太白山脈《テベク》』の作家趙廷來《チョジョンネ》氏と喫茶店に入ったことや、『曼荼羅』の作家金聖東《キムソンドン》氏と遅くまで居酒屋にいたことは覚えている。

かつて日本で最も名前が知られていた韓国の詩人は、全斗煥《チョンドゥファン》政権を批判して死刑判決を受けた金芝河《キムジハ》と、一時はノーベル文学賞候補と言われた高銀《コウン》だった。しかし、その評判には、いずれも文学的な評価とは別の要素が作用していたと思われる。韓国においては申庚林の方が、遥かに高い人気を博していた。それが最高潮だったのは1970年代から1980年代頃で、これは韓国の民主化運動が最も盛んだった時代でもあり、同時に詩の人気が最も高かった時代でもある。誰もが詩集を読み、独裁政権に反対する集会で詩人たちが詩を朗読すれば数百人が集まった。私が韓国に留学して、ひょんなことから申庚林の弟子となった時にはもう韓国は民主化されていたけれど、その時ですら、「私の一番好きな詩人は申庚林だ」という人にかなりの頻度で出会ったし、そうしたファンを本人に紹介すると、たいてい「詩から受けるイメージどおりの素朴な人だった」と感想を述べた。また、申庚林氏は二度にわたり、計5年近く民族文学作家会議（現、社団法人韓国作家会議）の会長を務めていたが、それについてある文芸評論家は、「申庚林先生のことは、誰も嫌っていないからね」と言っていた。小柄で飾り気がなく、ちょっと頑固だが笑顔の無邪気な詩人に対して反感を持つ人はいなかったようだ。

１９７４年に出された申庚林の詩集『農舞《ノンム》』（改訂版、創作と批評社）の徹底したリアリズムと庶民の生活に向ける温かい眼差しは、軍事政権に癒着した評論家やいかがわしい芸術至上主義が横行していた韓国の保守的な文壇に衝撃を与え、韓国の詩を真の意味で民衆のものとした。

申庚林（写真：Roh HoeChan Official Website）

阿呆どうしは顔さえ合わせりゃ浮かれ出す
床屋の前に立ってマクワウリを剥き

一杯飲み屋でどぶろくあおれば
誰もみな友達さ
湖南《ホナム》の水不足や農協にできた借金の話
薬売りのギターに合わせて足を踏み鳴らせば
なんでこんなにソウルが恋しいのかなあ
どっかで花札引こうか
有り金はたいて女のいる店にでも行くか
校庭に集まりスルメを裂いて焼酎飲めば
いつしか長い夏の日も暮れる
コムシン一足あるいはイシモチの一匹もぶら下げて
月明かりの馬車道をよろよろ歩く　市じまい　（「市じまい」拙訳）

ただ、民主化運動のシンボルのように扱われたとしても、申庚林は本質的に抵抗詩ではなく、抒情詩の似合う詩人だ。

兪弘濬《ユホンジュン》「あの頃の仁寺洞がただただ懐かしい」（『ハンギョレ新聞』2017.10.19）によると、戦後のある時期までは明洞《ミョンドン》が芸術家のたまり場になっていたけれど、民主化運動の時代には、「仁寺洞の文化芸術的雰囲気は強力な吸引力で若い詩人、小説家、評論家、画家、演劇人、写真作家、ジャーナリストを引き寄せ」ていたという。「〈シルビチプ〉〈平和マンドゥルギ〉〈小説〉といった飲み屋は常に満員で、芸術談が交わされていた。誰かの言葉どおり、仁寺洞は作家の想像力を発動させる雷管だった。時代が時代だけに、酒盛りの最後はいつも騒乱だった。〈小説〉は誰が店主だか客だかわからない有り様だったし、〈平和マンドゥルギ〉には平和がなかった。あの頃が事実上、仁寺洞の全盛期だった」。

仁寺洞の路地の軒並み（写真：Shy numis）

〈平和マンドゥルギ〉（「平和づくり」の意）には、よく連れていってもらった。店は細い路地の、ちょっと見つけにくい場所にあった。申庚林氏は「ここは民主化運動に関係していた人たちがよく来る所だ」と言っていた。軍事独裁政権の時代には緊張した空気もあったのだろうが、私が行っていた時は民主化運動時代のエピソードが、よく笑い話のように語られる場所だった。たまたま居合わせた人たちと同席することもよくあった。

１９９２年から〈平和マンドゥルギ〉の女主人となったイ・ヘリムは、ソン・チョルス「仁寺洞の親分、嫁に行く」(2005.7.25：国民日報) によると、記憶力に優れ、数百名もいる常連客のことを、細かいことまでよく覚えていた。客同士が殴り合いのけんかを始めるとヘリムは店中が凍りつくような大声を張り上げてけんかを止め、それでもやめなければ、「あんたたち、殺されたいか！」と金槌を振り上げて脅したそうだ。私は残念ながら金槌を目撃したことはない。2005年7月にイ・ヘリム氏が49歳で結婚した時には、いくつかの新聞で記事になったほどの有名人だった。

詩人千祥炳《チョンサンビョン》（1930～1993）氏の妻が仁寺洞に開いた喫茶店「帰天《クィチョン》」も、私が訪れたのは千祥炳氏が亡くなった後だったけれど、中庚林氏と何度か行った。最初の店にあったテーブルや椅子は、どこかの廃材を持ってきて転がしたとしか思えないシロモノだった。柚子茶を注文すると、大きなカップでとんでもない量の柚子茶が出されて、皆が仰天した。その後移転して普通のこぎれいな店になったが、千祥炳氏の代表作「帰天」は今でも壁に飾られているはずだ。「俺は空に帰ろう／（中略）／夕焼けと二人／山の麓で遊んで　雲が手招きしたら／空に帰ろう／美しいこの世の遠足が終わる日／帰って　美しかったよと言うんだ」（「帰天」）。

奇行で知られた千祥炳氏は常に貧しく、友達を訪ね歩いては小銭をせびっていた（この行為を集金とか税金を徴収するとか言っていた）らしい。中庚林氏ももちろん税金を徴収されたうちの一人だ。東ベルリン事件（1967年にスパイ組織を摘発した事件。後に捏造だったと発表された）の容疑者となった友人に金をせびったのが発端となり、千祥炳氏まで逮捕されたのは茶番としか言いようがないが、そのせいで彼は「アイロンの下のワイシャツ」みたいな拷問を受け、いよいよポンコツになった。それでも出獄後に結婚した夫人とは仲睦まじく、晩年は比較的穏やかに過ごしたらしい。その夫人も2010年に遠足を終えて空に帰った。私にとって仁寺洞は、民主化運動に関わった生者と亡者の幻がそこここに漂う街だった。

《吉川凪》

第44章 趙廷來《チョウジョンネ》とともに筏橋《ポルギョ》を歩く
民族の悲劇の長大さ

趙廷來（1943～）の代表作である大河小説『太白山脈《テベクサンメク》』は、全羅南道《チョルラナムド》の宝城郡《ポソン》の多島海に面する地方都市・筏橋邑が主な舞台となっており、標題にある太白山脈は、作品世界の舞台としてはほとんど出てこない。それなのに、なぜ、〝太白山脈〟なのか、と作者に問うた者がいる（私だ）。

趙廷來氏の答えはこうだ。「太白山脈は、東海《トンヘ》（日本海）沿いに、北から南へと弓なりに走る山々の連なりの総称だ。これは韓半島（朝鮮半島）の背骨にあたる。この背骨がしゃんとしてある限り、韓民族が民族の独立的な気概を失うことも、奪われることもない」。

私は『太白山脈』と題された長編小説を三つ知っている。一つは韓国語で書かれ、二つは日本語で書かれた。前者が趙廷來氏の『太白山脈』であり、後者が、金史良《キムサリャン》の稗史的な歴史小説『太白山脈』であり、金達寿《キムダルス》の自伝的な小説『玄海灘』の第二部にあたる『太白山脈』だ。いずれも、民族と個人の精神的背骨の象徴として太白山脈を表題として描いたものであり、現実的に太白山脈を描いたり、そこを舞台とすることとはあまり関係がないのである（金史良の『太白山脈』には、そこを舞台として

山の斜面に茶畑が広がる筏橋邑（写真：Fred Ojardias）

いる場面があるが）。

この韓半島の背骨が異民族によって奪われていた時期がある。いうまでもなく、足掛け36年間にわたる日帝時代である。とりわけ、朝鮮の穀倉地帯である全羅道は早くから日本人植民者が入り込み、農・漁業の生産拠点としてその支配権を収奪していったのである。

趙廷來の『太白山脈』は、そうした大日本帝国の崩壊により、韓半島が解放され、アメリカやソ連の軍政下に左右対立が激化し、韓国社会が混乱の巷となった時期からこの作品は始まっている。

街の中心を縦に横切って筏橋川が流れ、その流域に水田や茶畑が広がる筏橋邑。さらにその中心には韓国鉄道（旧朝鮮鉄道）の筏橋駅がある。ソウルからは全羅線の順天《スンチョン》駅まで行き、そこから慶全線《キョンチョンソン》の光州《クアンジュ》行きに乗り換え、四つ目の駅である。現在なら、ソウル金《キム》浦《ポ》空港から国内線で麗水《ヨス》空港へ飛び、そこから都市間バスやタクシーで向かうのが、もっとも早道だろう。

順天駅から筏橋駅に向かう列車は、到着直前に筏橋川に架かる鉄橋に差しかかる。筏橋鉄橋だ。ここが、『太白山脈』の最初の頃にある、最重要の登場人物の一人、廉相九《ヨムサング》が、鉄橋上で勇気試しの対決を行い、ヤクザ者仲間で男を上げた現場である。

もちろん、廉相九も、その兄でパルチザンのリーダーとして、反動右翼となった弟と対立する廉相《ヨムサン》鎮《ジン》も架空の人物だが、作者・趙廷來氏に案内されて、『太白山脈』の作品舞台を紀行する私たち――日本語版翻訳者グループにとっては、実在の人間と同じような存在感を持ち、彼らが生きて活動していた「現場」を訪れることは、実在の人間の生の軌跡を辿ることとまったく変わりはなかったのである。

1995年9月、私たち――私と尹学準《ユンハクジュン》氏と女性四人の翻訳者と編集者一人――とは、ソウルからやって来た趙廷來氏と合流して、筏橋を中心として、麗水、求礼《クレ》、智異山《チリサン》、南原《ナモン》などの地域を廻る旅を行った。

二年ほど前から始まっていた『太白山脈』全10巻の日本語への翻訳作業は、まだ半ばにも到達せず、準備段階からようやく翻訳が開始された頃だった（結局、丸七年かかった）。

大学関係者が多かった翻訳グループは、夏休みを利用して作品現場を探訪しようという話になったのだ。作者の趙廷來氏自らが現場を案内してくれるというのだから、これ以上のことはない。翻訳上の疑問点を直接作者に聞くこともできる。とりわけ、小作農出身で、廉相鎮が率いるパルチザン部隊の有能な部下、ずんぐりした体型の河大治《ハテジ》は、きつい全羅道訛りの持ち主で、監訳者である慶尚道生まれの尹氏でも適切な訳を思い浮かべられないような訛りの「辱説《ヨクソル》（悪口）」のセリフがあったのだ。

「河同志、君はその役割を立派に果たしてくれた」と標準語で訳することにした廉相鎮隊長の言葉に対し、河大治の言葉は、「そうでやす」とか、「なんちゅうことか」といった田舎言葉で訳することに決めたのだが、翻訳グループのなかでも、その田舎言葉の程度の差があって、全体の訳文を監修する私は、その統一性を修整するために苦慮した。

翻訳チームを悩ませたもう一つの問題は、作品の中に、土俗的な猥談のようなものが時々、かなり露骨に出てくることだ。目に一丁字もないような小作農たちの酒飲み話だから、それは当然であり、自然主義的なリアリティーのある場面なのだが、妙齢（といっても、三十後半、四十代前半だが）の女性四人の翻訳チームなのだから、なかなか声に出して読みあわせることが困難なのだ。よく理解できないところがあっても、尹先生に聞くのも恥ずかしい。尹氏も「ほらあれのことだよ、あれ」といった具合でまどろっこしいことこの上ない。こうした箇所を担当した訳者は、訛りと俗語に大いに悩まされたのである。

うららかな初秋の日々だった。筏橋川のほとりから筏橋の鉄橋を眺めた私たちは「あんなところから、廉相九は飛び降りたんだ！」と、本当の事件があったかのように、感嘆した。

醸造所（造り酒屋）を経営する地主の家に生まれた鄭河燮《チョンハソプ》と、その恋人で、当時は賤民として蔑まれていた巫堂（ムーダン＝シャーマン）の素花《ソファ》の家。もちろん、小説のなかの虚構の人物の家が本当にあるわけではない。作者の趙廷來氏が、幼少年期を過ごしたという筏橋邑に残っている古い家や建物、官庁や学校や病院や教会。少年趙廷來が、目にしていたそれらの建物や家屋をモデルに登場人物たちを活躍させたのである。それは筏橋の狭い街中のあちらこちらにあった。

金範佑《キムボム》とその父親である金思鏞《キムサヨン》の住む韓屋もその一つで、少年時代によく遊びに行った家をモデルにしたという。黒瓦葺きの屋根の家があり、土塀の門の奥に、マダン（庭）に面した縁側のサランバン（客間）があった。厨の外側には黒光りするキムチ甕を並べたチャントクテ（甕置場）がある。韓国のどこにでも見られる古い農家の造りだ。

趙廷來氏はそこで、『太白山脈』の登場人物はほとんど架空の人物だが、それらしいモデルの人物は、身近な人から、これまで自分が会った人、知った人たちのなかから造り上げた人物であって、いわば典型的な韓民族の一員たちだと語った。そこからほど近い丘の上からは、筏橋邑が展望できた。

筏橋川の河口に広がる汝自湾《ヨジャマン》では、この地方一帯の名物である「コマッ」（灰貝）が採れるという。「冬になると、筏橋の女たちは、干潟の泥に膝まで浸かり、しびれるほどの寒さの中で『コマッ』を採り、それを売ったお金で、子供たちを学校へやった。廉相鎮はそれを見て、人々を貧しさから解放する夢を見たんだ」と、作者は、『太白山脈』のもっとも重要なテーマを語ったのだった。

趙廷來

筏橋は、湖南地方の他の町とあまり変わることのない平凡な農・漁村だった。大して有名な名所や史跡があるわけでもない。麗水、順天のような多島海国立公園の観光の拠点の町ということでもない。しかし、そこでは韓半島の南北対立（北朝鮮と韓国）を背景とした、共産主義者（南労働党）と反共青年団の激烈な激烈な闘争があった。「昭和橋《ソファギョ》」は日本統治期の年号をあだ名として持つ、血なまぐさい抗争の現場だった。パルチザンが右翼・地主を処分すれば、反共の西北《ソブク》青年団や警察・軍隊が〝アカ〟の一味を拷問し、処刑する。まさに廉相鎮と廉相九のような兄弟間、親子間、家族や親戚の間の関係を引き裂く〝主義〟の葛藤であり、闘争なのだ。それは、韓半島の南北の対立を、縮小して現実化している悲劇の表れなのである。その悲劇の大きさに較べれば、『太白山脈』全10巻の大河小説も、決して長大ということはないのである。

現在、筏橋には、立派で豪華な趙廷來『太白山脈』文学館が建っており、実在しなかったはずの素花の家や金範佑の家などが、文学散歩道として観光スポットとなっている。筏橋市は、『太白山脈』の舞台となったことをきっかけに、文学と映画の街として、観光地として売り出しているのだ。

趙廷來には『太白山脈』以外にも、長大な歴史小説がある。なかでも『アリラン』は日本による植民地時代を描いた大河小説として知られているが、日本帝国主義支配をことさらに誇張して描いているという批判があった。そのためか、日本語訳の刊行はあまり期待できない。

《川村湊》

第45章 パク・ワンソとPX

1950年の明洞《ミョンドン》

　米8軍のメインであるPXは、解放前（1945年前）は三越で、解放後は同和《トンファ》百貨店となった建物を使っていた。現在、明洞にある新世界《シンセゲ》百貨店の建物がそれだ。南大門市場を含むその一帯は、避難先から帰ってきた住民がほとんどいない町に閉じこもって暮らしていた私にとっては、目が眩《くら》むほどにぎやかで華やかだった。ソウルには、戦火を逃れた建物はPXしかなかった。他にも無事に残った建物があるにはあったが、夏に生えた草が崩れた壁と山積みになったセメントの隙間で枯れ、あたかも何百年も老朽した廃墟を彷彿させる空き地の中にぽつぽつ建っており、外見はしっかりしていても中が燃えてしまっているか、屋根が飛んで壁だけが高い仕切りのように残っているものばかりだった。にもかかわらず、この界隈には大勢の人が狂ったように群がって売り買いをし、騙し騙され、盗んだり物乞いをしたりして賑わっていた。

　私たちがかつて経験したことのない異国風の活気と、精神を混迷させるような猥雑さの根源地がPXだった。（『あの山は、本当にそこにあったのだろうか』）

1950年代のパク・ワンソ（写真：박수근미술관）

１９５０年6月25日、北朝鮮軍が南に侵攻してきた。韓国軍は北朝鮮軍の南下を食い止めるため、漢江《ハンガン》大橋を爆破し、多くのソウル市民が川の北側に取り残された。それから３日後に首都ソウルは北朝鮮軍に占領されたのだ。３ヵ月後、韓国軍と国連軍はソウルを奪還したが、その喜びもつかのま、中国軍の介入でまたしても戦況が不利になり、ソウルの人々は再び避難を余儀なくされた。今度も避難しなければ、ソウルが奪還されたときに、ソウルに残っていたという理由でまたアカ呼ばわりされ粛清されるかもしれない。人々は恐怖のあまり、なにがなんでも南の方へと向かおうとした。パク・ワンソ（朴婉緒：1931〜2011）もそんな一人だった。

パク・ワンソほど朝鮮戦争の起きた１９５０年ごろのソウルの様子、戦時下の日常生活を生き生きと描写した作家はいない。戦争と日常――どうかすると矛盾しているようだが、彼女は大きな歴史の中に埋もれた日々の出来事や人々の暮らしを、記録するかのように多くの作品に残した。そこには北と南のイデオロギーに翻弄されながらも、人間の尊厳を失うまいと凛として生きる人たちの姿がある。その代表作に、デビュー作の『裸木』や自伝的小説『あの山は、本当にそこにあったのだろうか』などがある。

1952年当時のＰＸ（写真：Dewey McLean）

当時、廃墟と繁華が共存していたソウルの中心、明洞に米8軍ＰＸがあった。ＰＸとは米国軍隊内で飲食物、雑貨などを売る大きなスーパーのことで、パク・ワンソ自身、戦時下、明洞にあるＰＸ（いまの新世界百貨店）の肖像画部門で働いていた。父と兄を亡くした彼女は、事実上の家長だった。ＰＸは、廃墟となったソウルで金を稼ぐことのできる数少ない場所だったのだ。同じころ、肖像画部にパク・スグン（朴壽根）という絵描きがいた。のちに画家として名声を得ることになるのだが、彼は家族を養うためにアメリカ人相手に肖像画を描いていた。『裸木』に出てくる貧しい絵描きは、彼がモデルになっている。

ＰＸの物（アメリカ製品）についてパク・ワンソはこう言っている。

　陳列台の上でそんな色とりどりのメイドインアメリカが光り輝いて並んでいるのを見る

だけで目の保養になり、無条件にアメリカという国に対する憧れを呼び起こした。汚らしい市場の中に不意に現れたお花畑のような小さな陳列台は、まさにアメリカの富と文化の象徴だったのだ。（『あの山は、本当にそこにあったのだろうか』）

朝鮮戦争を扱った彼女の作品を読むと、韓国が初めて接したアメリカという国が自分たちにとってどういう存在なのか、戦争は自分たちに何をもたらしたのか、まだ誰もが判断力のなかった時代に、深い洞察力を持っていたことがうかがわれる。華やかな「アメリカ製品」を売るＰＸは一見、夢のような世界だが、一歩外に出ると貧しさが約束された別世界が待ち受けていた。そこは清らかで穢れのない世界であり、決して対等であるはずのないアメリカと韓国の位相を見せつけるものでもあった。「私」はそう思うと、何とも言えない屈辱をおぼえ、羞恥心を抱くのだった。

現在ショッピング街として知られる明洞は、もともと明礼房《ミョンネバン》と呼ばれていた。朝鮮時代は清渓川《チョンゲチョン》を境に北側を北村《プクチョン》、南側を南村《ナムチョン》と呼び、北村には両班《ヤンバン》を中心とした官僚階級が暮らしていた。一方、南村にはおもに下級官吏や庶民が暮らしていた。それがいまのように大規模な商業地区に変わったのは１９２０年代ごろで、明洞を明治町、すぐとなりの忠武路《チュンムロ》辺りを本町と呼び、多くの日本人が居住した。明洞ＰＸのあった新世界デパートは当時、三越百貨店で、その界隈はソウルの文化と芸術の中心地だった。明洞芸術劇場もこの時期につくられる。

その後、この一帯も朝鮮戦争で廃墟になるが、若者たちは相変わらず喫茶店や宝石店の集まる明洞でデートをするのがパク・ワンソの小説からもうかがわれる。60、70年代には再びソウルを代表する繁華街となり、喫茶店ブームにともない文化人・芸術家たちの憩いの場となった。またミュージシャンたちの集まる音楽喫茶やサロンなどが次々にでき、新しい音楽を伝播する役割を担った。１９７０年代に韓国音楽界にフォークソングブームが巻き起こったが、その中心にいた若い歌手たちをモデルにした映画「セシボン」(2015) もこの時代の音楽喫茶が舞台になっている。

１９７０年代後半になると、明洞にあった証券会社など金融センターが汝矣島《ヨイド》に移転し、また江南《カンナム》が開発された。ソウルの繁華街は明洞の一極集中ではなくなり、ファッションの中心地も分散されて、一時は活気を失ったように見えたが、明洞はいまも世の移り変わりを静かに見守ってきた歴史の証人でもあるかのように、相変わらずソウルの中心に佇んでいる。いまも残る近代建築物を見ながら、明洞から新世界デパート界隈を散策してみるのはどうだろうか。

《橋本智保》

第46章 詩人 パク・ノへ

清渓川《チョンゲチョン》と労働者

ソウルの漢江《ハンガン》の北側で東西を横断するように流れる清渓川は、１３９２年に建国した朝鮮王朝が２年後に漢陽《ハニャン》（現在のソウル）へ都を移す際に大きな決め手になったと伝えられる。清渓川に流れ込む支流は周辺住民の生活用水となり、汚水を排出する、都市の上下水道の役割を果たしたからだ。朝鮮時代の名前は開川《ケチョン》、治水で川の幅を広げたことからつけられた。清渓川と呼ばれるようになったのは、植民地時代に河川の名称を整理した１９１６年との記録があり、その頃から徐々に支流は土の中に埋められるようになる。朝鮮戦争後の１９５０年代には川沿いに避難民などが集まってきて、清渓川は貧困と不潔の代名詞となった。問題の解決策として１９５８年から本格的な暗渠工事が行われ、１９７０年前後に姿を消した川は道路になり、さらにその上には高架道路が造られた。

こうした川の変化があった一方で、今日まで変わらないこともある。それは川沿いが市場であることだ。暗渠化後の１９６８年にソウル市によって18階建ての電気製品ショッピングセンターの世運商《セウンサン》街《ガ》が建てられると、そこを中心に清渓2街から9街までの一帯は巨大な商業地区になる。あらゆる商品が扱われ、「針からミサイルまで」手に入らないものはないと言われた。もちろんミサイルを販売しているわけではなく、商品を組み合わせればの話だ。巨大な市場となった清渓川周辺は、以降、深刻な交通渋滞と騒音などでソウルのイメージを損なう主犯とされ、老朽化した清渓高架道路の安全性も問題となり、２００５年に今の姿に復元された。

光化門《クァンファムン》を基点とする約５・８キロにわたる復旧区間には22の橋がかけられている。そのひとつ、東《トン》大門市場《デムンシジャン》近くの橋の上に作業服を着た青年の大きなブロンズ像がある。清渓６街から７街までの「全泰壱通り《チョンテイルコリ》」の名の持ち主だ。全泰壱は１９６５年、17歳の時から東大門市場にある平和市場《ピョンファシジャン》の縫製工場で裁断師として働いた。劣悪で過酷な労働環境のせいで肺炎などを患い解雇される女性労働者を目の当たりにし、彼女たちの労働環境や労働条件を改善させるための活動を始める。彼が労働庁長官に宛てて書いた陳情書には、「平和市場の２万人を超える従業員の90％以上が年齢18歳以下の女性で、その中で40％を占める補助工は平均15歳」であること、輸出産業の担い手である彼女たちは「１００ウォンにも満たない日当で１日16時間も働かされ、休日は１ヵ月に２日のみ」と記されている。しかしそうした活動によって「社会主義者」と

全泰壱のブロンズ像。
2019年、全泰壱橋から1.5kmほど離れた寛水洞に「全泰壱記念館」が開館した。https://www.taeil.org/

いうレッテルを貼られ、彼自身が解雇されてしまう。様々な活動が行き詰った全泰壱は、1970年11月に「勤労基準法を遵守せよ」「俺たちは機械ではない」と訴えて焼身自殺した。

22歳の青年の死は韓国社会に大きな波紋を起こし、労働運動の起爆剤となった。15歳で学校を中退した全泰壱は、独学で労働法を勉強しながら難しい漢字に苦労し、「大学生の友人がひとりいれば」というのが口癖だったというエピソードはあまりにも有名だ。彼の死は多くの知識人や学生に犠牲を強いられる階級に目を向けさせ、民主化運動における労働者と学生及び知識人の連帯を生み出した。

600年以上、首都の人々の暮らしとともに流れてきた清渓川を舞台にした文学作品も少なくない。1930年代のモダニズム作家朴泰遠《パクテウォン》の『川辺の風景』（牧瀬暁子訳、作品社）が最も有名だが、若い読者は再開発直前の世運商街を舞台にしたファン・ジョンウン（1976～）の『百の影』（2010：未訳）を思い出すかもしれない。そして1980年代を生きてきた人なら、平和市場で働く若い労働者の哀歓と人間らしい生への夢を詠ったパク・ノヘ（朴労解：1958～）の「シタの夢」という詩を思い出すだろうか。

工場の夜も更け
冷えきった肩に
疲労が寒波のように襲ってくる
トゥルルク　トゥルルク

ミシンを踏んで、遅れまいと夢うつつで追っかけ
タイミンふた粒で徹夜する
シタのかじかんだ手で
ばら色の夢を断ちきり
叶えられぬ虚しい夢をぷつっと断ち切り
血のしたたる皮革をミシン台にのせる
くりかえしのせてはまたのせる

いまはまだシタ
ミシン台に座ってみたい
ミシンを踏んで
将軍さまのようにどっかと座ってミシンを踏んで
凍えきった体をくるんでくれる
あったかい服をつくってみたい
引き裂かれた人生を繕ってみたい（略、康宗憲訳）

「シタ」は日本語の下働きの「下」のことで、実際は「シダ」と訛って使われていた言葉だ。「トゥルルク　トゥルルク」はミシンをかける音、「タイミン」は眠気覚ましの薬である。詩人パク・ノヘは、

『労働の夜明け』初版

パク・ノヘ

迫害される労働者の解放という意味のペンネームの他は全く情報がなく、しばらくは「顔なき詩人」または「架空の人物」とまで言われた。本名は朴基平《パクキピョン》、1957年全羅南道《チョルラナムド》咸平《ハムピョン》の貧しい農村で生まれた。15歳で上京し、日中は工場労働者として働き、夜は商業高校に通った。初の詩集『労働の夜明け』(1984)に収められた詩は、上京して7年の間、繊維工場や工事現場、バスの運転手として働きながら書いたものだった。「裂かれたこの世のすべてのものを／繋ぎ合わせたい」と願う「シタの夢」のほかに、「戦争のような夜業を終えた／夜明けのキリキリ痛む胸に／冷めたい焼酎を流し込む」労働者（「労働の夜明け」）、「労働のなかで潰れてしまい／人それぞれ違うという指紋が出てこない」労働者（「指紋を呼ぶ」）、「機械のあいだに挟まって手首が飛んでしまった」労働者（「手のお墓」）たちの姿が、彼らが生を営む貧しい町の奉天洞《ポンチョンドン》や加里峰洞《カリボンドン》での暮らしとともに詠われた。

厳しい労働現場の実態と具体的な体験に基づいた生々しい叫び、矛盾した状況を変えたいと願う力を感じさせる詩は読者に大きな衝撃を与えた。文学の現場性と芸術性を見事に成就したという賛辞を得たが、軍事政権下で不穏な図書として禁書になった。それでもひそやかに流通したものが100万部を超える。

パク・ノヘは社会の構造的な矛盾を改革するためには新しい体制が必要だと、1989年に「南韓社会主義労働者同盟」という組織を結成した。1991年3月に「反国家団体」結成の罪で逮捕され、死刑を求刑されたが、判決で無期懲役になった。1998年に7年6ヵ月ぶりに釈放され、民主化運動の功労者として復権したが、「過去を売って今日を生きることはしない」と国家報償金を拒否した。不純な労働者で、不穏な詩人、危険な革命家だったパク・ノヘは、21世紀のパラダイムは制度の改革ではなく、人自らの変化の中にあると述べ、貧困と紛争の中にある世界の国々を歩き回っている。2010年、12年間の空白を経て発表した『だからあなた、消えないでくれ』以降、パク・ノヘには平和運動家と写真家という肩書が加わった。苦難の状況にいる人々の素朴な暮らし、それでも豊かで健全な内面と希望を抱いて生きる人々の姿をカメラに収め、言葉を紡いだ写真集が次々発表され、多くの読者に支持されている。

希望に満ちた人は
その人自身が希望である

道を求める人は
その人自身が新しい道である

真の良き人は
その人自身がすでに良き世の中である
すべては人のなかにあり
人から始まる
再び
人だけが希望である　（拙訳）

１９９７年に獄中で発表したこの「再び」（拙訳）は、幅広い世代から愛される詩である。彼が望み求める世界に対する共感は、私たち皆が良き世の中と希望の主体になれることへの願いでもあろう。

《きむ ふな》

第47章　とある町のブルース　梁貴子《ヤンクィジャ》『ウォンミドンの人々』

どん底からの人間讃歌

１９８７年に発表された代表作『ウォンミドンの人々』以降、梁貴子（1955～）は、都市の庶民たちや社会の片隅にあって疎外された人々の生を淡々とした筆致で描いてきた。89年には『地球を彩るペンキ屋さん』、90年には『希望』、92年には『私は望む、私に禁じられたことを』、93年には『悲しみも力となる』、『街角で出会った人』（邦題は『ソウル・スケッチブック』）などを発表し、現代韓国文学を代表する女性作家としての確固たる地位を築いた。

梁貴子の小説に一貫しているのは、人々への豊かな眼差しだ。人々の生の悲哀や生きることのしんどさ、しかし、だからこそ、それでも生き抜こうとする人々の強かさを丸ごと見つめている。人間描写が広く深く豊かであるだけ、登場人物の一人一人が実に興味深く、妙に親近感が湧いて

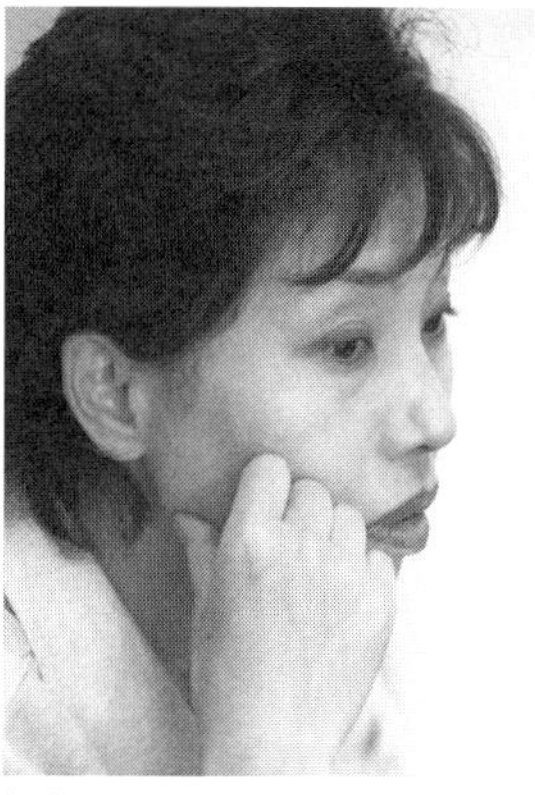

梁貴子

くる。梁貴子の小説を読んでいると、悲観的な部分も含めて人が愛おしくなる。どん底からの人間讃歌。梁貴子の小説に通底する動機を一言で言えばこうなるだろう。

私はかつて『ウォンミドンの人々』を翻訳したことがあるが、その翻訳過程はまさに登場人物一人一人との出会いの連続であった。臨月の妻と70歳近い老母、そしてだだをこねる幼い娘を引き連れて、都落ちしてまでもマイホームを求めてソウルから富川市のウォンミドンに移り住んだウネのアッパ（パパ）。突然解雇されたために新しい職を求め続け、最後には詐欺まがいのセールスマンになるジンマンのアッパ。自ら開拓した農地での農作業を日常の糧にしていたものの、どら息子たちの後始末のために土地を売らざるを得なくなったカン老人。学生運動をしていたが、警察で酷い拷問を受けたために精神が壊れ、詩の世界にどっぷりと浸かりながら生きている青年「もののけさん」。会社勤めや生活に疲れ、癒しを求めてウォンミ山に登り詰めるようになるうちにどんどんと浮世離れし、最後には妻と二人の子供を置いて失踪してしまう「彼」。刑務所に収監された労働運動家の夫と離れ離れの中、一人娘を育てるキョンジュのオンマ（ママ）。ウォンミ紙屋のチュさん。幸福写真館のオムさん。カンナム不動産のパクさんとコ・フンデク。兄弟スーパーのキム班長。兄弟スーパーのライバル店であるキムポスーパーのキョンホの父母。ソウルで長年ホステスをした後、ウォンミドンに流れてきた漢江人参茶店のホンマダム……それぞれがそれぞれに人間ドラマを抱えている登場人物たちだ。

作者の梁貴子もウォンミドンの元住民であり、連作小説の最後の作品「寒渓嶺《ハンゲリョン》」に登場する。作者はそこで小説家（「私」）として登場して自叙伝を語る。早くに夫を失くして苦労した母と長兄の生を通して人生の悲哀を語っているのだが、他界した父親の代わりに一家の大黒柱となった厳格な長兄の壊れていく様はなんとも痛ましいものがある。この作品を翻訳している最中もそうだったが、いま再び読み返すと、頭の中で繰り返し鳴り響く曲がある。それがまさに作品のタイトルになっている「寒渓嶺」だ。「寒渓嶺」は「朝露」で有名なフォーク歌手・楊姫銀《ヤンヒウン》の名曲だが、小説中では「私」の旧友であるミナ・パク（ウンジャ）によってブルース調で歌われている。暗鬱で遅く荘重な伴奏とともに。

あの山は私に泣かないで、泣かないでと言って、足元の濡れた渓谷、深い山奥……。あの山は私に忘れろ、忘れろと言って、私の胸を摩る……。ミナ・パクの歌を聴いた夜、「私」は次のような夢を見る。夢の中で、歌に出会う。暗い灰色の空の下、人々は峰を目指して登っていく。重い荷物を担ぎながら、荷物の束の重さに押し拉がれて背中は曲がっている。彼らを待っているのは、忘れろという山びこ、あるいは、下りてゆけとくたびれた肩を強く押す一筋の風であるだろう。またあるとすれば、それは灰色の空と黄土のわずかな土地がすべてであるだろう。それにもかかわらず、背中を曲げて荷物を担いだ人間たちは、一番上の兄までも命がけで嶺に向かって重い足を運んでいた……。

思うに、『ウォンミドンの人々』のエッセンスは、ミナ・パクによって歌われた「寒渓嶺」に集約されている。楊姫銀が歌うそれではなく、ブルース調のそれだ。この小説にはウォンミドンの人々の人生の憂鬱《ブルー》が深く溶け込んでいる。ウォンミドン・ブルース。この連作小説と深い対話をしたことのある私にとって、『ウォンミドンの人々』はブルースのように私の中で鳴り響いている。あの山は私に下りてゆけ、下りてゆけと言って、くたびれた私の肩を強く押す……。

今から4年前の2016年5月、『ウォンミドンの人々』の翻訳に没頭している頃、仕事でソウル

ウォンミドン（遠美洞）の街並み

に出張した私は、仕事の合間を縫ってウォンミドンに行ってみた。ソウル駅から1号線の仁川行きの急行列車に乗り、30分ほどで富川駅に着いた。富川駅から地図を見ながら歩いて20分ほどでウォンミドンに到着した。『ウォンミドンの人々』の最初の作品のタイトルにあるように、「遠くて美しい町」、ウォンミドン（遠美洞）。「作家後記」で作者自身も言っているようにロマンチックな名前を持つこの町の第一印象は、しかし、住宅が密集していて、市井の中心部には大きな市場があって、生活臭が強く漂っている、韓国のどこにでもあるごく普通の町だった。翻訳する過程で勝手に抱いていた様々な思い入れや期待感から、私は一気に覚めてしまった。それだけでなく、ウォンミドンを隈無く歩きながら、私は1987年から長い歳月が流れたことの現実を突きつけられることになる。

町の入り口では地下鉄工事の真っ最中であり、韓国のどこの町でもそうなように、ウォンミドンにもまたマンション（韓国で言う「アパート」）が林立していた。マンション群はウォンミ山の麓に建てられていて、町中から見るとウォンミ山を覆い隠す格好になっているために、小説で描かれているようなウォンミ山の存在感はまるでなかった。遠近感のせいもあるだろうが、ウォンミ山はとても低い山のように感じられ、「一匹の旅ネズミ」の「彼」が逃げ込んだような解放的なスペースなどもはやないように思えた。再開発の結果、町は拡張されたのだろうが、『ウォンミドンの人々』に描かれていた町の風景は跡形もなく消えてしまっていた。当然のことながら、市場には、兄弟スーパーよりもキムポスーパーよりももっと大きなスーパーマーケットがあった。

だがその一方で、おそらく当時からずっとあったであろう三階建ての長屋がいくつかあった（あれが小説に度々出てくる無窮花長屋なのだろうか？）。何よりも、相変わらず、そこには人々の暮らしがあった。食材や生活用品で溢れた賑やかな市場、どこに行っても漂ってくる強烈な生活の匂い、どこからともなく聞こえてくる子供の泣き声やアジョシ（おじさん）やアジュンマ（おばさん）たちの怒鳴り声……ウォンミドンの路上で、私は耳を澄まして辺りを見渡し、息を深く吸い込んだ。そして、後ろを振り返ると、林立するマンション群の背後にウォンミ山の新緑を見た。

私たちは、この小説を開けば、いつでも1987年の、ソウルオリンピック前夜の韓国に行ける。それは失われてしまった韓国の昔の町並み、当時の人々の暮らしに触れられる貴重な体験である。だが、この読書体験は単なるタイムスリップではない。なぜなら、私たちはどこに住んでいようとも、そこにはスクラップアンドビルドがあり、人々の暮らしがあり、人々は憂鬱《ブルー》を生きているからだ。『ウォンミドンの人々』は、今ここに在る。『ウォンミドンの人々』は、韓国のとある町の過ぎ去った物語ではなく、時空を超えて遍在する私たちの物語、私たちのブルースだ。

《崔真碩》

VII

今日の韓国文学

(民主化以降：1990年代〜)

第48章 文貞姫《ムンジョンヒ》は江南《カンナム》のからだを書く

フェミニズム詩人が表す光と影

文貞姫（1947〜）の詩「あんなに大勢の女学生たちはどこへ行ったのか」は、韓国の高校の教科書にも収録され、有名だ。「学生時代は成績も優秀で／特別活動も優れていた彼女／女子高を卒業し、大学入試も難なく／合格したのに今はどこへ行ったのか」。日本の詩人・茨木のり子も詩「大学を出た奥さん」を表し、教育の機会は与えられたが、女性の知性を活かせない社会を皮肉った。また、文貞姫の詩「小さな台所の歌」は、石垣りんの代表作「私の前にある鍋とお釜と燃える火と」に通じるものがある。台所に閉じ込められた息苦しさから女性の精神を解き放とうとする願いは日韓で同じだ。世界的に見て韓国も日本もまだまだ女性の地位が低い。大学を卒業しても結婚・育児で、家にこもらなければならない実情は韓国の小説でもあきらかにされた。

文貞姫は、そうした現実に、自分の詩で闘って来た。詩「私のペン」では、「私のペンはペニスじゃない／私のペンは血だ／／空よ　鳥よ／食べよ／／さあ！　ここにいる／私の暗黒／私のからだ／新しい土地だ／／あなたにあげる贈物だ／／一度きりの」と高らかにうたう。「ペン」が男性のペニス（Pen is penis）のように女性を支配してきた韓国社会への挑戦をよく示している。韓国でフェミニズムという言葉がまだなかった１９６９年にデビューしてから文貞姫は、「血」と「暗黒」と「からだ」からほとばしる女性の表現を求めて来た。民主化運動や文学界の中で隠されがちだった女性への差別を鋭く感じ、非人間性をえぐり出す。「女性詩人」という作品では、「女性詩人として生きることは／からだなしにセックスを売ることかもしれない／／どんなに深くて美しい詩を書いても／人々は詩よりは／詩の中から　彼女だけをちょっと味見しようとするのだ／／彼女の詩の中に／新生児が息をしていることも知らないのだ／／女性詩人の読者は神！／彼の拍手がわずかにあるにはあるのだ」と傷つけられた誇りを回復しようとする。男性の後ろで静かにほほ笑む前近代の女性ではなく、常に自分であることをもっとも大切にし、「私の神は私です」と言い放つ。

文貞姫（写真：LTI Korea）

豊かな髪をなびかせ、日本のヨウジヤマモトのストールをまとい、メジャーになったブランドは好まず、自分の感性に合ったものだけを身に着ける。大きな瞳を輝かせ、バラのような華やかさが広がり、女神のような威厳が漂う。茨木のり子の詩が好きで、美しさと力強さに共感する。白石かずことはニューヨークで会い、若い頃からの友だちだ。

２０２０年1月27日、文貞姫と一緒に彼女が住むソウル市江南区のスターフィールド・コエックス・モールに行った。ショッピ

ピョルマダン図書館

ングモールの中央を吹き抜け、地下1階の床から地上1階の天井まで高さ約13メートルの巨大本棚が名物の「ピョルマダン（星の広場）図書館」が広がり、目を見張った。約5万冊の蔵書、電子書籍や海外雑誌も見ることができる。文貞姫の詩集『うん』もすぐ分かるところに置かれている。横に引かれた一線の上と下に◯があるハングルの「ウン」。肯定の「うん」。韓国で押さえつけられてきた女性の感性と欲望を肯定し、正直に伸びやかに「うん」と言う。「詩があふれ出るとき／うん！／野性の息で応えた／／どの土地、いつの時代にもない／熱く新しい生命であるように」と渇望する。

日差しに満ちた真昼
今、僕とやりたい？
あなたから聞かれた時
花のように咲いた私の文字
「うん」（韓成禮訳）

1947年に、全羅南道宝城郡《チョルラナムドポソングン》で生まれ、都市に住むようになってからも海と土の野性のエネルギーを失わなかった。女子高校生として初めて詩集『花の息』を刊行するほどの文才に恵まれ、今まで、数十冊の詩集や著書を出版し、名だたる賞を取りつくしている。初期の作品「幽霊」では、結婚で頭も手足も奪われる感覚を書き、良妻賢母が最大の価値であった韓国では画期的だった。

東国大学ほかの教授を務め、若い詩人たちに慕われている。日本の詩人、高橋睦郎や吉増剛造らと親しく、シンポジウムも行っている。文貞姫は、「日本の文学も好きで、国籍で偏見を持つのは幼稚です。文学の基本は人間です。」と強調した。

1995年に、アメリカのアイオワ大学国際創作プログラムに参加し、2004年レバノンのナジナマン文学賞、2010年スウェーデンのチカダ賞など国際的賞を受け、ドイツ、フランスなど各国語に翻訳出版されている。

文貞姫は、メキシコに取材に行き、野性の女の美しさに圧倒され、文明の醜さを思い知らされ、うちふるえる。ハイテクノロジー都市・江南の、からだの底を流れる声を聞くのだ。

　黒い下水溝に沿って
　コンドームや鑑別されて堕ろされた胎児たちと
　摘み出された子宮が群れをなして流されていく
　物騒な都市

皆が不吉な武器を隠して揺れている
この巨大な奴隷船を去り
秋の来る前に
ポポラに行こうか
そして、一番初めに飼葉桶に雨水を受けて
いつまでもいつまでも髪を洗い
濡れた髪でそのまま
千年の青い自然になろうか　（韓成禮訳）

2016年5月に江南駅近辺の商業ビルのトイレで女性が刺殺され、繰り返される性暴力への恐怖と怒りが一気に噴き出し、＃ＭｅＴｏｏ運動につながった。付近は、ＩＴ企業と高級ブランドショップが集まり、高層ビルが並び立つ。まるで、ペニスがそそりたっているようだ。「世の男たちは柱一つを／立たせるために生きている／もっと丈夫で／もっと堂々と／時代と夜を突き刺す柱」。男性中心の文明社会に組みこまれ、刺された血の言葉、いやされない傷から語り出す。ふつうの女性たちが日常で感じる痛みが文貞姫の詩につまっている。

江南駅近くの大型書店、教保文庫江南店の入口の看板には尹東柱《ユンドンジュ》の詩「ホジュモニ（ポケット）」が手書き風文字で表示され、詩集のコーナーではなんと数個の本箱に詩集が並び、平積みでも売られているのだ。日本では信じられない光景だ。売り上げランキングまである。

斬新なモダニズム文化、フェミニズム文化を生み出し、詩集がたくさんの読者を持つ江南を文貞姫が野性のリズムで歩く。ドイツやアメリカの詩人会から度々招請を受けている。２０２０年春の新型コロナウイルス感染症の世界的ひろがりは韓国も襲ったが、文貞姫は、世宗文化会館で朗読会「がんばれ　コンサート」を声楽家と一緒に無観客インターネット配信で行った。詩の翼で世界をかけまわり、人々を勇気づける詩が響き渡る。

《佐川亜紀》

江南駅付近

詩集ランキング

第49章 申京淑《シンギョンスク》の中のフェミニズム

九老《クロ》工業団地から始まった韓国現代文学の源流

現在の韓国文学では、女性作家たちが書いた小説、特にフェミニズムの視点を含んだ作品が大きな流れを作っているが、私は申京淑（1963〜）さんの文学をその源の一つとして読んできた。

私がほぼ同世代である申京淑さんに初めてお会いしたのは、２０００年に青森で開かれた日韓文学シンポジウムの席だった。韓国文学がまさに転換しつつある時期で、シンポジウムでは韓国の中堅以上の男性作家たちが、韓国文学は常に、被植民地支配、軍政、南北分断という政治的課題と格闘せざるをえなかった、しかし若い世代の作家は個人主義的な問題を描く傾向が強く、社会的な使命を知らない、というようなことを苦悩とともに語っていた。

その「個人主義的な小説」の象徴が、申京淑さんだ。１９８５年に22歳という若さでデビュー、１９９０年代には若者の圧倒的な支持を得てベストセラー作家となる。

日本で本格的に申さんの小説を読めるようになったのは、ようやく２００５年になってから。今では考えられないが、ほんの10年前まで、韓国の小説は年に数えるほどしか翻訳されなかった。

１９９５年に書かれた待望の長編小説『離れ部屋』を読んで、私は激しく揺さぶられすぎて、自分がどこにいて何をしているのか混乱するほどだった。その作品は、個人主義か社会かというような枠組みなど遥かに凌駕していた。20世紀世界文学の宝だと思う。

『離れ部屋』は、申京淑さんが16歳でソウルに上京してからの3年間を描いた、自伝的小説である。時代は１９７８年朴正煕政権の末期から、全斗煥がクーデタで政権を掌握し光州事件を起こして強権支配を確立する１９８１年までという、激動期だ。

申京淑 © Park Jae Hong

全羅北道《チョルラプクト》の小さな村で六人兄弟四番目の長女として生まれ育った主人公は、すでにソウルに出て夜間大学に通っていた長兄に招き寄せられ、上京。二人の兄と従姉妹の四人で工業団地の狭い「離れ部屋」で暮らし、工場で働きながら夜間の高校に通う。

このころは、そうやって地方から集められた中卒、小卒の女性たちが工場労働の担い手となり、軍事政権期の経済成長を支えたという。

劣悪な労働環境、セクハラ・パワハラ、組合活動への弾圧、貧困から四人が寝返りも打てない狭い部屋で一緒に寝ざるをえない住環境、高校での全日制の生徒からの差別、独裁に対する学生運動に身を投じて暴行を受ける兄。このように項目立てて並べると、きわめて社会的な問題のオンパレードである。

だが、それまでの男性の書き手たちが作ってきた、社会・政治を無骨に描く文学と異なるのは、申さんが長い間この時期を語ることはできなかった、という困難からスタートすることである。

わたしは沈黙でもって、自分の少女時代を黙殺してしまった。自らを愛することができなかった時代だったので、わたしは十五歳から突如として、二十歳にならなくてはならなかった。

（安宇植訳）

この作品は、定時制高校の同級生だった友人が、「なぜあなたは私たちとの時代を書かないのか。恥だと思っているのか」と言われたことから始まる。そうではない、けれど言葉にできない。向き合いたいけれど、あの暗く重い3年間の総決算のように生じた出来事へのやましさを、正確に言葉になどできない。そのような苦しさから、沈黙し続けたのだ。

それを言葉にしようともがくのが、この小説である。だから、「これは事実でもフィクションでもない。その中間くらいの作品になりそうな予感がする。けれども、それを文学といえるのだろうか。ものの書きについて考えてみる。わたしにとってものを書くというのはどういうことだろうか？」という問いを繰り返す。

言葉へのこのような立ち位置が「個人主義的」と言われたのだろうが、社会を大上段から描く文学が形式化しつつあった中で、そのようなフォーマットでは無視されこぼれ落ちてしまう言葉を、申さんは懸命にすくいとろうとした。

日常の一つ一つの出来事は、義憤や告発のようには書かれていない。書かれるのは、それぞれの立場の人たちが互いに抱く理不尽な感情である。

母は主人公に対し、15歳で家を離れて苦学せねばならないことを申し訳なく思っており、また兄に対しては、娘の面倒を背負わせていることに負い目を感じており、兄は妹や弟の人生を背負って前向きに努めていることの我慢がときおり爆発し、二人がレールを外れていくことを許さない。主人公は、母や兄に感謝しながら、そこから逃げたくもなる。

つまり、誰が誰に対して力を振るっているのか、支配し拘束しているのかを、申さんの文学は繊細にとらえる。それが個人同士の問題なのか、親だとか子だとかきょうだいだとか、男であるか女であるかといった、家族制度や性差に由来する構造的な問題なのか、はたまた、軍事独裁政権が強権支配によって個々人の人生をゆがめているからなのか。力の働く次元の差異まで、丁寧に表していく。

申さんが通ったのは、永登浦《ヨンドゥンポ》女子高校という。私は2012年に3ヵ月ほどソウルで暮らしたとき、その高校のすぐそばにある永登浦公園で、毎週、ビッグイシューが主催するホームレス・サッカーの練習に参加していた。あのあたりは今も昔も労働者街で、おそらくかつてのソウルの姿をかすかに留めているだろう。

「離れ部屋」があったのはおそらく、永登浦駅から韓国鉄道公社の路線で3駅下った加山デジタル団地駅。『離れ部屋』の時代は加里峰《カリボン》駅という名前で、今では駅のほど近くに、かつての工順《コンスニ》（女工）たちの生活を展示している、「九老工団労働者生活体験館」という施設がある。まさに「離れ部屋」の生活である。

誰が誰の人生を奪っているのか、という視点をさらに深めたのが、『母をお願い』だ。何と180万部の大ベストセラーだという。

ソウルに子どもたちを訪ねて来た老いた母が、地下鉄で夫とはぐれ行方不明になる。夫と五人の子どもたちは、いなくなって初めて、いかに自分たちが母や妻に頼りきり、そのことに気づきもしないできたのか、母が一人の個人としてどんな内面を持っていたのか、知ることになる。

この作品をめぐって私は申さんと対談したのだが、「男女関係なく、誰もが互いに母であるような関係がこれからは求められている」という申さんの言葉が、私の腹わたに深く刻まれている。

《星野智幸》

第50章　孔枝泳《コンジヨン》の描く「霧津《ムジン》」

霧に包まれた「韓国の縮図」

日本でＫ文学ブームの象徴といえば『82年生まれ、キム・ジヨン』だが、韓国では「キム・ジヨン」の前に孔枝泳（1963〜）がいた。孔枝泳は『サイの角のようにひとりで行け』『鯖』などを通じて、韓国文学においてフェミニズムの扉を開き、申京淑《シンギョンスク》、殷熙耕《ウンヒギョン》と共に「90年代のトロイカ」として女性文学の地位を築き、今の女性作家に多大な影響を与えた。

孔枝泳は１９８８年のデビュー以来、30年間で累積販売部数１２００万部を超えた韓国で最も読まれている韓国人作家だ。小説だけでなく、エッセイ、紀行文、ルポなど書けばベストセラーになる唯一無二の作家でもある。ミステリーやファンタジーでもなく、権力や社会の矛盾に切れ込む「発言する作家」「行動す

孔枝泳

る作家」がここまで人気があるのは、韓国の読者のある傾向を示しているといえよう。

特定の場所より「80年代」という時代性にこだわってきた孔枝泳だが、意味深な場所として描かれる街がある。『トガニ（坩堝）』（2009）の架空の都市「霧津」だ。本作は光州《クァンジュ》の聴覚障害者学校に通う子どもたちが、校長と教師に持続的なセクハラと性暴力を受けた実在の事件をモチーフにしている。孔枝泳は自らの作品に流れるテーマは、「傷つき、弱くて、幼きものたちに対する憐憫」だとしたが、「トガニ」はまさに彼女のエッセンスが凝縮された代表作だ。「被告人が執行猶予で釈放されるとの判決が手話で通訳された瞬間、法廷は聴覚障害者たちによる得体の知れない絶叫と嗚咽に満ちていた」という三面記事が、執筆の動機だった。

なぜ光州ではなく霧津なのか。霧津は霧の重要性を含蓄する。孔枝泳の描く霧は、青春の彷徨を暗示する観念的な象徴ではなく、嘘と暴力という恥部を隠し、真実を窒息させる現実的権力だ。霧に包まれた霧津では、校長、教育官僚、検察、弁護士、医師、マスコミなど上流層が「権力のカルテル」を形成し、弱者を抑圧し真実を隠蔽する。孔枝泳は、民主化後に階級が固定化し「沈黙のカルテル」が形成されたことが、韓国社会で一番怖いことだと指摘する。『トガニ』では（弱者が救済されない）実際の法廷とは別に、もう一つの「良心の法廷」の重要性を主張する。また、「声に出せない」障害者を前に、声を出せる者たちの「沈黙」に対する告発でもある。

霧津は二つの実際の都市を想起させる。まず、「民主化運動のメッカで人権伸長の発祥地」「霧津民主化運動28周年」という表現は、80年「五・一八光州民主抗争」の光州を意味する。実際の事件がその光州で起きたことは、民主化運動に身を投じた孔枝泳からすれば、ショックであり恥ずべきことだったろう。孔枝泳の問題意識は、80年代の社会運動・闘争のレガシーを継承すると共に、その運動の問題点と民主化後の顚末についての鋭い批判精神にある。豊かさとは何か、社会の進歩とは何か、それは政府と市民が社会的弱者をどう遇するのかにあり、そこにその国の「質＝品格」が示されるという。「光州」は民主化の聖地でありながら、民主化後その精神を忘却しつつある現代韓国の自画像でもある。それでも作家は「光州」に対する希望を捨てない。霧に包まれた「沈黙のカルテル」に対して抵抗するのもまた「光州＝霧津」なのだ。人権運動センターのソ・ユジンは、何度も既得権層の巨大な障壁にぶち当たり、周囲の「無駄骨だよ」という忠告にこう応える。

世の中を変えたいという思いなんて、父が亡くなった時にすべて捨てたわ。私は、彼らが私を変えさせないために戦っているのよ！

『トガニ』は2011年に映画化され約500万人を動員し、「野蛮の坩堝《トガニ》」は「憤怒の坩堝」「感動の坩堝」へと変わった。障害者の人権問題は社会的イシューとなり、同年末にはいわゆる「トガニ法」が制定され、障害を持つ女性と児童を対象とする性暴力犯罪の公訴時効が廃止された。文学と映画が政治を動かし社会を変えた一例だ。その後、光州の例の学校は廃校となり、跡地に市が障害者福祉施設を設立する予定だ。また、聴覚障害者がバリスタとなったカフェも誕生し、孔枝泳はそのカフェを訪れ「光州だから可能だった」と称えた。ちなみに、映画の主演は『82年生まれ、キム・ジヨン』と同じコン・ユーとチョン・ユミだ。「トガニ」と「キム・ジヨン」がここでも繋がっている。

順天湾と葦原

実を言うと、『トガニ』は金承鈺の「霧津紀行」へのオマージュとして知られ、そのために架空の都市・霧津は、「順天《スンチョン》」も想起させる。多くの文人に愛された順天は、韓国で最も美しくゆったりと時間が流れる場所だ。東川《トンチョン》沿いの桜は随一で、順天湾に沈む洛陽は儚くも荘厳であり、臥温《ワオン》海岸は時間が止まったかのように穏やかだ。「パリパリ(速く速く)」が代名詞の韓国において、これほど「スローな」場所はないだろう。金承鈺文学館までの「霧津ロード」をはじめ、周辺の楽《ナグ》安邑城《アンウプソン》、松廣寺《ソングァンサ》、仙巖寺《ソンアムサ》など名刹へも足を延ばせば、韓国文化の「精髄」に触れられる。順天の旅にはやはり極上の南道料理が欠かせない。順天湾生態公園には名物「コマク(ハイガイ)定食」屋が並ぶ。テーブルに所狭しと並ぶおかずは世界遺産に登録したいほどの感動ものだ。「熱き南島」の海の幸と共に、自分だけの霧津を探す旅もまたいいだろう。

そして、『トガニ』から10年後、霧津は『ヘリ』に再び登場する。『トガニ』の善悪が明確だったとすれば、今度は善の中の悪、進歩派やリベラルの中の醜悪な顔を「ヘリ」という主人公と、人格の「解離《ヘリ》」という分裂症にかけている。孔枝泳は、霧津は「韓国の矛盾が圧縮された場所」だという。

全羅道、あるいは慶尚道のどこかかもしれません。地方都市で根深く残存し弱者を抑圧している沈黙のカルテルが存在する場所、そこが霧津です。

『ヘリ』では『トガニ』のソ・ユジンも再登場する。彼女はヘリの疑惑を追うイナに「怒れば肌が荒れ、心配したら私だけが老け、泣けば鼻水が出るだけ」、「後悔してもはじまらない、自分が損するだけ」と、笑顔で世の中に憤怒することを提案するが、作家が最も気に入っている言葉だという。まさに、ソ・ユジンは孔枝泳の分身といえる。

孔枝泳は文学のもつ「共感」と「治癒《ヒーリング》」の力を信じている。人は一人では生きられず、共に生きるための「共同体」をつくるには「共感」が必要となる。幼い頃に聞いた昔話や寓話を通じて、人としての情緒と善悪についての認識を身につけるように、社会には共感を育むための文学（物語）が必要だと説く。だが、権力を持つエリート——政治家、官僚、検察、判事、教授——などは「文学」を軽視し、文学から遠く離れている存在ではないかと批判する。

「文学は現実に参与すべきだ」をモットーとする孔枝泳が作家として「成功」したことは、韓国において文学が政治や現実の社会問題に積極的に関わることを一つのスタンダードにした。その意味でも孔枝泳の作品はもっと日本に紹介されていいだろう。「雨の雫のように私はひとりだった」「存在は涙を流す」「人間に対する礼儀」「これ以上美しい彷徨はない」「おばあちゃんは死なない」「詩人の食卓」「娘に伝えるレシピ」「椅子取りゲーム」など、含蓄のこもったタイトルは孔枝泳作品のもう一つの魅力だ。韓国でその人気とは裏腹に、最も誹謗中傷にあい、最も傷つき、熱い涙を流したであろう孔枝泳が届ける「愛の言霊」は、今の時代を生きる日本の読者にも共感と治癒《ヒーリング》を与え、「順天」のように心温まる文学の旅へと案内することだろう。

《権容奭》

第51章　えぐられた民衆の哀しみ　金薫《キムフン》

儒教と天主教の聖地巡礼

ソウルの蚕室《チャムシル》から、漢江《ハンガン》に沿って東へ進む。左手に漕艇競技場、右手に洒落たカフェが立ち並ぶ河《ハ》南市渼沙里《ナムシミサリ》を過ぎ、漢江に掛かる八堂大橋《パルダンデギョ》を渡り、さらに流れを遡ったところに両水里《ヤンスリ》がある。その名のとおり、二つの流れの出会うところだ。春川方面からの北漢江と、忠州湖《チュンジュホ》を源とする南漢江がここで合流し、雄大な漢江の流れとなってソウルへ向かう。

30年ほど前に蚕室で新婚生活を送った私にとって、両水里の水辺は見慣れた風景だった。

川は互いに浸みるように合わさり、水しぶきも上げなかった。水は広く深かったが、人の住む村を気遣うように静かに流れて、野に溢れることはなかった。（戸田郁子訳）

歴史小説『黒山』の翻訳に没頭していたある日、所要で両水里を通りかかった。豊かな流れを見つめながら、涙がじんわりこみ上げてきた。登場人物の心象を巧みに描く金薫（1948～）は、この地に暮らした丁若鉉《チョンヤクヒョン》、若銓《ヤクジョン》、若鍾《ヤクチョン》、若鏞《ヤギョン》兄弟の描写に、両水里の風景を織り込んでいる。

長兄の若鉉は、水辺の里に迎えた幼い婿の聡明さを喜び、やがて兄弟が年老いて川辺になだらかな円墳を連ねて眠る姿を想像して微笑む。仕官した若い三人の弟たちは、ソウルに向かう小舟で、清《しん》からもたらされた書物にある幾何学や宇宙の原理を語り合い、新しい知識を喜び合った。両水里の穏やかな風景の中で、学問を究める兄弟たちの珠玉の時間が流れていた。その後の煉獄をまだ知らぬまま。『黒山』を読んで初めて、風光明媚な両水里の地に宿る哀しみが胸に迫ってきた。

両水里の水辺のサイクリングロード。
遠くに八堂ダムが見える。

両水里の「丁若鏞遺蹟地」にある墓所

今の両水里は、川辺に自転車専用道路が整備され、レンタサイクル屋が賑わっている。茶山《タサン》・丁若鏞《チョンヤギョン》をキャラクターにした壁画は、ここが儒教の聖地であることを示している。「丁若鏞遺蹟地」には生家が復元され、墓所も手入れが行き届き、立派な記念館もある。その向かいには、さらに立派な実学博物館が立っている。

しかし、丁若鏞の真価が世に認められたのは、彼の死後だった。『黒山』の舞台は、朝鮮王朝後期の18世紀末から19世紀初。４００年続いた儒教的秩序に軋《きし》みが生じ始めたころだ。

清を経由して、天主教（ローマ・カトリック）の思想が朝鮮に流入した。初めは両班たちの間で、天文学や数学などと並ぶ新しい学問の一つとして受け入れられた。やがて野火のごとく、全土に広まった。厳しい身分制度の元で、酷税や労役に喘《あえ》ぐ民にとって天主教は、鞭打たれることなく、親子が共に暮らすことのできる「新しき世」への素朴な渇望だった。

祖先の祭祀を執り行わず、王の君臨しない楽園を夢見る天主教徒は、社会を根底から揺るがす危険な存在だ。朝鮮王朝の大弾圧が始まった。

鞭打ちの刑で尻の肉が裂け、歩くのもままならぬ身で絶海の黒山島《フクサンド》に流された丁若銓《チョンヤクジョン》。天主教徒として斬首された若鍾。流刑に遭って背教した若鏞。長兄若鉉の婿の黄嗣永《ファンサヨン》は、中国人神父から洗礼を受けて身を隠し、弾圧の窮状を訴える帛書《はくしょ》を北京に送ろうとして捕まり、八つ裂きの刑に処された。その後、80年余り続いた朝鮮王朝による弾圧で犠牲になった殉教者は、1万人に及ぶという。

『黒山』の魅力は、仔細に書き込まれた多数の登場人物にある。顔の長い馬子、後宮を辞した宮女、丁家に仕える農奴、飯屋の女将、甕商人、寡婦、船頭、魚の生態に詳しい島の少年ら、一人一人が重厚な存在感で読者に迫り、強烈な印象を残す。

山道はくねくねしており、前の道も通り過ぎた道も見えなかった。道は夜の暗闇の中に埋もれ、だんだん暗さが深くなった。ミミズクが鳴くと、道はさらに遠く感じられた。世の中がひっくり返らなければ、再び戻ることはできない道だった。生きて出て来ることができるだろうかと、黄嗣永は考えなかった。暗闇はさらに深まり、闇の内側には国もなく、本もなく、触ることのできない時間が流れていた。

「舟論聖地」にある黄嗣永が潜んでいた土窟跡

黄嗣永が潜んだ忠清道《チュンチョンド》堤川《チェチョン》の山奥へ続く道は、鬱蒼とした闇の中だったはずだが、今、「舟論聖地《ペロンソンジ》」に向かうだらだらの登り坂の脇には、ペンションが連立している。

黄嗣永の死から50年余りたって、ここに韓国初の神学校が設けられた。神学校の裏手に遺る黄嗣永の土窟跡には明るい日差しが降り注ぎ、２００年前の凄惨さのかけらも見当たらない清々しさだ。

１００人を超えるカトリック教徒が殉教したというソウル駅に近い西小門《ソソムン》外の処刑場跡には、薬峴聖堂《ヤクヒョンソンダン》が建っている。聖堂の敷地には「西小門殉教聖地展示館」があり、黄嗣永の帛書の写本が展示されている。白の絹地に、豆粒よりも小さな文字がびっしりと並ぶ。西洋の軍艦を呼びよせ、朝鮮王朝を倒してほしいと要請するそ

「切頭山殉教聖地」の石造りのモニュメントに、「無名人」と刻まれている。

の文書は、ほとばしる思いに突き動かされて書いたはずなのに、一糸の乱れもない。背筋を伸ばして細い筆を握りしめた若いソンビの姿が、目の前に浮かんでくるようだ。

また西小門《ソソムン》歴史公園の地下には、荘厳な佇まいの「西小門聖地歴史博物館」がある。西小門で斬首された丁若鍾の五人の家族も、その後続いた迫害によって全員が殉教した。博物館内には、丁若鍾の息子の丁夏祥《チョンハサン》を追悼する礼拝室がある。

ソウルの合井《ハプチョン》駅から漢江に向かって歩けば、「切《チョル》頭山《トゥサン》殉教聖地」がある。多くの信徒がここで斬首され、頭は丘から漢江に投げ捨てられたという。

天主教の聖地にはいつも、静かに祈りを捧げる信徒の姿がある。この地に信仰が定着するまでにおびただしい血が流されたことを、人々は記憶し続けている。

１９４８年生まれの金薫は新聞記者出身で、文壇デビューは40代後半だった。エッセーも数多いが、歴史小説で真骨頂を発揮する。書店の調べによると、作品の主たる読者は40、50代の男性という。

金薫はクリスチャンではなく、『黒山』は宗教を美化した物語ではない。信者は『黒山』をどう読むのだろうか。私が『黒山』を邦訳したことを知り合いの韓国人神父に伝えると、顔を上気させて「ありがとう」と深々と頭を下げられた。

「大好きな小説だ。信徒たちにも読むよう勧めている。ときには小説の一部を、私が読んで聞かせることもある」との答えだった。民の苦しみや儚い望みに焦点を当て、切実な生の営みを描いた内容が、広く胸を打つことを再確認した。ちなみに神父は、60代の男性だ。

金薫は、鉛筆で書く作家としても知られている。まるで体で文字を押し出すように、その筆圧で骨太な作品を生み出すのだ。深い思索とユーモア感覚、そこはかとなく漂う哀しみ。金薫の読者たちは、その味わいを愛してやまない。

《戸田郁子》

金薫（写真：LTI Korea）

第52章 チョン・イヒョンの出発点

「三豊百貨店《サムプン》」と江南《カンナム》

一九九五年六月二十九日木曜日、午後五時五十五分、瑞草《ソチョ》区瑞草洞一六七五―三番地の三豊百貨店が崩壊した。一階部分が崩れ落ちるのにかかった時間は、一秒にすぎなかった。

チョン・イヒョン（鄭梨賢、1972～）の短編「三豊百貨店」の冒頭である。地上5階と地下4階の百貨店が突然崩壊し、死者502人と行方不明者6人、負傷者937人という、朝鮮戦争以後で最大の人的被害を出したこの事故を記憶する日本の読者も少なくないだろう。

作品の主人公の「私」は友人と家から5分の距離にある三豊百貨店に行き、Q売り場で働いている高校の同級生Rに出会う。まもなく大学を卒業するものの、就職が決まらず図書館などで時間を過ごす「私」は、Rと親しくなる。そんなある日、Rの売り場に欠員が出たことから「私」は一日アルバイトをすることになる。高校卒業後5年も接客をしてきたRと違って、「私」は不慣れな仕事に計算ミスをして、途中で売り場を離れる。それをきっかけに、二人が少し疎遠になっている間、「私」は

崩壊した三豊百貨店（写真：ソウル市消防災難本部）

就職し、ボーイフレンドもできて忙しくも退屈な日々を送る。久しぶりにRに会いに百貨店に行ったが、彼女の姿はなかった。ポケベルにメッセージを残して家に帰り、机の前に座った時、百貨店が崩壊する音を聞く。作品には「私」とRの物語の合間に、事故当日の様子と事故の概要が太いゴシック体で記されている。

この作品は、季刊文芸誌『文学トンネ』の特集「若手作家の自伝小説」として発表された。崩壊事故からちょうど10年、作家デビュー3年目を迎えた時だ。作中の「私」のように、チョン・イヒョンは三豊百貨店に行き崩壊の直前に出ていた。さらに、そこで働いている友人がいて、同じマンションの下の階の主婦は事故のために帰らぬ人となったそうだ。

作品の最後には「たくさんのことが変わり、また変わらなかった。三豊百貨店が崩壊した場所はしばらく空洞となって残っていたが、二〇〇四年に超高層住商複合ビルが建った。そのマンションが完成する何年か前に、私は遠くへ引っ越した。今もときどきその前を

チョン・イヒョン ©Son Hongjoo

通り過ぎる。胸の片すみがぎゅっと締めつけられるときもあれば、そうでないときもある。故郷が常に、心から懐かしいばかりの場所とは限らない。そこを離れた後になって私はやっと、ものを書くことができるようになった」とある。崩壊した建物から数分前に出てきた経験があるならば、誰しも自分に起きたその出来事の意味と、生き残った者のある種の使命のようなものを考えることになるのではないだろうか。作品にはそこを離れてからようやく書くことができたとあるが、そこがチョン・イヒョンの文学の出発点であったろうと察するのは難しくない。

事故の数日後、新聞には「ある女性著名人が寄稿した特別コラムが載っていた。その豪華さで天下に名を馳せた江南の三豊百貨店の崩壊事故は、大韓民国が奢侈《しゃし》と享楽にまみれていることを諫《いさ》める天の警告かもしれないという内容の文章だった」と作品は続く。「奢侈と享楽にまみれている」江南とはどんな街だろうか。江南はソウルの中心部を流れる漢江《ハンガン》の南側を意味し、ソウル25区のうち11区が漢江の南側にあるが、主に江南、瑞草、松坡《ソンパ》の三つの区を指すことが多い。

朝鮮戦争が終わった１９５３年のソウルの人口は約１００万人だった。10年も経たない１９６０年には２４５万人、１９７０年には５４３万人と爆発的に増加し、２０２０年現在は約一千万人が暮らしている。準備も計画性もない都市化によるスラム化やスプロール化を解決するため、１９７０年代から政府主導による江南の開発が本格化した。郊外の農村地域が市に組み込まれ、江北《カンブク》の主要施設が移転しながら、短期間に高層ビルが林立するソウルの新しい中心地となった。1970年頃まで8対2だった江北と江南の人口比は、1990年にはほぼ半々になっている。不動産価格の急騰とともに韓国人の高い教育熱も江南への人口が増加しつづける要因とされる。1980年代から学校間の格差や学閥の解消のため高校進学は入学試験のない学区制となっているが、北側にあった名門校が移転すると、大学進学に有利な江南地区へ高学歴層や富裕層が集まってきたのだ。

2002年に出版された著者の初短編集『ロマンチックな愛と社会』は、「純文学」においてはじめて江南を小説の空間に取り入れた作品とされている。軽快な文体をもって同時代の風俗を描き出した作品として若い読者を中心に歓迎され、評論家からは「偽善と厳粛主義を覆す不順で不穏な想像力」の作品と評された。90年代までの韓国小説の中の女性主人公の多くは、時代や流行に違和感や疎外感をおぼえて、男性中心の家父長的な制度からの脱出の欲望として逸脱を行うこともしばしばだった。しかしチョン・イヒョンの女性主人公は、流行に敏感で、道徳的な価値や倫理より自分の欲望を実現するために陰謀を企てたり平気で嘘をつく。江南はそうした偽悪的な彼女たちが現実社会の構造と消費社会の幻想的な欲望を冷笑し、崩壊しそうな世界の隙間を露わにする空間として、体制に対する順応と抵抗の境界として描かれている。

「天の警告かもしれない」という記事を読んだ「私」は新聞社に抗議の電話をかけて、「その人はあそこに、一度でも行ったことがあるんですか？　あそこにいるのが誰だか知ってるんですか？」と息巻く。韓国の消費資本主義の最先端という外部の視線に対し、生活の場としている内部の人々の違和感。そうした複雑な視線が交差し、様々な欲望が集約され沸騰する空間、そこで喘いでいる人々の日常に注がれた著者の視線。それは読者と同じ歩幅で時を刻み、「私たちの〈ここ〉と〈今日〉を記録する」著者の最新作『優しい暴力の時代』（斎藤真理子訳、河出書房新社、2020：日本のオリジナル版として「三豊百貨店」が所収）からもうかがいしることができる。

三豊百貨店崩壊の原因は建物の不法な用途変更と、建設費用節約のための手抜き工事、無理な増築にあった。用途変更の過程では事業主と許可を出す役所との間に不正と腐敗の結託があった。数ヵ月前からあった事故の兆しを無視し、事故17分前に崩壊目前という緊急報告を受けた経営陣は、二千人近い客と従業員を百貨店の中に残して逃げ出した。人災の原因となる事例のすべてが挙げられそうな惨事だった。

三豊百貨店の崩壊事故の前の年には漢江にかかる聖水《ソンス》大橋の一部が崩壊し、航空機の墜落と列車の転覆事故、旅客船と遊覧船の沈没事故など、大きな事故が連鎖的に起きた。そして１９９７年には通貨危機に見舞われＩＭＦ管理体制へと突入した。三豊百貨店の崩壊はまるでこうした時代の前兆のようだった。戦争の廃虚から急速に作り上げられた韓国の産業社会の矛盾や亀裂の象徴ともされる三豊百貨店の崩壊事故は、映画やドラマにもなり、他の作家によって小説にもなった。黄晳暎《ファンソギョン》の『江南夢』（2010）は江南に象徴される韓国資本主義が形成される歴史に、ムン・ホンジュの『三豊の祝祭の夜』（2012）は生存者たちの終わらない苦痛に注目している。

《きむ ふな》

第53章 姜英淑《カンヨンスク》の桂洞《ケドン》

『ライティングクラブ』の舞台になった街

地下鉄「安国《アングク》」駅を出てすぐに、桂洞通り《ケドンキル》はある。南北にまっすぐ伸びた通りを軸に、細い入り組んだ路地が伸びている。通りは坂道になっていて、上り切った先には、ドラマ『冬のソナタ』のロケ地になったソウル中央高校がある。

おしゃれなカフェや雑貨の店と、懐かしい商店や飲食店が同居し、伝統家屋である韓屋の並ぶ雰囲気は、東京だと谷中・根津・千駄木あたりに近い雰囲気と言えるかもしれない。この桂洞が、韓国現代文学の騎手のひとりである姜英淑（1967〜）の第二長編、『ライティングクラブ』の舞台である。脱北者をイメージさせる少女が主人公のピカレスクロマン風成長譚だった長編第一作『リナ』とは、非常に趣の違う、桂洞で生きる母と娘を描いたリアリズム小説だ。

鍾路《チョンノ》区桂洞。モダンな美術館やこじんまりしたセンスのいい画廊、個性あふれる物でいっぱいのアンティークショップ、韓定食《ハンジョンシク》の店、インドヨガ教室、外国人専用のゲストハウスなどがある。正午になろうとする午前中の緊張感が漂う街。今時分もいいが、夜の桂洞はもっとディープで広がりがある。めかしこんだカップルたちがそぞろ歩き、輝く明かりの裏に隠れた低い韓屋《ハノク》〔伝統的な韓国の家〕から洩れる燈火が、ちらほら舞う蛍さながらスパンコールみたいに放射状に広がっていく。（文茶影訳）

これが、『ライティングクラブ』の中で最初に描き出される桂洞の姿だ。愛情をもって描かれる街のように感じられるけれど、この小説の一人称の語り手であるヨンインは一方で、自分はここを「ただ桂洞と言わずにダサい桂洞、クサい桂洞、ムカつく桂洞と呼んでいた」と告白する。なぜならここは、自分を18歳で産んでおいて育児放棄した母親が、ヨンインが中学生になったときに突然現れ、母娘二人きりで暮らすのに選んだ場所であり、母に対する複雑な感情と同じ頑なな思いを、ヨンインはこの場所にも抱かざるを得なかったからだ。

桂洞を「ダサい」「クサい」「ムカつく」という形容詞を被せないと呼べないように、ヨンインは自分の母親のことを、お母さんとは呼ばず「キム作家」と呼ぶ。「キム作家」は小説家になりたいと夢見る女性であり、桂洞で綴り方教室を主宰している。母性の欠片もなく自分の夢ばかり追っている母親に対する憎悪を、思春期に差し掛かってこじらせているヨンインも、実は救いとしているのは図書館で借りてくる本であり、こっそり綴る文章だった。そして、キム作家の綴り方教室は、「本を出版したこともないくせに、キム作家、イ作家、チョン詩人、キム詩人と仲間内で呼び合う連中が集まって酒盛りを」する場所だった。

『ライティングクラブ』は、それ自体が「桂洞を歩く」小説だ。

物語は、桂洞で暮らし始めた16歳のヨンインの母親との葛藤、綴り方教室に出入りする人々の人間模様、ヨンインの恋愛騒動、大学行きをあきらめたこと、うまくいかない就職活動を経て、彼女がクリーニング店を営む男と結婚してアメリカに渡り、結局別れて、ネイルサロンで働き、なぜだか母がしていたと同じような「ライティングクラブ」を主宰することになり、はたまた桂洞に戻ってきて母親と暮らし始めるまでを描く。

ヨンインとキム作家が暮らしていた綴り方教室のモデル（元は瓦屋根、姜英淑撮影）

桂洞の路地（姜英淑撮影）

基本的には、ヨンインが自伝的回想録を書いているような体裁になっているのだが、途中、何度か、文章と文章を区切って「＊」が打たれ、カメラワークが切り替わるように、現在のヨンインの視点が描かれる。それは、デジタルカメラを手に桂洞を歩いているヨンインの目に映る、いま

ヨンインの開くネイルサロンのイメージ（姜英淑撮影）

ヨンインとキム作家が暮らす新しい「桂洞ライティングクラブ」のモデル（姜英淑撮影）

の桂洞なのだ。ファッショナブルな観光地と化した桂洞と、どことなく寂れた街だったかつての桂洞を対称させつつ、物語は進む。

思い出の中のキム作家の家、キム作家の綴り方教室は、たいへんなボロ家だ。

綴り方教室は桂洞の打ち捨てられた韓屋のうちの一軒だった。土地開発ブームのあおりで空き家が増えつつあるおかげでブリキの門扉で塞がれた韓屋の店舗を安値で手に入れることができて、キム作家と私はいっしょに暮らし始めた。

ヨンインの十代から三十代の彷徨は、「自分とは何者か」を知るための彷徨であり、「書くとは何か」を知るための彷徨であり、「自分の居場所はどこか」を知るための彷徨だった。その果てに、彼女は「書くこと」を居場所にしようとしていた無名の女たちの存在が、ヨンイン自身をも育てたことに気づくのである。

ヨンインは、生業としてネイルアーティストを選択し、ソウルに店を持つ。そして、母親といっしょに桂洞に家を持ち、ダンスもできるという広いスペースのある家で、昔の綴り方教室仲間を招き、新しい「桂洞ライティングクラブ」をオープンする。

桂洞を小説の舞台にした理由は、作家、姜英淑の個人的な思い入れによる。１９９０年に大学を卒業し、三清洞《サムチョンドン》にある小さな瓦屋根の家の玄関部屋を借りて一人暮らしを始めた。昼は会社に通い、夜と週末に小説を書いていた彼女は、いつも三清洞、嘉会洞《カフェドン》、桂洞一帯を散歩していたという。筆者の求めに応じて、写真とともにメモを送ってくれた姜英淑は、「あの頃の桂洞はとても静かで、雪が降ると街全体を口に入れたいと思うくらいきれいだった」（尹怡景＝訳）と、書いている。

姜英淑

小説は自伝的なものではないけれども、ヨンインのエピソードの一部（特に就職に関するところなど）は、彼女の体験が反映されているらしい。また、姜英淑が綴り方教室に集う女たちの物語を思いついたのは、２００９年にアイオワ大学の作家交流プログラムに参加したときに、大学図書館で見つけた、アイオワの無名の女性たちの残した記録に触れたことだったという。ヨンインのアメリカ時代の記述も、作家自身のアメリカ体験が多少は紛れ込んでいるかもしれない。ちなみに、筆者が姜英淑と知己を得たのは、このアイオワ大学のプログラムであり、大学図書館には、筆者も同行した。

『ライティングクラブ』は２０１０年に初版が、２０１７年に日本語版が出版され、２０２０年に民音社から10年ぶりの改訂版が発売された。小説執筆時は四十代前半だったので、主人公のヨンインに肩入れして書いていたが、改訂版の作業を進める中で、ヨンインの母であるキム作家に共感する自分に気づいたという（彼女は二人の娘を持つ母親でもある）。文学を支えているのはプロの作家たちではなく、無名の本好きたちであり、その意味で、作家になれずシングルマザーとして生きてきたキム作家と、彼女の晩年を見守るヨンインを、あらためて、愛おしく思ったと、メモに書いてきてくれた。

筆者も、不器用だが芯の強い母娘を好きにならざるを得なかったし、母と娘の和解を象徴する「午後三時のコーヒー」のエピソードに、ふと眼がしらを熱くさせられもしたのだった。

《中島京子》

第54章　キム・ヨンス、記憶を語る

「ニューヨーク製菓店」のあった町、金泉《キムチョン》

ニューヨーク製菓店は、三人の息子と娘が子どもから大人になるまでに必要な金と、母の手術代と治療費、薬代を用意したのち、その生命をまっとうした。母は何日かに一度は、売れ残って傷んだパンを黒いビニール袋に入れて、ゴミと一緒に捨てた。以前はパンを末っ子の僕にもくれなかったのに、キレハシも捨てずに食べていたのに。その姿を見ていると悲惨な気持ちになった。しょせん人生とはそんなものなのか。（「ニューヨーク製菓店」より）

ソウルから鉄道で釜山《プサン》方面に250キロほど行くと、大邱《テグ》に着く手前に金泉（KTXの駅は亀尾《クミ》という駅がある。韓国のちょうど真ん中辺りに位置する慶尚北道《キョンサンプクト》金泉市は、現在、人口14万人ほどの市で、20世紀にソウルと釜山を結ぶ鉄道の要衝として発展した。

桜の名所としても知られるここ金泉に、1945年、この地に籍を置く多くの人たちが日本から引き揚げてきた。彼らのなかには、懐かしい故郷に戻ってきた人々だけでなく、両親や親類に連れら

れ、生まれて初めて故郷という名の地を踏む若者たちもいた。そのなかに、父親につられて帰ってきたある15歳の少年がいた。

少年は戦争が終わった年、日本から大勢の人たちとともに連絡船に乗って、一度も暮らしたことはないが、父の故郷である金泉に引き揚げてきた。少年は学生服を着ていた。日本で生まれ、日本で学校に通った同世代の子どもたちと同じように、彼も韓国語がよくわからなかった。少年は今後、見知らぬ土地で言葉をおぼえ、生活していかなければならなかった。

ところが、新しい環境に慣れるよりも早く、１９５０年、朝鮮半島に戦争が勃発した。成人になっていた少年は否応なしに徴兵された。彼は戦場でかろうじて一命をとりとめるのだが、重症を負って釜山の病院に運ばれた。避難民のごったがえすみすぼらしいその町で治療を受けながら、彼は後悔するのだった。あのとき、父親について引き揚げてこなければよかったと。日本に残っていれば戦争に駆り出されてこんな目に遭うこともなかったし、平穏に暮らしていただろうにと。なんといっても彼は自称、知識人だった。

その後、長いあいだ韓国と日本の間には国交がなかったので、互いに行き来できないのはいうまでもなく、日本の歌を聞いたり本を手にするのもままならなかった。

「ここ」ではない「あそこ」を思いながら、彼は同じく日本から引き揚げてきた女性と結婚し、１９６０年代の初めごろ、金泉の駅前に製菓店を開いた。ちょうど「ベトナム戦争への派兵が決まり、李承晩がハワイで死亡し、大学生たちが反対するなかで日韓協定が調印されたころ」だった。〝ニューヨーク製菓店〟という名のその店は、あんぱん、クリームパンの他にもケーキやカステラなども売る、当時はめずらしいハイカラな高級洋菓子店だった。

彼は三人の子どもに恵まれたが、父親になったあとも、家長としての責任をどこか放棄しているように見えた。少なくとも、学校で徹底して反日教育を受けていた子どもたちの目にはそう映った。いつも母親に苦労ばかりかけている父親は、子どもたちにとって理解できない存在だった。

製菓店の前で三輪車に乗るキム・ヨンス

その三人の子どもの末っ子が小説家、キム・ヨンス（金衍洙：1970～）である。

キム・ヨンスは「ニューヨーク製菓店」（短編集『僕がまだ子どもだった頃』に収録、２００２年）という自伝小説を書いた。末っ子の彼が生まれたとき（１９７０年）、母の経営するニューヨーク製菓店はすでにあった。「僕はこの小説だけは鉛筆で書くことにした」という文章から始まるこの小説には、幼少期からソウルの大学に進学するまで製菓店で過ごした、キム・ヨンス自身の記憶がていねいに描かれている。

当時、金泉駅前にはニューヨーク製菓店だけでなく、金物屋、履物屋、中華料理屋、時計屋、質屋、飲み屋などが軒を並べ、いつも多くの人でにぎわっていた。キム・ヨンスは地元では「駅前パン屋の末息子」として知られ、友達からはパンがたらふく食えると羨ま

キム・ヨンス（写真：LTI Korea）

しがられていた。しかし90年代になると、大企業が経営するフランチャイズ店が地方の都市にも広がり、人々はソウルで流行しているおしゃれなパンを求めた。ニューヨーク製菓も時代の波に逆らえず、彼がソウルの大学を卒業したころ店をたたんだ。現在、金泉駅前はもう昔の面影はなく、パン屋の末息子だったころの彼を記憶している人もあまりいない。いま彼は金泉出身の小説家、キム・ヨンスなのだ。

あるとき小説家キム・ヨンスは、父が韓国に引き揚げてくるまで暮らしていたという町を訪ねていった。幼いころから父は名古屋で生まれ育ったと聞いていた。ところがようやく探しあてた父の故郷は、意外にも名古屋から遠く離れた田舎の村だった。しかも父がいたころは戦争中で村は貧しく、子どもたちは学校にもきちんと通えなかったという。父はエリートではなかったのか。父は過去を美化していたのか。それとも幻想のなかで生きていたのか。ただ一つ言えるのは、父のなかに「ここ」と「あそこ」が共存してしていたということだ。

父の過去を辿りながら、キム・ヨンスはニューヨーク製菓店で過ごしたころには理解できなかった父の人生を考えるようになったという。世の中には父のように境界に生きる人が大勢いる。自分が誰なのかわからない人たち。誰かが、あなたはこういう人ですよ、と教えてくれたらいいのだけれど。

キム・ヨンスは問い続ける。誰もが孤立しないようにやさしく抱きしめてくれる世界、互いに共存できる世界はあるのだろうかと。それは父親を理解することであり、自分自身を理解することにもつながると、彼は信じているのではないだろうか。

彼の長編小説『夜は歌う』(2008) は、ある史実をモチーフにしたフィクションだ。登場人物たちはイデオロギーとアイデンティティの狭間で、自分が何者なのか、どう生きていけばよいのかわからない孤立した状態に陥っていく。そんな極限状態で、互いを疑い、殺し合う人間を描いているのだが、キム・ヨンスはその後の小説でも、いろいろ装置を替えながら人間が共存できる世界を模索し続けている。結局、自分が誰なのかを知るためには、自分の手で探していくしかないのだから。

《橋本智保》

第55章 ピョン・ヘヨンの場合

韓国文学から韓国を取ったらどうなる？

ぼくは旅行には興味がない。翻訳をしているので、昔は原書を買いによく英語圏の都市にいったが、空港・ホテル・書店以外に用事はない。なので、「旅する」という本書の主旨からまったく離れたところにいるのだが、ひとりくらい、そんな人間が混じっていてもいいのではないか。なにしろ相手が韓国文学の異端児、ピョン・ヘヨン（片恵英：1972～）なのだから。

昨年7月、著者が来日して、『モンスーン』（姜信子訳）の刊行記念イベントを行うというので、その相手役を頼まれた。日本ではすでに『アオイガーデン』（きむ ふな訳）と『ホール』（カン・バンファ訳）が翻訳されていて、『モンスーン』は三冊目だった。ぼくは韓国の小説や映画は好きなのだが、詳しくはないので、英語のサイトで情報を探してみた。ピョン・ヘヨンに関するめぼしいサイトの記事やレビューを集めて打ち出したら、英語圏の国における韓国小説ブームもあってか、A４の紙に三十枚以上になった。英米では早くから韓国文学の紹介が始まっている。たとえばシン・ギョンスクの『母をお願い』（安宇植訳）は２０１１年、『ニューヨーク・タイムズ』ベストセラーの21位まで上がって話題になった。

英語の資料は簡単な紹介から小論文くらいのものまで様々で、それぞれ面白かったのだが、2019年2月14日の『ボストン・レビュー』に掲載された、Jae Won Chung（ラトガーズ大学准教授、コリアン・スタディ）による Dystopia Is Everywhere という長文のエッセイが印象的だった。彼はそのなかで、アメリカでの韓国文学ブーム批判をひとつ紹介している。簡単にまとめると、社会的に遅れている国で抑圧されている女性をフェミニズム的視点から描いた韓国小説を読む欧米人の多くは、ある種の優越感を感じながら、主人公の女性にセンチメンタルに共感して、さらに自分はグローバル文学を読んでいるという満足にひたっている、それってどうよ、という批判だ。

ピョン・ヘヨン © Son Hongjoo

Chung は自分の意見は保留しつつ、ピョン・ヘヨンの『灰と赤の都市（*City of Ash and Red*）』（未訳）はそういう作品と一線を画していると書いている。たしかに、彼女の初期の作品で特徴的なのは、登場人物が固有名詞で呼ばれないことだ。たとえば日本版『アオイガーデン』（韓国で2005年と2007年に出版された『アオイガーデン』と『飼育場の方へ』二冊の短編集から四編ずつ収録）に収められた短編はそうだ。登場人物は僕であったり、母であったり、Cであったり S であったり Y 氏であったり、場所さえ、U 市であったり貯水池であったり。そして描かれる世界そのものも特定できないどころか、世界のどこにもありそうにない、そのくせ異様に生々しい場所だったりする。

しかしピョン・ヘヨンの作品を特徴付けているのはそういった無国籍性だけではない。ヒエロニムス・ボスの絵を連想させる独特の幻想性、突出した攻撃性、そしてなにより読者の想像力をゆさぶる暴力的な力、それが彼女の持ち味だと思う。日本で最初の訳書『アオイガーデン』はじつに挑戦的な作品だった。いま読み返して、あらためて戦慄するのは表題作の「アオイガーデン」だ。2003年に香港のマンション群「アモイガーデン」で起こったSARS（重症急性呼吸器症候群）の集団感染に想を得て書かれたとのことだが、腐敗しながら悪臭を発散させている都市の中心にあるマンション群が不気味な存在感を持って描かれる。疫病が蔓延し、商店は全てシャッターを下ろし、通りに人影はなく、巨大なゴミ置き場のような地区のマンションに閉じこもっている「僕」と「彼女」。その部屋に、腹を膨らませた「姉」がもどってくる。僕が姉とふたりで猫の不妊手術をするところがリアルに描写されて、さらに読者の生理的な嫌悪感をそそるのだが、そこでふいに作品のなかの現実がゆがむ。

肉が焦げる臭いを嗅ぎつけ、猫が近づいてきた。僕はぐったりとした猫の頭を、胸と腹部と尻尾を順々に撫でてやった。縫い合わせた跡が目立つほどデコボコなのが可哀想で、弾けんばかりに胸に抱いてやった。強く抱き過ぎたのか、猫が僕の腹の中に入ってしまった。ありったけの力で猫を吐きだそうとした。唾から毛が少し混じって出てきた。咳をすると喉にひっかかった猫の目玉が飛び出したりもした。

この場面は一度読んだら忘れられない。その後の展開もふくめ、これほどインパクトのある短編にはなかなか出会えない。この短編集に入っている「貯水池」や「死体たち」もそうだ。これらの作品はいい意味で、韓国文学であることを拒否している。

日本で次に出版されたのが『ホール』（カン・バンファ訳）。これは英訳がシャーリイ・ジャクスン賞を受賞したこともあって英語圏でも評判になっていた。主人公の男は自動車事故で妻を失い、意識はあるものの体がまったく動かず、言葉を発することもできない。介護をしているのは妻の母親なのだが、男は義母の行動や言葉の端々に不安を、ときに恐怖を感じる。その一方で過去を振り返り、妻と自分の関係を反芻する。人生の空洞を埋めようと庭仕事にのめりこんでいった妻、妻が植えた草木をすべて抜いて穴を掘る義母が男の頭のなかで不協和音を響かせる。アメリカの書評などでは、スティーヴン・キングの『ミザリー』やジャン＝ドミニック・ボービーの『潜水服は蝶の夢を見る』などと比較される一方、フェミニズム的な視点からのアプローチもあって読んでいて飽きなかった。またこの作品も固有名詞が出てこないだけでなく、先にあげた短編のスリルと緊迫感は健在だ。

そして日本での三冊目『モンスーン』では初めて、「韓国」が姿を現す。場所はソウルが出てくるくらいで、ほかの地名はほとんど出てこないが、登場人物には名前がつけられている。そしてこの短編集では、『アオイガーデン』でくり返されるグロテスクで生理的な嫌悪感をそそるような情景や描写は影をひそめ、カフカやベケット風のナンセンスで寂しい不条理な風景や人間関係がくり返される。それまで鈍器で読者の頭を連打してきた作者は、ここで武器を鋭利なナイフに持ち替えて迫ってくる。

それにしても気になるのは、英語の資料で何度も出てきた『灰と赤の都市』だ。ピョン・ヘヨンの初期の作品の特徴が色濃く表れた作品らしく、どの書評でもとても魅力的に紹介されているのだが、まだ読んでいない。翻訳刊行が待ち遠しい。

《金原瑞人》

第56章 失郷民の息子パク・ミンギュと咸鏡南道《ハムギョンナムド》利原鉄山《イウォンチョルサン》

「北」へ向かう想像力

パク・ミンギュ（朴玟奎：1968〜）という作家は、頭の中に「お話」が湧いて湧いて仕方がない人のようだ。または、空気中に含まれる物語の種子を片っ端からキャッチしてしまう人なのかもしれない。メールで実務上のやりとりをしていても、近況報告がいつの間にか「お話」になってしまう。「新刊イベントをやるので、読者の皆さんに一言だけメッセージを」とお願いすると、掌編小説と見分けのつかないコラムがすぐさま送られてくる。

世界を少しずつ冷蔵庫に入れていったら一切れのカステラになっちゃったとか、追い詰められたお父さんがキリンになっちゃったとか（『カステラ』）。彼の物語世界はポップで、ぶっ飛んでいて、でも切実だ。登場人物たちは、不条理なこの世のあれこれに困りはててはいるものの、頑張って必死に生きている。

中でも図抜けているのが『ピンポン』の二人の男子中学生だろう。「釘」と「モアイ」というニックネームを持つ二人は学校で毎日、死んだ方がましだと思うほどのいじめにあっている。その二人が、ある

パク・ミンギュ ©Melmel Chung

日突然野原に出現した卓球台でピンポンをするようになり、日常が少しずつ色合いを変えていく。

ところが、そのあげく二人は不思議な「卓球世界」に誘導されて、「世界から人類をアンインストールするか、インストールしたままにしておくか」という最終決定を下す役割を任される。

むちゃくちゃな設定だが、私はここで、崔仁勲《チェイヌン》の小説『広場』（184ページ）を思い出してしまった。この二人の置かれた立場が「韓国人にとって選択とは何か」という大きな命題につながるように感じたのだ。『広場』の主人公は巨済島の捕虜収容所で、北に帰るか、南に残るか、第三国へ出国するかという選択を迫られる。戦争という現実に際しては何の決定権も持たなかったのに、その結果に関しては後戻りのできない決定を迫られる。自分にはとうてい背負いきれない選択を瞬時に迫られるということ。そんな苛烈な歴史的体験が、『ピンポン』の中にもかすかにこだましているような気がする。

パク・ミンギュは１９６８年生まれ、87年の民主化当時には高校３年生だった。軍事独裁政権の時期に子ども時代を過ごし、どんどん自由になっていく時代に青年期を送った。世界の多彩なカルチャーを自由に享受した世代でもある。音楽、映画など同じサブカルチャーを共有しているから、海外の読者にもなじみやすい。

最近の彼の作品では、アメリカやイスラエルなど海外を舞台にし、韓国人が一人も出てこないことがどんどん増えている。だが、それについて作家自身は「外国を舞台にするのは、韓国の物語を描くためだ。それは遠くに旅行に行って初めて自分を、また自分の属している国（土地）を客観的に見、自覚できるのと似ていると思う」と語っている。それを聞いて改めて、ああ、時空を超えて奔放な想像力をはばたかせていても、やっぱりパク・ミンギュは常に韓国現代史に軸足を置いた作家なんだなと感じた。

そんなパク・ミンギュの最も彼らしい場所といったら、どこだろうか？

いろいろ考えて、２冊組の短編集『ダブル』（サイドA・サイドB）のしんがりを務める短編、「膝」に絞った。

多様な、カラフルな作品が並んだこの短編集の中で、「膝」はひたすらモノトーンの世界である。舞台は、現在は朝鮮民主主義人民共和国（北朝鮮）に属する咸鏡南道（利原の鉄山地域）とはっきり書かれている。時代は紀元前1万７０００年で、氷河期に入ったところ。一面の雪の中、洞窟の中で「ウ」という名前の男と「ヌ」という名前の女が暮らしている。というか、やっと息をしているという程度。彼らにはずっと食べ物がないのだ。

二人の間には「ヌ」が産んだ赤ん坊がいるが、まだ名前はついていない。ここに住んでいた他の人々はずっと前に、食料を求めて旅立っていった。しかし「ヌ」が身重だったため、彼らは残ったのである。そして「ウ」はついに、食糧を求めて決死の覚悟で雪の中へ出ていく。

動くものは何も見えなかった。食べものの音も、食べものの匂いも採集できなかった。ウはひたすら死の匂いだけを嗅いだ。死の音は静かで、死は決して身動きしなかった。鬱蒼たる死の中で、ウはひたすら一人で動いていた。（拙訳）

「ウ」は奇跡的に老いたマンモスに出くわし、最後の力を振り絞って戦う。一人の人間と一頭のマンモスはどちらも疲労困憊している。そして激しい戦いの末、どちらも重傷を負うが、何とか命はとりとめて別れる。だが、それは「ウ」にとって絶望だ。「ヌ」と子に持って帰るべき肉はとうとう手に入らなかったのだから。「ウ」は激しく泣く。そして彼がとった最後の手段は、驚くべきものだった。

読者は「ウ」の絶望を、現代北朝鮮の人々が経験した飢餓と重ねて読まずにはいられない。それだけではない。咸鏡南道利原鉄山とは、パク・ミンギュの父方の故郷だ。父のパク・ドンフン氏は1933年生まれだから、朝鮮戦争が始まったときには十代後半。一家をあげて南に避難してきた「失郷民」である。

彼の場合は、母方の故郷も北だそうだ。二人とも南へ避難してきて釜山まで移動し、そこで高校に通ったという経緯らしい。実に、朝鮮戦争をめぐる韓国人のファミリー・ヒストリーを凝縮したような家系である。

行くことのできないルーツの土地、咸鏡南道利原鉄山。そこには読んで字の通り鉄鉱を採掘する鉱山があり、また、核兵器に利用されるウラニウムの鉱山もあるという。パク・ミンギュの想像力は、そこを1万7000年前の雪でおおう。この土地で人類が経験してきたことのすべてを、現代までの歴史をいったんゼロのメモリに戻し、ただ切実な人間がうずくまる土地として描く。

想像の翼をどんどん広げていくと、片翼が38度線にぶつかってしまう。それは韓国文学の避けられない条件である。民主化によって執筆の自由が広がって以来、作家たちは一人ひとりの奮闘によってこの課題に挑んできた。例えば、黄晳暎《ファンソギョン》の『パリテギ』と姜英淑《カンヨンスク》の『リナ』は幻想的な手法を用いて、いずれも「北」の若い女性を主人公にそのサバイバルを描いた。

現実世界では、北から南へ死に物狂いでやってくる脱北者が絶えず、また韓国社会に適応できず苦しむ脱北者も少なくない。『越えてくる者、迎えいれる者』は、北朝鮮で作家活動をしていた脱北作家たちと韓国の作家たちがそれぞれの立場から書いた短編を集めた、貴重な一冊。また、チョン・スチャンの『羞恥』は、脱北の途中で家族を見殺しにした罪の意識に苦しむ人々と、彼らを受け入れない韓国社会の壁をえぐり出す。

物語の力で38度線に挑むといったら、あまりに先走った表現だろうか。しかし朝鮮戦争以来どれだけの人々が、失った家族や友人、そして安否のわからない人々について話しつづけてきたことだろう。韓国だけではない、北朝鮮の人々も同じである。膨大な人々が膨大な言葉を用いて、人々のことを話しつづけてきた。「北」を描く作家たちの試みはそれらとともにある。

「膝」のラストシーンで、見渡す限り真っ白な雪の中、「ウ」は全力で「なぜ？」と問いかけている。いつかこの作品を北の人々が読む日があるだろうか。

《斎藤真理子》

第57章 ハン・ガンと光州《クァンジュ》事件

また5月はめぐりきたりて

２０１６年、権威ある英国の文学賞であるマン・ブッカー賞の、翻訳部門にあたる国際賞を、韓国人作家が初めて受賞した。ハン・ガン（韓江：1970～）の『菜食主義者』（きむ ふな訳）がそれである。韓国では２００７年に出版された『菜食主義者』は、ソウル近郊が物語の舞台で、三人の視点人物が各々の立場から語るリレー形式となっている。第一話の主人公はヨンへ、30代の女性である。結婚の決め手は平凡さだったと会社員の夫に述懐されるヨンへは、しかし結婚五年目に、とつぜんベジタリアンとなる。冷蔵庫に保存してあったイカ、牛足、うなぎ、豚バラなどを床に投げ捨てもし、その理由を問う夫には、「夢を見たの」と答えるだけ。これを機に、彼女は不眠状態となって、夫とのセックスも拒絶するようになる。

彼女の、周囲からは奇異に見える行動は、いわば社会の抑圧に対する抵抗である。父親が無理やりに酢豚を彼女の口に入れる暴力的なシーンは、その象徴だ。平凡な女性として求められること――夫への献身と服従、父親への服従と敬意の表明、社会的規範への順応――は、長らく彼女の内面をむしばんできた。その反発として、ヨンへは菜食を選び、動物の命を自分の血肉へと変える食物連鎖を断ち、ひいては家族という血脈をも途絶せんとするのだ。身体はやせ細る。彼女の見る夢は、「わたしの手で誰かを殺した感じ、でなければ誰かがわたしを殺した感じ、経験しなければ決して感じられない……断固として、幻滅するような。まだ生温かい血のような」と、血のイメージに満ちている。

こののちヨンへは自殺未遂で搬送され、入院先で裸でいるところを夫に保護されるが、その手には嚙み痕のついたメジロが一羽、握られている。18歳まで体罰を与えられてきた父親、ベトナム戦争でベトコンを何人も殺したと語る父親の強大な父権性は、ヨンへにとって「日常のなかに潜む暴力」以外のなにものでもない。第三話に至ってヨンへは植物に、それも樹になりたいと願う。暴力に身をもって抵抗する女性の強い意志を、『菜食主義者』は見事に描出してみせた。

ハン・ガン（写真提供：クオン出版社）

日常における暴力をテーマとしたこの作品で世界的な名声を得たハン・ガンだが、14年には、国家による暴力に抵抗する若者たちの姿をとらえた『少年が来る』（井手俊作訳）を発表している。こちらは、著者の出身地でもある光州で１９８０年５月に起きた「光州事件」を、真正面から題材としてあつかったものだ。70年生まれのハン・ガンにとってこの出来事は、当事者になり損ね、自分のごく近傍をかすめて過ぎていった（彼女は事件の数ヵ月前にソウルに越した）、印象深いものだったのだろう。10年違えばそこにいたかもしれない自分を幻視するかのように、筆致は冴えわたっている。

光州事件は、ソン・ガンホが主演した映画『タクシー運転手』（チャン・フン監督、2017）の大ヒットにより、韓国現代史になじみの薄い人々にもよく知られるようになった。朴正熙《パクチョンヒ》大統領が暗殺（1979.10.26）されたあとの混乱期、強権政治の抑圧に反対する民主化運動のデモ隊に対し、軍隊が全面弾圧に乗り出し、韓国南西部に位置する光州で多数の学生もふくむ市民の犠牲者を出した悲劇的な事件である。80年の5月18日から27日の10日間で、たがいに銃を手にして武装した軍と市民のはげしい抗争は、１５４名とも（五・一八記念財団の発表）、１８９名とも（戒厳司令部の発表）される民間の犠牲を生んだ。行方不明者もあわせれば実際の犠牲者の数はもっと多いと考えられている。

80年代、軍の実力者だった全斗煥《チョンドゥファン》が大統領に就任した軍事政権下の韓国では、情報統制も厳しく、一連の騒動は市民による「暴動」とされてきた。だが90年代に入って民主化が進み、ようやく「民主化運動」として再評価された出来事でもある。

ハン・ガンは『少年が来る』で、光州事件にまきこまれた名もなき市民たち、弾圧によって命を落とした若者、遺された家族、死は免れたものの重いＰＴＳＤに長年苦しむ者たちを、語り手が章ごとに替わる全六章のリレー形式で描きだした。最初の章では、まだあどけない少年のトンホが、はぐれた親友チョンデを探しに遺体安置所を訪れ、そのまま遺体の管理を手伝い始める。運ばれてくる遺体の損傷は激しく、腐敗も容赦なく進む。第二章では、チョンデの視点、つまり死者があの日の混乱を語る。「脇腹から噴き出した血が温かく肩に、首筋に広がるのを感じるまで。そのときまでは君が一緒にいたのに」。

死後に霊魂となって浮遊するチョンデとは質の異なる苦しみを、生き残った者も味わうことになる。第三章で出版社につとめる女性編集者のウンスクは、ある作家との打ち合わせを事由に、私服警察に7発のビンタを食らわせられる。第五章、20年あまりが経過したのちに証言を求められたソンジュは、18歳だったあの日の苦痛を、子宮を破壊された激しい拷問を、その後の「名前の代わりにアカ女と呼ばれた」長く厳しい差別体験を、言葉にして語ることができない。

第六章の母親は、老いた自身とはちがっていつまでも少年のままの息子トンホを想起し続ける。後悔は尽きない。「最後の日に母ちゃんがおまえを連れ戻しに行ったとき、おまえがあんなにおとなしく、夕方には帰るからね、と言わなかったらどうだったろうか」。国家による暴力は、個人のささやかで幸福だったはずの生の軌跡を、大きく逸脱させ棄損してしまった。民主主義を獲得するというイデオロギーに殉じた死とはまたべつの、無垢な人々がおかれた理不尽な宿命。『少年が来る』とのタイトルはどこか謎めいているが、ここに描かれた「少年たち」に代表される、無垢なる傷ついた人々の魂を文学作品のなかでふたたび召喚するのだとのハン・ガンの強い志を、読者は感じることになるだろう。それは書くのも読むのも苦しい熾烈な体験だ。しかしそう遠くない過去にたしかにあったひとつの重い歴史である。作品には「あなた」や「君」という代名詞での語りが多用されるが、それは、少年たちはあなたでもあり、私でもあるのだという、普遍性に開かれた一筋の道となる。

現在、さまざまなモニュメントが設置された美しい国立墓地の隣には、望月洞《マンウォルトン》墓地という旧墓域

望月洞墓地（写真：Rhythm）

も残されている。『少年が来る』のエピローグで、ハン・ガンはここを訪れた際のことを記している。「持ってきたろうそくを少年たちのお墓の前に順に置いた。片膝を立ててしゃがみ、火をつけた。祈りはしなかった。目を閉じて黙禱しもしなかった。ろうそくはゆっくりと燃えた」。

歴史書には記載されない、ごくふつうの人々の記憶と記録を、ろうそくのようにともし続けること。彼女は小説の役割をそう考えているではないか。観光客として現実の光州を訪れたとしても見えてこないかもしれない風景を、ハン・ガンはたしかに作品に焼きつけていく。

《江南亜美子》

第58章 キム・エランの目に映る鷺梁津《ノリャンジン》

通り過ぎる者と退く者

ソウルの中心部に位置する鷺梁津駅は、朝鮮半島で最初の鉄道「京仁線《キョンイン》」の発着駅として1899年に開業した。地下鉄1号線と9号線が乗り入れる駅を出ると、眼下に鷺梁津のシンボルともいえる大きな建物が見えてくる。ソウル一の規模を誇る水産市場だ。

キム・エラン（金愛爛：1980～）の作品には、この鷺梁津がしばしば登場する。2017年に刊行された『外は夏』に収録されている「向こう側」も鷺梁津が舞台だ。

『外は夏』の全編に共通するテーマは「喪失」。これを語る上で欠かせない出来事がある。2014年に発生した「セウォル号沈没事故」だ。収録作のほぼすべてが事故後に書かれているのは偶然ではない。日本にも震災後文学という言葉があるが、韓国の表現者も国

キム・エラン ©Son Hongjoo

を揺るがす事態を前に、どう表現すべきか、自分たちに何ができるか思い悩んだという。

そうした中で文学界にも「セウォル号以後文学」という言葉ができた。『外は夏』は、その代表的な作品として挙げられることが多い。キム・エランはこう述べている。


この短編集は何かを失った人たちがテーマ。次の季節を受け入れられない人たちを書きました。モチーフの事件は明らかにしていません。言わなくても読者にはわかるから。

「向こう側」には水産市場内の食堂でクリスマスを迎えた警察官のドファ、サラリーマンのイスーのカップルが登場する。二人は生まれてはじめて口にする高級な刺身を前にこんな会話を交わす。


「会社は？」

「辞めた」

「毎日スーツを着て、また鷺梁津に行ってたの？

1年間？」

鷺梁津の水産市場

イスーが透明なグラスの底を凝視した。

「どうして?」

何か言うのかと思ったが、イスーは黙って唇を震わせた。

「……最後だから」

「えっ?」

「誰かに話しちゃったら、自分自身に最後だぞって言えなくなりそうだったから」

「……」

「でもさ、今回はほんとにいい感じなんだ。きっとうまくいく。4年前も最後だって言ったけど、今回はほんとにほんとの最後だから。だから、ドファ、もう少しだけ待ってほしい。絶対に、あと1回だけ。来年の夏まで頼むよ」(古川綾子訳)

水産市場から駅舎を挟んで反対側に、鷺梁津のもうひとつの顔を見ることができる。食事の時間も惜しいと言わんばかりに屋台のカップ飯を頬張るトレーニングウェア姿の若者、駅前の1キロ四方に乱立するさまざまな予備校、脚を伸ばして寝るのがやっとの広さしかない考試院《コシウォン》と呼ばれる安アパート。鷺梁津は全国から公務員試験や大学入試を目指す予備校生が集まり、文字どおり猛勉強に励む浪人生の街でもあるのだ。

就職難が続く上に、たとえ就職できたとしてもいつ解雇されるかわからない不安から、韓国では定年まで勤められる公務員が人気だ。必然的に志望者も殺到するため、競争率や試験の難易度もどんどん上がっていく。予備校には人気の講座を最前列で聞こうとする若者で早朝から長蛇の列ができ、自習室はいつ行っても超満員。殺伐とした空気が漂っている。

警察官を目指していたドファと、国家公務員を目指していたイスーも、そんな鷺梁津で予備校生活を送っていた8年前に知り合った。合格して先に鷺梁津を脱出したドファと付き合い続けるため、そして男としてけじめをつけるため、イスーは6年にわたって青春のすべてを注ぎこんだ公務員試験を諦め、後も振り返らず、いや、後も振り返らないために歯を食いしばりながら地下鉄1号線に乗りこみ、鷺梁津を後にする。それから4年。一般企業に就職し、ドファと同棲しながら安定した生活を送っていたはずのイスーは次の季節を受け入れられず、鷺梁津に舞い戻ってふたたび公務員試験の予備校に通っていたのだ。

キム・エランが「向こう側」の11年前に書いた「子午線を通り過ぎるとき」という短編には、ドファとイスーの若いころを彷彿とさせる浪人生のアヨンが、やはり鷺梁津で奮闘する姿が描かれている。アヨンは最後にこう呟く。

２００５年、秋。人混みの隙間からソウルの灯りを見つめる。そして鷺梁津という地名について考える。橋の意味をもつ「梁」の字が、渡し場の意味をもつ「津」の字と同時に使われている場所。１９９９年の私が通過点なのだと信じこんでいた場所。誰もが通り過ぎる場所。でも、ほんとうに通り過ぎるだけの場所だったら、どんなによかっただろう。７年が過ぎた２００５年の今も、どうして私は相変わらず通過中なのだろうか。

キム・エランは鷺梁津を「根を張れずにあちこち転々とし、未来を夢見ながらも現在に不安を抱く若者が約束の地と信じて集まる場所」ではないかと述べている。ここに彼女たちの世代が経験した成長痛がうかがえる。

キム・エランのデビュー作『走れ、オヤジ殿』は、1997年のアジア通貨危機（韓国ではIMF危機と呼ばれている）で一変してしまった社会や人びとの生活をユーモラスに描いた作品として、発売から15年たった今も広く愛されている。韓国では財閥企業の倒産や内定取り消し、家族の解体、家父長制の崩壊などによって価値観や社会通念が激変するさまを目の当たりにし、就職や進学というはじめての社会進出を控えた大事な時期に自身の未来にも大きな影響を受けた世代をIMF世代と呼んでいるが、1980年生まれのキム・エランはまさにこのIMF世代に該当する。

大学進学を機にソウルへ上京したというキム・エランは、当時の思い出をこう語ってくれた。

今も鮮やかに思い出すのは、地下鉄1号線の向こう側に見えていた風景です。はじめてソウルに住み、片道で1時間以上かかる大学に通っていたとき、必ず通過する駅のひとつが鷺梁津でした。

停まることなく空間を一直線に切り裂きながら電車が漢江《ハンガン》にかかる橋の上を通過すると、四方から光がほとばしり、窓の外にはありとあらゆる高層ビルと、きらきら揺らめく水面が見える場所。

自分から高いところにでも上らないかぎり、ソウルを見晴らす機会などめったにないのですが、鷺梁津駅を通過するときはソウルのさまざまな風景が一挙に、そして降り注ぐように電車の中へと飛びこんできました。

そうした身体的経験のせいか、私の中で鷺梁津駅は全身でソウルを突き抜けて通り過ぎた場所として今も記憶に残っています。

8年前、公務員を目指す二人の若者が鷺梁津の予備校街で出会った。ひとりは夢を実現させて鷺梁津を通り過ぎ、ひとりは夢半ばで鷺梁津を退いた。幸せな日々を送っていたはずの二人はやがて分岐点を迎え、久しぶりに訪れた鷺梁津で別れのときを迎える。

キム・エランの「30」という作品に、こんな一節がある。

鷺梁島。鷺梁津は合格するまで脱出できない島なのだ。

《古川綾子》

第59章 チョン・セランが描く不安な青春

『アンダー、サンダー、テンダー』に見る霧の坡州《パジュ》

長編小説『アンダー、サンダー、テンダー』は人気作家チョン・セラン（鄭世朗：1984～）の出世作だ。原書『이만큼 가까이（これくらい近くに）』は2014年に刊行され、チャンビ長編小説を受賞した。物語は20世紀末、軍事境界線を隔てて北朝鮮に接する国境の町・坡州からバスに乗って一山《イルサン》ニュータウンにある学校に通う六人の男女高校生の生活とその後の生き方を描いたもので、そのうちの一人であり、紆余曲折を経て映画美術の仕事に就いた30歳の〈私〉が、友人や家族の姿を動画に収めながら過去を振り返るという形で進行する。仲良しグループの六人それぞれがいろいろな経験をし、傷つきながらも自分の道を模索するのだが、悲劇的な事件で初恋の人を失い、ショックで精神のバランスを崩した〈私〉も、

チョン・セラン ©Melmel Chung

徐々にトラウマを克服し新しい希望を見いだすという青春の物語だ。

南北会談の場所である板門店《パンムンジョム》、非武装地帯や開城《ケソン》を展望できる臨津閣《イムジンガク》、烏頭山《オドゥサン》統一展望台なども抱える坡州市は、ソウルから近いわりには、開発が遅れていた。六人の乗るバスが通る道はとんでもなく曲がりくねっていて、胃の具合が悪い時には吐きそうになり、雪が降るとおんぼろバスが立ち往生するので雪道を歩かなければいけなかった。父親の仕事の都合で数年間インドに滞在し、アメリカンスクールに通った帰国子女ジュヨンは、「最初、坡州に来た時もたいへんじゃなかった？ 慣れるのが」と〈私〉に聞かれ、「とってもたいへんだった。ハゲタカが飛び回ってるし。ハゲタカだなんて。ソウルから2時間しかかからないのに（……）」と答えている（現在は、ソウルから電車やバスで1時間程度）。この地域は、韓国でも冬の寒さが特に厳しいことで有名だ。ジュヨンが「あたし、確かにこの町に来て春も夏も過ごしたはずなのに、秋と冬の記憶しかないの」と言い、〈私〉は「あたしも。ここで生まれたのに。葦と雪しか覚えてない」と共感する。しかも、町の至る所に銃を持った兵士が見かけられ、脱走兵が出たというニュースが流れると、町中に緊張が走る。

『坡州』（監督・脚本パク・チャノク、2009）という映画がある。この中で、家を飛び出して3年間インドに滞在し、戻ってきたウンモという若い女性は、故郷である坡州が再開発の真っただ中にあり、亡くなった姉の夫ジュンシクが、〈撤去民対策委員会〉の委員長として崩れかけた建物に籠城しながら、自分たちの住居が撤去されることに反対する人たちを指揮していることを知る。１９９６年頃の坡州の風景だ。もっとも、映画は２０００年代に撮影されたから、実際に当時の坡州を撮影したものではない。ストーリーはともかくとして、挫折した学生運動家ジュンシクや、姉の夫を密かに慕うウンモのもやもやした心理を表現するためだろうが、画面に映し出される坡州が、終始ぼんやりと青みがかった灰色の霧に包まれているのだ。臨津江《イムジンガン》と漢江《ハンガン》が合流する地点にある坡州は、実際に濃い霧がよく発生するらしい。『アンダー、サンダー、テンダー』でも、「霧というより、川が陸にまで広がってくるような感じだ。私はこんなに近くにいたんだよ。不吉な川の霊みたいなものが、そんなことを言いながら密着してくるのだ。匂いからして、身体によくない霧であると確信できた」という一節がある。両作品ともにインドから坡州に戻ってきた人物が登場することに特別な関連性はなさそうだが、１９９０年代後半の坡州を舞台にした二つの作品が、町全体を包むどんよりと不穏な空気を描いているのは、偶然ではないはずだ。

だが坡州はその後、白黒写真が突然カラーに変わったように、文化や芸術の街として華やかな変貌を遂げる。〈坡州出版都市〉は、書籍の企画から編集、印刷、流通まですべての工程を行う産業団地で、韓国の主要な出版社の多くはここに本社を移した。『アンダー、サンダー、テンダー』のジュヨンが大学卒業後に勤めたのも、坡州にある出版社だ。図書館や書店、ピノキオの博物館〈ピノジウム〉もあり、建物はいずれも工夫が凝らされたデザインで、まるで最先端の建築展示場のように立ち並んでいる。〈英語村〉は海外に留学しないでも英語圏の生活を疑似体験できる勉強の場だ。アーティストの活動場所であり、小さなミュージアムなどもある〈ヘイリ芸術村〉、飲食店やファッション関係の店などが並ぶ〈プロバンス村〉、植物園、アウトレット、ワイナリーなど、いずれも〈インスタ映え〉する観光スポットで、周辺にはテレビ局のスタジオもあってドラマのロケもよく行われる。わずか10年か20年のうちに、平和と繁栄と発展の象徴のような美しい都市が、薄暗い霧の中から姿を現した。

生まれ変わった坡州には無許可営業の露天商や行商人、物乞い、ホームレスもいないだろうし、野良犬がうろつくこともないかもしれない。しかし、猥雑なノイズを切り捨てたテーマパークのような都市の背後に、見たくないものから目をそむけている人のような不安や後ろめたさが隠れているような気がするのは、気のせいだろうか。

実のところ、六人が高校生だった１９９０年代の後半は、世紀末の不穏な空気が漂っていたとはいえ、南北関係には改善の兆しが見えていた。１９９８年に発足した金大中《キムデジュン》政権は太陽政策を前面に打ち出して２０００年には金正日《キムジョンイル》との首脳会談を実現させ、南北共同宣言を出した。その後、金剛《クムガン》山《サン》観光、開城工業団地建設、道路や鉄道の連結、離散家族再会といった事業が推進されて南北関係は少しずつ良くなってゆき、いつか必ず統一が実現すると多くの韓国人が信じていた。坡州に移転した会社の中には、統一が実現すれば土地が高騰するだろうという期待したむきも、なくはなかったらしい。

南北統一への動きがそのまま続いていたら、坡州はほんとうに夢の都市になったのかもしれない。しかし文在寅《ムンジェイン》大統領が南北関係改善に意欲を見せているにもかかわらず、開城工業団地の操業も金剛山観光事業も停止したままだ（２０２０年6月現在）。２０１８年9月に金正恩《キムジョンウン》委員長との第5回首脳会談が実現した後は進展がない。それどころか２０２０年6月16日には南北共同連絡事務所が爆破され、先行きはいっそう不透明になった。北朝鮮に最も近い都市は、平和が崩れればその分だけ大きな危険にさらされるだろう。坡州には、将来が見えない不安を押し隠した青少年の心のような危うさが明滅している。近代的な立派な建築物が、指を触れたとたんにさらさらと崩れる砂山のように見えるのは、そのせいかもしれない。

《吉川凪》

第60章 パク・ソルメの「旅する想像力」

釜山《プサン》と古里《コリ》原発に「その後」の世界を見る

パク・ソルメ（1985〜）の小説には旅が充満している。登場人物たちはだいたい身軽で、すぐにでも身支度をして移動する準備ができているみたいだ。作家自身もよく旅をする人で、テント芝居を見にふっと東京に来て街を歩いていたりする。どこかへ行って、歩きながら考える。それが小説になる。

例えば短編「じゃあ、何を歌おうか」では、作家と同じ光州出身の主人公がサンフランシスコや京都を歩いている。いずれの街でも京都でも、１９８０年に起きたあの事件が話題になる。人々は、事件当時まだ生まれていなかった（これもまた作家と同じだ）彼女に、「君も光州の人だろう」と言うが、言葉にされたり表現されたりした光州事件はまるでアイルランドやチリやスペインなどのできごと

パク・ソルメ ⓒ 서안진

みたいな気がするし、「私の前には何枚もの帳《とばり》がかかっていて、その先へまっすぐに歩み出ることはできない」と彼女は感じる。この距離感、違和感への正直さがパク・ソルメの個性だ。

彼女の小説にたびたび登場する旅先が海満《ヘマン》だが、これには説明が要る。海満は架空の土地で、「南の方の港から五時間ほど行った島」ということになっている。父親を殺した青年が潜伏していたこともあるという。

ヘマンという地名はハングルで書かれているだけで、「海満」という漢字は私があてはめたのだが、そんなに的外れでもないんじゃないかと思う。そこにあるゲストハウスには首都から断続的に人がやってきて、何もしないで過ごしてはまた戻っていく。親に無理やり連れ戻されたり、お金が尽きたので働きに戻ったり。人が来ては去り、意識の中で何かが潮のように満ちては引いていく。

そして、パク・ソルメがいちばんよく書いてきたのは、たぶん釜山だ。

古くからの港湾都市、活気ある商業工業都市、いち早く開化した国際都市。常に日本との縁が深く、そして今や世界的なリゾート都市。おいしいものがたくさんあり、映画祭が楽しみな街。一方、朝鮮戦争のさなかには臨時首都となり、膨大な避難民が流入

釜山港（パク・ソルメ氏撮影）

して一挙に人口が増えるという経験をした都市でもある。

そんな釜山をパク・ソルメはたびたび、「その後」の世界として描いてきた。つまり、釜山から約30キロ離れたところにある韓国初の原子力発電所、古里原発が大事故を起こしたという設定の物語群だ。そこにはもちろん、２０１１年の福島第一原発事故の影響がある。

物語の中では、古里原発がどんな事故を起こし、どんな被害があったかは書かれていない。すべてはもう「後」になっており、「ここ（釜山）から出ていける人は出ていき、出ていけない人は残っている」という設定だ。

釜山タワー（パク・ソルメ氏撮影）

そこで起きることは決して劇的ではなく、怒号も涙も出てこない。「こうなってしまったにもかかわらず日常はある」ということの苦さとおかしさが、淡々と語られる。例えば「暗い夜に向かってぶらぶらと」という作品では、釜山に残った人のあいだで、釜山タワーという観光モニュメントが一つのシンボルになっていく様子が書かれている。釜山タワーはライトアップをとりやめ無期限営業停止状態になっているが、いつのまにか、「釜山タワーの絵を描こう」という市民運動のようなものが始まる。だが、いざ描いてみようとすると、みんなが釜山タワーの形をよく憶えていない。

そうこうするうちに、主人公の部屋に突然、小さくなった釜山タワーが出現する。それは主人公が飼っている猫が呼び出したようでもあり、そうでもないようでもあり、主人公の散歩についてきたりもする。

荒唐無稽なようだが、主人公はずっと平常心で、歩きながらさまざまなことを考えつづける。例えば、未来と過去について。古里原発が造られた1977年という時点は過去であるはずなのに、今、振り返ってそこを眺めると「科学だ、未来だ、エネルギーだ、発展だ、開発だ、先進国だといったものたち」が作り出す明るいムードに包まれてまぶしいほどで、まぶしすぎて何が何だかわからない……。

「古里原発事故もの」の決定版ともいえる「冬のまなざし」では、事故から3年が経過している。この物語の主人公もやはり、歩きながら考える人だ。原発事故の後にはドキュメンタリー映画があいついで作られ、その中の一つを主人公が観ているシーンがある。

映画は、釜山の代名詞でもあるビーチ、海雲台《ヘウンデ》の思い出から始まる。「朝鮮八景」の一つにも選ばれた、美しい白砂の浜が約2キロも続く海雲台。そこでは90年代以降に目覚ましい再開発が始まり、海外資本と不動産投機家たちが参入して国際リゾート地・高級住宅街に生まれ変わった。もともと住んでいた人たちの中には、もう海雲台に住めなくなり、出ていった人たちもいた。主人公も、かつて自分が実際に見、感じたその変化を思い出す。

どこか座れるところを探して店に入ってパンを買いコーヒーを買い、窓の外を見ながら買ったものを口に持っていくと、まわりにいるのは外国人か標準語を話す人たちで、どういう人かというときれいな顔でいいものを着たり羽織ったりして、外国の話をしていた。私はそのときの感覚を覚えていた。でもあの海雲台はもう行けない土地になり、あのころの海雲台について話すことはまるで……まるでポンペイの話をするみたいな、絢爛たる絶頂期にあった何かが埋もれてしまった話をしているみたいな感じがした。（拙訳）

古里原発は海雲台から約22キロ、釜山から約30キロのところにある。ある意味釜山は、自然と人為が正面衝突しているような場所なのだ。富の集積のすぐ横に危険な原発があることを、日常と呼べばいいのか非日常と考えればいいのか。その境界はとても不確かだ。その不確かさの上で生きている我々の奇妙な肖像を、パク・ソルメの想像力は執拗に描き出す。

そんなときも今も、私が知っている誰かが、ときには私がいちばんよく知っている自分自身が何をして一日過ごしているかを話すことで、なぜこんなにも耐えられないほど腹が立つのかはわかりようがなく、そしてまた、私が耐えていかねばならない侮辱はいつも、私より大きい。

１９８５年生まれのパク・ソルメの世代は、「88万ウォン世代」（月収が88万ウォンしかない世代）とか「N放世代」(何もかも放棄した世代)などと呼ばれてきた。大量の大卒非正規労働者を抱え、格差社会の中でもがく世代である。見ようによって、彼女はその代弁者でもあるが、熱狂からも自虐からも遠く、歩きながら自分の頭で考えることをやめないそのスタイルには、しぶとい生命力がある。釜山の海風はそれによく似合う。

彼女の文体はわかりづらい。揺れたり戻ったりして、時制や人称が自在に入り混じり、主語述語の関係がはっきりしないこともある。けれども、現実がそんなにわかりやすかったことがあるだろうか？　たやすく理解されることを拒むかのようなこの文体にこそ、リアリティがあるのかもしれない。

また、日本への視点も相当にユニークだ。最近の作品でも、連続射殺事件犯人の永山則夫や、夫とともに朝鮮民主主義人民共和国への「帰国運動」に参加するつもりで新潟港まで行ったが、帰国船に乗船せずに戻ってきた日本人女性など、実在の人物をモチーフにしている。今後、いっそうの紹介が待たれる作家だ。

《斎藤真理子》

コラム６

型破りな女性像を生み出すフェミニズム文学

近年、韓国にはヘテロシス男性中心の画一的な世界に異を唱えるフェミニズム文学という新しい風が吹いている。きっかけは２０１６年５月に起きた「江南駅女性殺害事件」。被害者が女性であるという理由で見知らぬ男性に殺害されたことから、女性たちには殺されたのは自分だったかもしれないという危機感が一気に広まった。「＃生き残った」というハッシュタグを使い、女性差別の経験を語り合っていた女性たちは、女性差別が自分だけの個別的な経験ではなく、この社会に蔓延した問題であることに気づくようになる。そして女性についてもっと知りたいと、自分たちの物語を求めるようになった。

同年の10月に韓国で刊行されたチョ・ナムジュ『82年生まれ、キム・ジヨン』は、出産でキャリアを閉ざされた30代女性の半生を描くことで、女性差別が蔓延した韓国社会に一石を投じた。反響は大きかった。共感の声が広がり、刊行２年で発売部数１００万部を突破した。一方で、反発の声も大きかった。見慣れている女性像ではなく、自分の人生を全うできないことに苦しむ女性のリアルな声に、戸惑い、激怒する反応が目立っていた。

これまでの文学は、男性中心の世界だった。女性はいつもわき役で、母性溢れ、献身するといった固定したイメージだけが与えられる。もちろんそうでない作品もたくさんあった。20世紀初頭に「新女性」と呼ばれ、社会通念に抗った第一世代の女性作家らから１９９０年代の女性文学のブームをけん引した作家まで、多くの作品が型破りな女性キャラクターを世に生み出してきた。だが、残念ながらこれらの作品は、「女流文学」とカテゴライズされ、主流としては受け入れなかった。女性文学への不当な評価に、自分が描いたのは女性ではなく人間だと訴える作家がいるほどだった。

「女性の物語」を求める読者の要望にこたえるかのように、数多くのフェミニズム文学が発表され、注目を浴びた。デートＤＶ、女児堕胎、同意なき性行為など、女性にふりかかる暴力が描かれたカン・ファギルの長編小説『別の人』、フェミニズム小説集と銘打った『ヒョンナムオッパへ』（ともに2017）などがベストセラー入り。男性中心の歴史記述に異を唱え、女性の視点で歴史を語り直した本や、物語の中心人物になることが少なかった「祖母」をテーマにした小説集『私のおばあちゃんへ』（2020）など、見過ごされてきた女性に光を当てる作品が続々と出版された。フェミニズム文学が話題になる前から、家父長制ではない世界を想像する作品を多く発表してきたチョン・ソヨン、キム・ボヨン、デュナなどＳＦ作家の作品も、改めて注目されるようになった。

さらに、ろくに名前すら与えられなかった女性たちに名前を与え、しっかりした声を持って主体的に行動する人物として描いた作品が増えてきている。チョン・セラン『保健室のアン・ウニョン先生』（2015）には邪悪なものに立ち向かうカッコいい女性が、キム・ヘジン『娘について』（2017）には二分法的な性別のカテゴリーに収められようとしない「娘」の姿が描かれ、チョ・ナムジュ『彼女の名前は』（2018）には声を上げる10代から70代までの等身大の女性が、キム・チョヨプ『私たちが光の速さで進めないなら』（2019）には自分の理想のために堂々と失敗を選ぶ女性が、ユン・イヒョン『包帯巻き』（2020）にはすれ違う思いによる葛藤を乗り越え、連帯する女性たちが描かれる。

献身する優しい女性ばかりではない。女性も働き、葛藤し、成功もすれば失敗もする。「女性」という一言で括り得ないたくさんの女性像が、フェミニズム文学によって今こうして生まれている。

《すんみ》

コラム7

坡州《パジュ》出版団地

ソウルの地下鉄2号線、合井《ハプチョン》駅から2200番のバスに乗る。これがソウル市内から出版団地に向かう一般的なルート（ほかにも行き方はあるが、短時間で費用も安い）である。バスは漢江沿いに臨津江との合流地点を目指す。やがて岸辺に鉄条網と警備施設が現れ、さらに前面に烏山展望台、右手に小さな山（尋鶴山）が姿を見せる。この山の麓に、出版団地が広がっている。「PAJU BOOK CITY」という標識に沿って高速道路を降りると、左手に取次「ブックセン」の社屋と大きな倉庫が現れる。乗車してから35～40分、いまバスは出版団地に到着した。

最近はこの出版団地が、ソウル近郊の観光地にもなった。隣接の「ロッテプレミアム・アウトレット」、近くのヘイリ芸術村、さらに烏山（北朝鮮）展望台、板門店などと合わせて、ソウルからの「一日観光圏」に入ったからだ。

出版団地の中核施設に行くには、団地に入って二つ目のバス停で降りなければならないが、団地全体のイメージをつかむために、そのまま乗り過ごし「アウトレット」で下車してもよい。そこからゆっくり歩いて中核施設まで戻るのだ。広い中心道路の両側では、個性的なデザインで端正なカラーの大型建物が存在をアピールしてくる。

敷地の漢江寄りには印刷会社・倉庫・物流関係、内側にはメインの出版社、それに関連会社やサービス施設が計画的に配置されている。団地の外の高速道路を通過する車両の騒音はシャットアウトされて聞こえてはこない。

この団地の正式名称は「坡州出版文化情報国家産業団地」という。国策による造成事業ではあるが、構想・計画・造成・運営など全般にわたり、推進者となった人々の強い意志と緻密な構想力が結実したものである。初代理事長・李起雄氏（悦話堂）、2代目理事長・金彦鎬氏（ハンギル社）を中心とした10数名が、週末のたびに近郊登山をしながら、韓国出版の将来をめぐり熱っぽい討論を重ね、団地造成の構想を固めていった経過については、いまや団地関係者から畏敬の念をもって語り継がれている。

総面積151万平方キロメートル。造成期間の第1段階は1998年1月～2003年12月で、出版・印刷・取次・出版関連。第2段階は2008年1月～2012年12月で、映像・同サービス関連などの造成・入居を終えた。現在は周辺関連施設の整備に取り組んでいる。

入居企業は447社、稼動企業は270社だという。数字の違いは、複数の企業の同居や退出企業など、様々な理由があるらしい。団地で働く労働者数は5000名を超えている。入居して「合理的経営が可能になった」との意見もあるが、同業者が近くにいるので「相互の競合効果が大きい」と語る関係者が多い。団地内を歩くと馴染みの出版社に出くわす。民音社、創批《チャンビ》、文学と知性社、悦話堂、文学トンネ、トルペゲ、博英社、金寧社、ハンギル社、汎友社、四季節、世界社、時空社、知識産業社、青年社、ハンウル、ヒョソン出版……。人文・文学・児童・絵画・教育系などが目立つようだ。これらの出版社の多くは、社屋に自社出版物中心の展示コーナーやカフェを設けているから、気軽にのぞいてみることをお勧めしたい。

中核施設の「アジア出版文化産業センター」には、イベントホール、展示場、休息施設、管理事務所などがあり、隣接してホテル「紙之郷」がある。この二つの建物は1階から天井までぎっしり本が詰まった異色の図書館「知恵の森」を併設している。毎年、この施設を中心に団地において展開されるイベント「ブックソリ」や「児童図書展」は見逃せない。周辺住民からは、文化と芸術の香りを満喫する絶好の機会として歓迎されている。

《舘野晳》

コラム8

「文旅」で出会う

日本語圏の読者と韓国を訪ねる文学の旅を毎年続けている。パジュ出版都市で開かれる本の祭典「パジュ・ブックソリ」を訪ねるツアーを始めたのが2012年。翌年には谷川俊太郎さんも同行され、韓国の詩人申庚林《シンキョンニム》さんとの対談イベントも開かれた。

その後、自分たちもブックカフェを開きたくさんの読者と出会ったことで、文学を軸にしたツアーを本格的に開催したいと考えるようになった。それが2016年から毎年秋に実施している「文学で旅する韓国（以下、「文旅」）」だ。テーマ本に関連した場所を訪れ、さらに地元の出版社や書店と交流を持てることで参加者から人気があり、ツアーが終わるとすぐに「次はどこに行くの？」と問い合わせがくるほどだ。

第一回は韓国南部の港町で、韓国を代表する大河小説『土地《トジ》』の作者、朴景利《パクキョンニ》さんの生まれ故郷でもある、統営《トンヨン》を訪れた。『土地』は、朝鮮王朝末期から1945年の「解放」までの近代史を背景に、激動の時代に生きた人々の営みを丹念に描いている。韓国の人たちにとても愛されている小説で、私も親が購読していた雑誌での連載を毎号楽しみに読んでいた。そして自分が出版社を立ち上げて以来、「いつか出したい」と願っていた作品でもある。クオンで全訳プロジェクトが始動したタイミングだったこともあり、迷わず統営を第一回の目的地に決めた。

現地では、ツアーに参加した約30人と一緒に、美しい海が見渡せる場所にある朴景利さんのお墓参りをし、土地文化財団の理事長を務めていた金《キム》玲珠《ヨンジュ》さんをお招きして出版記念会を開いた。墓前で文芸評論家の川村湊さんから伺った、生前の朴景利さんの堂々とした振る舞いについてのお話は、本作りで壁にぶつかるたびに思い出され、励まされている。

第二回（2017年）は『少年が来る』の舞台でもある光州《クァンジュ》を訪ねた。著者のハン・ガンさんと私は同世代だが、1980年に光州で起きたことはある時期まで話すことすらタブー視されてきた。その光州民主化抗争をテーマにしながら、一方の側から告発するのではなく、鎮魂歌のように骨の中まで染み入る小説だ。ハン・ガンさんだから書けた作品だと思う。

現地でまず参加者を迎えてくれたのは、ハン・ガンさんのお父様、韓勝源《ハンスンウォン》さん。チェッコリと交流のあった光州の書店でリラックスした雰囲気のなか、家族と共に光州を離れてから起きた一連の出来事に作家として自分は何ができるのかと自問し続けたこと、光州からソウルに移った当時小学校4年生だったハン・ガンさんがどのようにこの作品を書いたのかなどを語ってくださった。

ツアーの案内役は、当時全南大学に通っていたアン・ジョンチョルさんとアン・ジョンエさんにお願いした。ジョンエさんは私が中学1年生の時の担任だった。学生たちと軍が相対峙した正門、遺体が並べられていた体育館など現場を歩きながらお二人の体験を伺ったのだが、なんとジョンエさんが当時のことを公の場で話すのは初めてだったという。簡単に話せることではない、深い心の痛みを伴う体験を日本の読者に向けて語ってくださったことに心を揺さぶられた。

第3回の文旅（2018年）の目的地は、南の島、済州《チェジュ》。四・三事件から70年という節目の年だったので旅のテーマも「四・三文学」とし、関連書を紹介するパンフレットも参加者向けに作成した。リピーターが多いのが「文旅」の特徴の一つだが、この時の参加者には金石範さんの『火山島』を全巻読んだ方や金石範文学の研究者もいて、皆さんからの期待も感じられた。現地では詩人のホ・ヨンソンさんにもお会いした。済州四・三研究所所長も務めるホ・ヨンソンさんの作品は、詩集『海女たち』のほか『語り継ぐ――済州島四・三事件』なども日本語で読むことができる。ぜひ読んで頂きたい。

２０１９年は趣向を変えて、本の刊行前に作品の舞台を訪れる旅にしてみた。新訳を刊行する予定の、金源一《キムウォニル》の『深い中庭のある家』の舞台、大邱を訪ねたのだ。まだゲラにもなっていない原稿を参加者にお渡しして読んでもらったり、大邱について知ってもらう事前イベントの回数を過去の文旅よりも増やしたりと工夫した。また、美食の街でもある大邱の魅力を十分感じてもらえるように、食堂の位置を起点に訪問順を考えたりもした。今これを書きながらもユッケ（大邱のことばではムンティギ）が恋しくなるほど、「旅の楽しみは食！」であることを私に教えてくれた旅でもある。

２０２０年の文旅は木浦《モッポ》と黒山島《フクサンド》を訪れる予定で、下見まで済ませていた。韓国の司馬遼太郎とも言われる金薫《キムフン》さんの歴史小説『黒山《フクサン》』を読んだ人たちの声に応えたかった。しかし、新型コロナウイルスが黒山の荒波よりも高く立ちはだかり、七月下旬の今もなお、先が見えない。いつか波は収まると信じて待つばかりである。

《金承福》

○読書案内

Ⅰ．古典の世界

第1章　パンソリ

申在孝著、姜漢永、田中明訳注『パンソリ――春香歌・沈睛歌他』平凡社、東洋文庫、1982年

第2章　朝鮮半島の定型詩

岡山善一郎『韓国古代文学の研究』金壽堂出版、2017年

瀬尾文子『時調四四三首選』育英出版社、1997年

第3章　許筠

野崎充彦『洪吉童伝』平凡社、東洋文庫、2010年

野崎充彦「洪吉童琉球渡海説の再検討」『八重山博物館紀要』第23号、石垣市立八重山博物館、2019年

コラム1　ハングル、時空を亘る

姜信沆『ハングルの成立と歴史』大修館書店、1993年

朴泳濬、柴政坤、鄭珠里、崔炅鳳『ハングルの歴史』中西恭子訳、白水社、2007年

野間秀樹『ハングルの誕生』平凡社、2010年

Ⅱ．近代文学の開拓者

第4章　李光洙

『無情』波田野節子訳、平凡社ライブラリー、2020年

波田野節子『李光洙――韓国近代文学の祖と「親日」の烙印』中公新書、2015年

第5章　金東仁
「甘藷」「笞刑」長璋吉訳『朝鮮短篇小説選』（上）、大村益夫ほか編訳、岩波文庫、1984年
『金東仁作品集』波田野節子訳、平凡社、2011年
『小説 大院君 ―― 雲峴宮の春』具末謨監修、岩方久彦訳、彩流社、2016年

第6章　廉想渉
『万歳前』白川豊訳、勉誠出版、2003年
『三代』白川豊訳、平凡社、2012年
『驟雨』白川豊訳、書肆侃侃房、2019年

第7章　洪命憙
波田野節子『韓国近代文学研究 ―― 李光洙・洪命憙・金東仁』白帝社、2013年
波田野節子『韓国近代作家たちの日本留学』白帝社、2013年

コラム2　翻訳と翻案の1910年代
金台俊『朝鮮小説史』安宇植訳、平凡社、東洋文庫、1975年

コラム3　韓国の演劇
徐淵昊『韓国演劇史 ―― 伝統と現代』伊藤好英、村上祥子共訳、朝日出版社、2009年

コラム4　韓国の「ノラ」たち
羅英均著、小川昌代訳『日帝時代、わが家は』みすず書房、2003年
浦川登久恵『評伝 羅蕙錫』白帝社、2017年
羅蕙錫著、渡邊澄子監修、李相福ほか編著／訳『近代韓国の「新女性」・羅蕙錫の作品世界 ―― 小説と絵画』オークラ情報サービス、2010年

Ⅲ．近代の小説家

第8章　金裕貞
「春・春」「椿の花」長璋吉訳『朝鮮短篇小説選』（下）、大村益夫ほか編訳、岩波文庫、1984年
「山里」白川春子訳『小説家仇甫氏の一日 ―― ほか十三編』大村益夫、布袋敏博編、平凡社、2006年

第9章　李泰俊
『思想の月夜 ほか五篇』熊木勉訳、平凡社、2016年
「狩り」三枝壽勝訳『朝鮮短篇小説選』（下）、大村益夫ほか編訳、岩波文庫、1984年

第10章　李箱
『李箱作品集成』崔真碩編訳、作品社、2006年
紅野謙介ほか編『検閲の帝国 ―― 文化の統制と再生産』新曜社、2014年

第11章　李孝石
「そばの花の咲く頃」長璋吉訳『朝鮮短編小説選』（下）岩波文庫、1984年
辛炯基「李孝石と植民地近代 ―― 分裂の記憶のために」宮島博史他編『植民地近代の視座 ―― 朝鮮と日本』岩波書店、2004年

第12章　朴泰遠
『川辺の風景』牧瀬暁子訳、作品社、2005年
『小説家仇甫氏の一日 ―― ほか十三編』大村益夫、布袋敏博編、平凡社、2006年
長璋吉『朝鮮・言葉・人間』河出書房新社、1989年

第13章　蔡萬植
『濁流』三枝壽勝訳、講談社、1999年
『太平天下』布袋敏博、熊木勉訳、平凡社、2009年

第14章　金来成

『魔人』祖田律男訳、論創社、2014年

『金来成探偵小説選』祖田律男訳、論創社、2014年

『白仮面』祖田律男訳、論創社、2018年

第15章　朴花城

『ガラスの番人――韓国女性作家短編集1925〜1988年』めんどりの会編訳、凱風社、1994年

『脱帝国のフェミニズムを求めて――朝鮮女性と植民地主義』宋連玉著、有志舎、2009年

第16章　李箕永

『故郷』大村益夫訳、平凡社、2017年

第17章　金史良

『金史良全集』（Ⅰ〜Ⅳ）河出書房新社、1973〜1974年

安宇植『評伝 金史良』草風館、1983年

『光の中に――金史良作品集』講談社文芸文庫、1999年

第18章　張赫宙

『嗚呼朝鮮』新潮社、1952年

野口赫宙『遍歴の調書』新潮社、1954年

野口赫宙『嵐の詩――日朝の谷間に生きた帰化人の航路』講談社、1975年

＊野口赫宙は、1952年帰化後の張赫宙の筆名

第19章　金学鉄

大村益夫「金学鉄の足跡」『中国朝鮮族文学の歴史と展開』緑蔭書房、2003年

大村益夫「解放直後ソウル時代の金学鉄」『植民地文化研究』第17号、2018年

Ⅳ．近代の詩人

第20章　金素月

『対訳 詩で学ぶ朝鮮の心』大村益夫編訳、青丘出版社、1998年
金思燁『韓国・詩とエッセーの旅』六興出版、1978年

第21章　鄭芝溶

現在、鄭芝溶個人に関する書籍として入手可能なものは少なく、金素雲『朝鮮詩集』（岩波文庫）のようなアンソロジーに数篇ずつ収録されている。筆者が過去に出版した鄭芝溶評伝はインターネットで無料公開している（https://note.com/yoshikawanagi/m/mdda5cce5690f）。なお、日本語版の鄭芝溶詩選は新たにクオンから2021年に刊行予定。

第22章　林和

「玄海灘」（1938年）大村益夫編訳『対訳・詩で学ぶ朝鮮の心』青丘文化社、1998年
「新文学史の方法」（1941年）李光鎬編、尹相仁、渡辺直紀訳『韓国の近現代文学』法政大学出版局、2001年
許南麒訳「おまえはいまどこにいるか ── 愛するむすめヘランに」（1950年）『人民文学』3巻3号、1952年3月
渡辺直紀「松本清張『北の詩人』再読 ── 林和と朝鮮文学」坪井秀人編著『戦後日本文化再考』三人社、2019年
林誠宏編『欺かれた革命家たち2 ── 李承燁、林和等一二名の粛清と朝鮮共産主義運動』啓文社、1988年
松本清張『北の詩人』角川文庫、1983年（初出連載は1962～1963年）
川村湊『満洲崩壊 ──「大東亜文学」と作家たち』文藝春秋、1997年

第23章　金起林

金起林著、青柳優子編訳／著『朝鮮文学の知性・金起林』新幹社、2009年

第24章　白石

『白石詩集』青柳優子訳、岩波書店、2012年
『対訳 詩で学ぶ朝鮮の心』大村益夫編訳、青丘文化社、1998年

第25章　李陸史
安宇植訳『李陸史詩集』講談社、１９９９年

第26章　尹東柱
『尹東柱詩集 空と風と星と詩』金時鐘訳、岩波文庫、２０１２年
宋友恵『空と風と星の詩人 尹東柱評伝』愛沢革訳、藤原書店、２００９年
大村益夫「第２部 尹東柱研究」『中国朝鮮族文学の歴史と展開』緑蔭書房、２００３年

V．解放と分断と朝鮮戦争

第27章　黄順元
「にわか雨」具滋雲訳『韓国名作短編集』韓国書籍センター、１９７０年
「鶴」金素雲訳『現代韓国文学選集』３（短編小説１）、冬樹社、１９７３年
『動く城』芹川哲世訳、日本基督教団出版局、２０１０年

第28章　李範宣
「誤発弾」『現代韓国文学選集』３（短編小説１）、冬樹社、１９７３年
『王陵と駐屯軍』凱風社、２０１４年（「誤発弾」「鶴村の人々」「カモメ」収録）

第29章　孫昌渉
「剰余人間」『現代韓国文学選集』３（短編小説１）、冬樹社、１９７３年
「雨降る日」『韓国名作短篇集』韓国書籍センター、１９７０年
長璋吉『韓国小説を読む』草思社、１９７７年

第30章　李浩哲
『板門店』姜尚求訳、作品社、２００９年
『南のひと北のひと』姜尚求訳、新潮社、２０００年

第31章　崔仁勲
『広場』吉川凪訳、クオン、２０１９年（これは最終バージョンの翻訳であり、初版とはかなりの異同がある。7種類の序文の翻訳は http://www.cuon.jp/info/719 で公開している）

第32章　金洙暎
『金洙暎詩全集』韓龍茂、尹大辰訳、彩流社、２００９年

第33章　金承鈺
『ソウル１９６４年冬』青柳優子訳、三一書房、２０１５年

第34章　金源一
『韓国現代短編小説』中上健次編、安宇植訳、新潮社、１９８５年
『深い中庭のある家』吉川凪訳、クオン、２０２１年刊行予定

コラム5　済州島四・三事件と文学
『火山島』全7巻、文藝春秋、１９８３〜１９９７年（オンデマンド版、岩波書店、２０１５年）
『金石範作品集』（1・2）平凡社、２００５年
玄基榮『順伊おばさん』金石範訳、新幹社選書、２０１２年
金石範、金時鐘著、文京洙編『増補 なぜ書きつづけてきたか なぜ沈黙してきたか』平凡社ライブラリー、２０１５年
文京洙『済州島四・三事件 ――「島のくに」の死と再生の物語』岩波現代文庫、２０１８年

VI　独裁政権と産業化の時代

第35章　朴景利
『完全版 土地』吉川凪、清水知佐子、吉原育子訳、クオン（２０２０年11月現在、全20巻のうち12巻まで刊行）
鄭銀淑『中国東北部の「昭和」を歩く』東洋経済新報社、２０１１年
鄭棟柱『カレイスキー ―― 旧ソ連の高麗人』高賛侑訳、東方書店、１９９８年

第36章　崔仁浩

『消えた王国』全5巻、中村欽哉訳、スコラ、1995年
『ソウルの華麗な憂鬱』重村智計、古野喜政訳、国書刊行会、1977年
『他人の部屋――崔仁浩小説集』鈴木比佐雄、井手俊作編集、井手俊作訳、コールサック社、2012年

第37章　黄晳暎

『客人』鄭敬謨訳、岩波書店、2004年
『懐かしの庭』（上・下）青柳優子訳、岩波書店、2004年
『武器の影』（上・下）高崎宗司、林裔、佐藤久訳、岩波書店、1989年
ジョ・ヨンイル『柄谷行人と韓国文学』高井修訳、インスクリプト、2019年
（原著）黄晳暎、全南社会運動協議会編『全記録光州蜂起 80年5月――虐殺と民衆抗争の10日間』光州事件調査委員会訳、柘植書房新社、2018年
『囚人［黄晳暎自伝］』全2巻、舘野晳、中野宣子訳、明石書店、2020年刊行予定

第38章　李清俊

『書かれざる自叙伝』長璋吉訳、泰流社、1978年
『風の丘を越えて――西便制』根本理恵訳、ハヤカワ文庫、1994年
『あなたたちの天国』姜信子訳、みすず書房、2010年
『うわさの壁』吉川凪訳、クオン、2020年

第39章　金芝河

『金芝河詩集』姜舜訳、青木書店、1974年
『長い暗闇の彼方に』渋谷仙太郎訳、中央公論社、1971年
『五賊黄土蜚語――キム・ジハ詩集付・戯曲銅の李舜臣』姜舜編訳、青木書店、1972年
『民衆の声――金芝河詩集』刊行委員会編訳、サイマル出版会、1974年
『不帰――金芝河作品集』李恢成訳、中央公論社、1975年

『金芝河作品集』（1・2）、井出愚樹編訳、青木書店、１９７６年
『苦行 ―― 獄中におけるわが闘い』刊行委員会編訳、中央公論社、１９７８年
『飯・活人』高崎宗司・中野宣子訳、御茶の水書房、１９８９年
『金芝河 生を語る ―― 談論』高正子訳、協同図書サービス、１９９５年
『傷痕に咲いた花』金丙鎮訳、毎日新聞社、２００４年

第40章　チョ・セヒ
『趙世熙小品集』むくげの会訳／発行、１９８０年
『こびとが打ち上げた小さなボール』斎藤真理子訳、河出書房新社、２０１６年

第41章　李文求
『冠村随筆』安宇植訳・川村湊校閲、インパクト出版会、２０１６年
「うちの村の金さん」三枝壽勝訳『韓国短篇小説選』岩波書店、１９８８年
「江東漫筆」小野尚美訳『韓国の現代文学３』柏書房

第42章　呉貞姫
『金色の鯉の夢 ―― オ・ジョンヒ小説集』波田野節子訳、段々社、１９９７年
『夜のゲーム』波田野節子訳、段々社、２０１０年
『鳥』文茶影訳、段々社、２０１５年

第43章　申庚林
『ラクダに乗って ―― 申庚林詩選集』吉川凪訳、クオン、２０１２年
谷川俊太郎、申庚林『酔うために飲むのではないからマッコリはゆっくり味わう』クオン、２０１５年
茨木のり子『韓国現代詩選』花神社、２００７年

第44章　趙廷來
『太白山脈』尹學準監訳、安岡明子、神谷丹路、川村亜子、筒井真樹子訳、川村湊校閲、全１０巻・ホーム社発行・集

英社発売。第1巻「白い花という名の巫堂」第2巻「天空をさすらう雲」第3巻「全羅道の悲しみ」第4巻「トラジの歌」第5巻「歴史の逆流」第6巻「女パルチザンの死」第7巻「鴨緑江の苦い水」第8巻「骸骨の隊列」第9巻「奪われ行く解放区」第10巻「冬とともに逝った英雄」

第45章　パク・ワンソ
『あの山は、本当にそこにあったのだろうか』橋本智保訳、かんよう出版、2017年
『新女性を生きよ』朴福美訳、梨の木舎、1999年

第46章　パク・ノヘ
『いまは輝かなくとも――朴ノヘ詩集』康宗憲、福井祐二訳、影書房、1992年
『この地の息子と生まれて』辛英尚編訳、梓書店、1993年
趙英来『全泰壱評伝』大塚厚子訳、柘植書房新社、2003年
パク・クァンス監督『美しい青年、全泰壱』1995年（映画）

第47章　梁貴子
『ウォンミドンの人々』崔真碩訳、新幹社、2018年
『ソウル・スケッチブック』中野宣子訳、木犀社、1997年

Ⅶ．今日の韓国文学

第48章　文貞姫
『今、バラを摘め』韓成禮訳、思潮社、2016年

第49章　申京淑
『離れ部屋』安宇植訳、集英社、2005年
『母をお願い』安宇植訳、集英社文庫、2011年
津島佑子、申京淑『山のある家　井戸のある家――東京ソウル往復書簡』きむ ふな訳、集英社、2007年

第50章　孔枝泳
『トガニ――幼き瞳の告発』蓮池薫訳、新潮社、２０１２年
『サイの角のようにひとりで行け』石坂浩一訳、新幹社、１９９８年
『私たちの幸せな時間』蓮池薫訳、新潮社、２００７年
『楽しい私の家』蓮池薫訳、新潮社、２０１０年

第51章　金薫
『黒山』戸田郁子訳、クオン、２０２０年
『孤将』蓮池薫訳、新潮社、２００５年

第52章　チョン・イヒョン
『優しい暴力の時代』斎藤真理子訳、河出書房新社、２０２０年

第53章　姜英淑
『ライティングクラブ』文茶影訳、現代企画室、２０１７年
『リナ』吉川凪訳、現代企画室、２０１１年

第54章　キム・ヨンス
『夜は歌う』橋本智保訳、新泉社、２０２０年
『ワンダーボーイ』きむふな訳、クオン、２０１６年
『世界の果て、彼女』呉永雅訳、クオン、２０１４年
『ぼくは幽霊作家です』橋本智保訳、新泉社、２０２０年

第55章　ピョン・ヘヨン
『アオイガーデン』きむふな訳、クオン、２０１７年
『ホール』カン・バンファ訳、書肆侃侃房、２０１８年

『モンスーン』姜信子訳、白水社、２０１９年

第56章　パク・ミンギュ

『カステラ』斎藤真理子訳、クレイン、２０１４年
『ピンポン』斎藤真理子訳、白水社、２０１７年
『三美スーパースターズ最後のファンクラブ』斎藤真理子訳、晶文社、２０１７年
『ダブル』斎藤真理子訳、筑摩書房、２０１９年
『亡き王女のためのパヴァーヌ』吉原育子訳、クオン、２０１５年
黄皙暎『パリテギ』青山優子訳、岩波書店、２００８年
姜英淑『リナ』吉川凪訳、現代企画室、２０１１年
ト・ミョンハクほか『越えてくる者、迎えいれる者』和田とも美訳、アジアプレス、２０１７年
チョン・スチャン『羞恥』斎藤真理子訳、みすず書房、２０１８年

第57章　ハン・ガン

『菜食主義者』きむ ふな訳、クオン、２０１１年
『少年が来る』井手俊作訳、クオン、２０１６年
『ギリシャ語の時間』斎藤真理子訳、晶文社、２０１７年
『そっと 静かに』古川綾子訳、クオン、２０１８年
『すべての、白いものたちの』斎藤真理子訳、河出書房新社、２０１８年
『回復する人間』斎藤真理子訳、白水社、２０１９年

第58章　キム・エラン

『どきどき僕の人生』きむ ふな訳、クオン、２０１３年
『走れ、オヤジ殿』古川綾子訳、晶文社、２０１７年
『外は夏』古川綾子訳、亜紀書房、２０１９年

第59章　チョン・セラン
『アンダー、サンダー、テンダー』吉川凪訳、クオン、2015年
『フィフティ・ピープル』斎藤真理子訳、亜紀書房、2018年
『保健室のアン・ウニョン先生』斎藤真理子訳、亜紀書房、2020年
『屋上で会いましょう』すんみ訳、亜紀書房、2020年

第60章　パク・ソルメ
『もう死んでいる十二人の女たちと』仮題、斎藤真理子訳、白水社、2021年刊行予定
「水泳する人」斎藤真理子訳『小説版 韓国・フェミニズム・日本』河出書房新社、2020年

コラム6　型破りな女性像を生み出すフェミニズム文学
チョ・ナムジュ『82年生まれ、キム・ジヨン』斎藤真理子訳、筑摩書房、2018年
チョ・ナムジュ他『ヒョンナムオッパへ』斎藤真理子訳、白水社、2019年
チョン・セラン『保健室のアン・ウニョン先生』斎藤真理子訳、亜紀書房、2020年
キム・ヘジン『娘について』古川綾子訳、亜紀書房、2018年
チョ・ナムジュ『彼女の名前は』小山内園子、すんみ訳、筑摩書房、2020年
カン・ファギル『別の人』仮題、小山内園子訳、エトセトラブックス、2021年1月刊行予定
キム・チョヨプ『わたしたちが光の速さで進めないなら』カン・バンファ＋ユン・ジヨン訳、早川書房、2020年12月刊行予定

コラム7　坡州出版団地
『坡州出版都市の物語』舘野晳訳、出版都市文化財団、2008年
李起雄『出版都市に向かう本の旅程』ヌンビッ、2001年（韓国語）

コラム8　「文旅」で出会う
「文学で旅する韓国（文旅）」についてはクオンのHP参照：http://www.cuon.jp/

星野智幸（ほしの　ともゆき）［49］
小説家。主な作品は、『だまされ屋さん』（中央公論新社、2020年）、『焰』（新潮社、2018、谷崎潤一郎賞）、『呪文』（河出書房新社、2015）、『夜は終わらない』（講談社、2014、読売文学賞）、『俺俺』（新潮社、2010、大江健三郎賞）ほか。

戸田郁子（とだ　いくこ）［51］
韓国在住の作家・翻訳家。仁川の旧日本租界地に仁川官洞ギャラリーを開く。朝日新聞GLOBE「ソウルの書店から」コラム連載10年目。『中国朝鮮族を生きる　旧満洲の記憶』（岩波書店、2011）、『80年前の修学旅行』（図書出版土香、2019）、共著『モダン仁川』（土香、2017）、翻訳書『世界最強の囲碁棋士、曺薫鉉の考え方』（アルク、2016）など。

中島京子（なかじま　きょうこ）［53］
小説家。『小さいおうち』（文藝春秋、2010）で第143回直木賞受賞、『妻が椎茸だったころ』（講談社、2013）で第42回泉鏡花文学賞、『かたづの！』（集英社、2014）で第28回柴田錬三郎文学賞、『長いお別れ』（文藝春秋、2015）で第10回中央公論文芸賞、『夢見る帝国図書館』（文藝春秋、2019）で第30回紫式部文学賞を受賞。ほか著書多数。

金原瑞人（かねはら　みずひと）［55］
法政大学教授・翻訳家。訳書は『青空のむこう』『豚の死なない日』〈パーシー・ジャクソン・シリーズ〉『さよならを待つふたりのために』『月と六ペンス』『このサンドイッチ、マヨネーズ忘れてる　ハプワース16、1924年』など。エッセイに『サリンジャーにマティーニを教わった』など、日本の古典の翻案に『雨月物語』など。

江南亜美子（えなみ　あみこ）［57］
書評家・京都芸術大学文芸表現学科専任講師。おもに日本の純文学と翻訳文芸に関し、新聞、文芸誌、女性誌などで論考・レビューを執筆。共著に『世界の8大文学賞』『きっとあなたは、あの本が好き。』（ともに立東舎）など。韓国文学関連では、『完全版 韓国・フェミニズム・日本』（河出書房新社）などに寄稿。

古川綾子（ふるかわ　あやこ）［58］
翻訳家。神田外語大学非常勤講師。訳書にキム・エラン『走れ、オヤジ殿』（晶文社、2017）、『外は夏』（亜紀書房、2019）、ユン・テホ『未生 ミセン』（講談社、2016）、ハン・ガン『そっと静かに』（クオン、2018）、チェ・ウニョン『わたしに無害なひと』（亜紀書房、2020）ほか。

すんみ［コラム6］
翻訳家。早稲田大学大学院文学研究科修了。訳書に『あまりにも真昼の恋愛』（キム・グミ著、晶文社、2018）、『屋上で会いましょう』（チョン・セラン著、亜紀書房、2020）、共訳書に『私たちにはことばが必要だ――フェミニストは黙らない』（イ・ミンギョン著、タバブックス、2018）、『彼女の名前は』（チョ・ナムジュ著、筑摩書房、2020）ほか。

権容奭（クォン　ヨンソク）［37, 50］
一橋大学大学院法学研究科准教授。東アジア国際関係史、韓国現代史。著書に『岸政権期のアジア外交――「対米自主」と「アジア主義」の逆説』（国際書院）、『「韓流」と「日流」――文化から読み解く日韓新時代』（NHK ブックス）、訳書に『イ・サンの夢見た世界――正祖の政治と哲学』（キネマ旬報社）、監訳書・解説に『沸点――ソウル・オン・ザ・ストリート』（ころから）など。

井手俊作（いで　しゅんさく）［38］
九州芸術祭文学賞福岡県地区選考委員。福岡市文学賞選考委員。訳書に崔仁浩の作品集『他人の部屋』（コールサック社、2012）と小説『夢遊桃源図』（同）、韓江の小説『少年が来る』（クオン、2016）、韓勝源の小説『月光色のチマ』（書肆侃侃房、2020）。

舘野晳（たての　あきら）［39, コラム 7］
韓国関係の出版物の企画・執筆・翻訳・編集に従事。（一社）K-BOOK 振興会理事。編著：『36人の日本人、韓国・朝鮮へのまなざし』（明石書店、2005）、『韓国の暮らしと文化を知るための70 章』（明石書店、2012）、翻訳『韓国の政治裁判』（サイマル出版会、1997）、『分断時代の法廷』（岩波書店、2008）、『韓国における日本文学翻訳の 64 年』（出版ニュース社、2012）、『韓国出版発展史』（出版メディアパル、2015）、『朝鮮引揚げと日本人』（明石書店、2015）、『韓国の文化遺産巡礼』（クオン、2018）、『対話』（共訳、明石書店、2019）。

川村湊（かわむら　みなと）［41, 44］
1951 年、北海道生まれ。法政大学名誉教授。文芸批評、日本近現代文学研究。著書に『生まれたらそこがふるさと――在日朝鮮人文学論』（平凡社、1999）、『川村湊自撰集（五巻）』（作品社、2015 ～ 2016）、共訳書に『ソウルにダンスホールを――1930 年代朝鮮の文化』（金振松著、法政大学出版局、2005）、『軍艦島（上・下）』（韓水山著、作品社、2009）。

橋本智保（はしもと　ちほ）［45, 54］
ソウル大学国語国文科修士課程修了。韓国近現代文学専攻。訳書に、李炳注『関釜連絡船（上・下）』（藤原書店）、朴婉緒『あの山は、本当にそこにあったのだろうか』（かんよう出版）、ウン・ヒギョン『鳥のおくりもの』（段々社）、クォン・ヨソン『春の宵』、チェ・ウンミ『第九の波』（共に書肆侃侃房）、キム・ヨンス『夜は歌う』『ぼくは幽霊作家です』（共に新泉社）など。

崔真碩（チェ　ジンソク）［47］
広島大学大学院人間社会科学研究科准教授。文学。著書に『朝鮮人はあなたに呼びかけている』（彩流社、2014）。詩集に『サラム　ひと』（夜光社、2018）。主な訳書に『李箱作品集成』（作品社、2006）ほか。主な論文に「牧野信一論――（内なる）アメリカを笑う」（『社会文学』2020 年 8 月、第 52 号、日本社会文学会）ほか。

佐川亜紀（さがわ　あき）［48］
詩人。韓国現代詩。著書に、詩集『死者を再び孕む夢』（小熊秀雄賞）、『押し花』（日本詩人クラブ賞）ほか。共訳書『高銀詩選集　いま、君に詩が来たのか』（藤原書店、2007）、『日韓環境詩選集　地球は美しい』（土曜美術社出版販売、2010）、『李御寧詩集　無神論者の祈り』（花神社、2012）ほか。韓国・昌原ＫＣ国際詩文学賞受賞。

和田とも美（わだ　ともみ）［29］
富山大学人文学部准教授。20世紀朝鮮・韓国文学。文学博士（ソウル大学）。単著『李光洙長篇小説研究 ── 植民地における民族の再生と文学』（御茶の水書房、2012）。同書の韓国語版は大韓民国学術院選定2015年度優秀学術図書。単訳・著『越えてくる者、迎えいれる者 ── 脱北作家・韓国作家共同小説集』（アジアプレス・インターナショナル出版部、2017）。論文「パンソリから朴正熙政権下の健全歌謡へ ── 韓国における「いとしのクレメンタイン」受容史」ほか。

四方田犬彦（よもた　いぬひこ）［30, 36］
エッセスト、詩人、小説家。明治学院大学教授、コロンビア大学、ソウルでは建国大学、中央大学などで客員教授を歴任。専攻は映画誌、比較文学。80年代に東京で率先して現代韓国映画上映に関わる。著書は多岐にわたるが、韓国関係では『われらが〈他者〉なる韓国』（平凡社、2000）、『ソウルの風景』（岩波書店、2001）、『夏の速度』（作品社、2020）、『われらが〈無意識〉なる韓国』（作品社、2020）などがある。

金景彩（キム　キョンチェ）［32］
東京大学大学院総合文化研究科博士課程。武蔵大学、白百合女子大学、上智大学非常勤講師。近現代韓国文学・思想。主な論文に「批評が構想される場──植民地期、林和の唯物論的文芸理論における歴史と文学」（『言語態』2019年3月、言語態研究会）ほか。共訳書に河野貴美子ほか編『「文」から「文学」へ──東アジアの文学を見直す（日本「文」学史 第三冊）』（勉誠出版、2019）。

金承福（キム　スンボク）［33, コラム8］
韓国・全羅南道霊光出身。幼少期から文学に親しみ、ソウル芸術大学では現代詩を専攻。留学生として1991年に来日し、日本大学芸術学部に入学。卒業後、広告代理店勤務を経て、2007年に出版社クオンを東京で設立。2015年に東京・神田神保町にブックカフェ「チェッコリ」をオープン。日本出版界での韓国書籍の拡充を図るK-BOOK振興会役員。

中沢けい（なかざわ　けい）［34］
作家。法政大学文学部教授。1959年横浜市生まれ。明治大学政治経済学部卒。1978年第21回群像新人賞を『海を感じる時』で受賞。1985年第7回野間文芸新人賞を『水平線上にて』で受賞。代表作に『女ともだち』『楽隊のうさぎ』『麹町二婆二娘孫一人』、対談集『アンチヘイト・ダイアローグ』がある。

趙秀一（チョウ　スイル）［コラム5］
東国大学日本学研究所専任研究員。在日朝鮮人文学。主な論文に、「金石範『火山島』論──重層する語りの相互作用を中心に」（『社会文学』47号、日本社会文学会、2018）、「金石範『火山島』論──「自由」を追い求めていた主人公・李芳根の「自殺」をめぐって」（『朝鮮学報』254輯、朝鮮学会、2020）ほか。

清水知佐子（しみず　ちさこ）［35］
翻訳家。大阪外国語大学朝鮮語学科卒業。読売新聞記者などを経て現職。訳書に『完全版　土地』2巻、5巻、8巻、11巻（2016～2019）、『原州通信』（2018）、『クモンカゲ　韓国の小さなよろず屋』（いずれもクオン、2019）、『9歳のこころのじてん』（小学館、2020）、共訳に『韓国の小説家たちⅠ』（クオン、2020）など。

曺恩美（チョウ　ウンミ）［18］
東京外国語大学国際日本研究センター特任研究員。韓国近代文学・日本語文学。著書に『張赫宙の日本語文学──植民地朝鮮／帝国日本のはざまで』（明石書店、2021）。訳書に『아시아／일본』（グリンビ、ソウル、2010：米谷匡史著『アジア／日本』岩波書店、2006 の全訳版）。主な論文に「張赫宙作・村山知義演出「春香伝」上演（1938 年）論──朝鮮人のプロレタリア文化運動と新協劇団の関わりの中から」（『朝鮮学報』254 輯、朝鮮学会、2020 年 1 月）ほか。

吉川凪（よしかわ　なぎ）［21, 31, 43, 59］
翻訳家。仁荷大学大学院で韓国文学専攻。文学博士。著書に『朝鮮最初のモダニスト鄭芝溶』、『京城のダダ、東京のダダ』、訳書にチョン・セラン『アンダー、サンダー、テンダー』、朴景利『土地』、崔仁勲『広場』、李清俊『うわさの壁』などの小説と、申庚林、呉圭原、金恵順の詩集がある。金英夏『殺人者の記憶法』で第四回日本翻訳大賞受賞。

渡辺直紀（わたなべ　なおき）［22］
武蔵大学人文学部教授。韓国近現代文学。主著に『林和文学批評──植民地朝鮮のプロレタリア文学と植民地的主体』（韓国、ソミョン出版、2018）、共著に『世界文学への招待』（宮下志朗・小野正嗣編、放送大学振興協会、2016）、*Manchukuo Perspectives: Transnational Approaches to Literary Production*（Annika A. Culver, Norman Smith ed., Hong Kong University Press, 2019）、訳書に『植民地の腹話術師たち──朝鮮の近代小説を読む』（金哲著、平凡社、2017）、『帝国大学の朝鮮人』（鄭鍾賢著、慶應義塾大学出版会、近刊）など。

佐野正人（さの　まさと）［23］
東北大学国際文化研究科教授。日韓比較文学、日韓比較文化。共著に『戦間期東アジアの日本語文学』（勉誠出版、2013）、『동아시아문화공간과한국문학의모색（東アジア文化空間と韓国文学の模索）』（語文学社、2014）、『「アメリカ言説」の諸相』（晃洋書房、2020）など。主な論文に「李箱　ポストコロニアルな詩人」（『現代詩手帖』2019 年 8 月号、思潮社）ほか。

金雪梅（キム　ソルメ）［26］
東京外国語大学大学院総合国際学研究科、博士後期課程在学中。植民地期朝鮮文学・尹東柱研究。論文に「詩人尹東柱における故郷──生まれ育った場所「北間島」を中心に」（『クァドランテ』第 22 号、東京外国語大学、海外事情研究所、2020）。

芹川哲世（せりかわ　てつよ）［27］
二松学舎大学文学部名誉教授。韓国現代文学。共著に『新羅の再発見』（国際言語文学会、ソウル、2013）、『3・1 独立万歳運動と植民地支配体制』（知識産業社、ソウル、2019）、訳書に『日本の作家たちの目に映った 3・1 独立運動』韓国語訳（知識産業社、2020）、論文に「韓国の現代小説とキリスト教の関連様相」（『キリスト教文学研究』28、日本キリスト教文学会、2011）、「須永元と朝鮮亡命人士との交流」（『二松学舎大学人文叢論』99、二松学舎大学、2017）「須永元と朝鮮人士との漢詩交流」（『二松学舎創立 140 周年記念論文集』二松学舎大学、2017）。

相川拓也（あいかわ　たくや）［10］
1987年、甲府生まれ。日本エスペラント協会事務局長。朝鮮近代文学。共著に『言語態研究の現在』（七月堂、2014）、『韓国近代文学と東アジア 1』（ソミョン出版、2017、韓国語）。主な論文に「京城の路地の歳月──朴泰遠「路地の奥」の生と時代」（『仇甫学報』14号、韓国語）ほか。

金牡蘭（キム　モラン）［11］
早稲田大学・武蔵大学・二松学舎大学非常勤講師。近代朝鮮と韓国の文学・演劇。共著に『異文化理解とパフォーマンス』（春風社、2016）、『芸術と環境──劇場制度・国際交流・文化政策』（論創社、2012）、*Re-playing Shakespeare in Asia*（Routledge, 2010）。

牧瀬暁子（まきせ　あきこ）［12］
現代語学塾講師。韓国〈クボ学会〉会員。朝鮮近現代文学研究。共訳書に『現代朝鮮文学選Ⅱ』（創土社、1974）。訳書に『黄真伊・柳寛順』（高麗書林、1975）、『川辺の風景』（作品社、2005）、『鄭喜成詩選集──詩を探し求めて』（藤原書店、2012）、『あの夏の修辞法』（クオン、2018）。論文に、「柳寛順と三・一運動」（『季刊三千里』1977年春号）、「朴泰遠の児童文学と国語教科書」（『朝鮮学報』2016年4月）、「〈구보따라 도쿄 걷기〉 자료（2）박태원작품읽기」（『クボ学報』2017）など。

熊木勉（くまき　つとむ）［13, 20, 24］
天理大学国際学部外国語学科教授。韓国近現代文学。共著に『対話のために―「帝国の慰安婦」という問いをひらく』（クレイン、2017）、単訳に『思想の月夜』（李泰俊著、平凡社、2016）、共訳に『太平天下』（蔡萬植著、平凡社、2009）。主な論文に「『同志社大学予科学生会誌』『自由詩人』のころの鄭芝溶」（『福岡大学研究部論集』、A：人文科学編 Vol.15. No.2、2016）など。

祖田律男（そだ　りつお）［14］
韓国語翻訳家。訳書に金聖鍾『最後の証人』（論創社、2009）、金来成『魔人』（論創社、2014）、『金来成探偵小説選』（論創社、2014）、金来成『白仮面』（論創社、2018）ほか。

山田佳子（やまだ　よしこ）［15］
新潟県立大学国際地域学部教授。韓国現代文学。共訳に『小説家仇甫氏の一日』（平凡社、2006）、『現代韓国短篇選』上・下（岩波書店、2002）。主な論文に「崔貞熙の植民地末期における時局関連作品──3つの類型と「野菊抄」」（『国際地域研究論集』No.7、2016.3）、「朴花城の植民地期の作品と舞台について」（『朝鮮学報』201輯、2006年10月）。

大村益夫（おおむら　ますお）［16, 19］
1933年生まれ。早稲田大学名誉教授。朝鮮近代文学。主要著書に『朝鮮近代文学と日本』（緑蔭書房、2003）、『中国朝鮮族文学の歴史と展開』（緑蔭書房、2003）、『愛する大陸よ──詩人金龍済研究』（大和書房、1992）、『大村益夫著作集』全6巻、ソウル、ソミョン出版、2016～2018）がある。

高橋梓（たかはし　あずさ）［17］
高麗大学民族文化研究院研究教授。朝鮮近現代文学。共著に『文藝首都──公器としての同人誌』（小平麻衣子編、翰林書房、2020）。共訳書に徐智瑛著、姜信子・高橋梓訳『京城のモダンガール──消費・労働・女性から見た植民地近代』（みすず書房、2016）。主な論文に「金史良の朝鮮語作品「チギミ」と日本語作品「蟲」の改作過程の考察──朝鮮人移住労働者の集住地をめぐる表現の差異」（『朝鮮学報』247輯、2018年4月）ほか。

野間秀樹（のま　ひでき）［コラム 1］
言語学。著書に『言語存在論』（東京大学出版会、2018）、『韓国語をいかに学ぶか』（平凡社、2014）、『日本語とハングル』（文藝春秋、2014）、『ハングルの誕生』（平凡社、2010）ほか。編著書に『韓国語教育論講座 1 〜 4 巻』（くろしお出版、2007 〜 2018）、『韓国・朝鮮の知を読む』（クオン、2014）ほか。

鄭惠英（チョン　ヘヨン）［5］
慶北大学教養教育センター招聘教授。韓国近代小説専攻。著書『幻影の近代文学』（昭明出版社、2006）、『植民地期文学の近代性』（昭明出版社、2008）、『探偵文学の領域』（亦樂、2011）、『大衆文学の誕生』（アモルムンディ、2016）。

白川豊（しらかわ　ゆたか）［6］
1950 年、香川県生まれ。九州産業大学名誉教授。朝鮮近現代文学。著書に『植民地期朝鮮の作家と日本』（大学教育出版、1995）、『朝鮮近代の知日派作家』（勉誠出版、2008）、『張赫宙研究』（東国大学校出版部、2010）など。訳書に廉想渉著『三代』（平凡社、2012）、廉想渉著『驟雨』（書肆侃侃房、2019）など。

崔泰源（チェ　テウォン）［コラム 2］
東京大学教養学部特任准教授。韓国近代文学、主に翻訳・翻案小説。論文に「一齋趙重桓の翻案小説研究」（ソウル大学博士論文、2010）、「'夢夢'時代の秦學文の日本留学と文学修業」（『尚虚学報』2017）ほか。

李相雨（イ　サンウ）［コラム 3］
高麗大學國文學科教授。韓國近代劇。主な著書に『劇場、政治を夢見る』（ソウル：テオリア、2018）、『植民地劇場の演技されたモダニティ』（ソウル：昭明出版、2010）。主な論文に「1910 年代東京留學生學友會と近代劇」（『韓民族語文學』第 86 輯、2019 年 12 月）ほか。

李亨真（イ　ヒョンジン）［コラム 4］
早稲田大学国際教養学部で APM（Area Studies Plurilingual Multicultural Education）プログラムの韓国担当の任期付き講師として勤務。韓国現代小説専攻。「韓国近代小説に現れた脱家の想像力と女性表象」と題した論文でソウル大学で博士学位取得。最近の論文は「崔仁浩 小説の大衆性と女性表象──『星の故鄕』の敍事戰略の分析を中心として」（『語文研究』2020 年 9 月）ほか。

鄭基仁（チョン　ギイン）［8, 25］
ソウル科学技術大学助教授、東京外大特任准教授を歴任。20 〜 21 世紀韓国文学、韓国文化、海外韓国学専攻。著書に『韓国近代詩の形成と漢文脈の再構成』（高麗大学校民族文化研究院、2020）、共著で『近代思想の受容と変容 1』（仙人、2020）、『オデュセウスの航海』（エピファニー、2018）。

柳川陽介（やながわ　ようすけ）［9］
ソウル大学人文学部国語国文科博士課程。朝鮮近代文学。主な論文に「李泰俊と陶磁器」（『尚虚学報』51、2017）、「白楊堂研究」（『韓国学研究』50、2018）ほか。翻訳に張紋碩「金史良とドイツ文学」（『言語社会』14、2020）。

編著者　（＊[ ]内の数字は担当した章番号）

波田野節子（はたの　せつこ）[4, 7, 42]
新潟県立大学名誉教授。韓国近代文学。著書に『李光洙――韓国近代文学の祖と「親日」の烙印』(中公新書、2015)、『韓国近代作家たちの日本留学』(白帝社、2013)、『韓国近代文学研究――李光洙・洪命憙・金東仁』(白帝社、2013)。翻訳書に李光洙著『無情』(平凡社ライブラリー、2020)、金東仁著『金東仁作品集』(平凡社、2011)。主な論文に「東アジアの近代文学と日本語小説」(日本植民地研究会編『日本植民地研究の論点』岩波書店、2018) ほか。

斎藤真理子（さいとう　まりこ）[40, 56, 60]
翻訳者。訳書に『こびとが打ち上げた小さなボール』(チョ・セヒ著、河出書房新社)、『鯨』(チョン・ミョングァン著、晶文社)、『82年生まれ、キム・ジヨン』(チョ・ナムジュ著、筑摩書房)、『ディディの傘』(ファン・ジョンウン著、亜紀書房) など。『カステラ』(パク・ミンギュ著、ヒョン・ジェフンとの共訳、クレイン) で第一回日本翻訳大賞受賞。『ヒョンナムオッパへ』(チョ・ナムジュ他著、白水社) で〈韓国文学翻訳賞〉翻訳大賞 (韓国文学翻訳院主催) 受賞。

きむ ふな　[28, 46, 52]
日韓の文芸翻訳者。韓国生まれ。韓国の誠信女子大学、同大学院を卒業し、専修大学大学院日本文学科で博士号を取得。翻訳書に、ハン・ガン『菜食主義者』、キム・エラン『どきどき僕の人生』、ピョン・ヘヨン『アオイガーデン』、キム・ヨンス『ワンダーボーイ』、津島佑子・申京淑の往復書簡『山のある家、井戸のある家』、孔枝泳『愛のあとにくるもの』、『いまは静かな時――韓国現代文学選集』(共訳) など、著書に『在日朝鮮人女性文学論』(作品社) がある。

執筆者一覧　（執筆章順）

西岡健治（にしおか　けんじ）[1]
福岡県立大学名誉教授。朝鮮古典文学。訳書に『春香伝の世界　その通時的研究』、論文に「桃水野史訳『鶏林情話春香伝』の原テキストについて」、「完板八十四張本『烈女春香守節歌』に見る非妓生的表現の考察」、「芥川龍之介作『金将軍』の出典について」、「高橋仏焉／高橋亨の『春香伝』について」ほか。

岡山善一郎（おかやま　ぜんいちろう）[2]
(元)天理大学教授。韓国古代文学。単著に『韓國古典文學の研究』(金壽堂出版、2017)、共著に『東アジアの伝統文化とストーリーテリング』(西京文化社、2017)、主な論文に「韓国の史書に表れた童謡観」(『朝鮮学報』241輯、朝鮮学会、2016年10月)、「日・韓の古代童謡の比較研究」(『成澤勝博士古稀祝賀記念論集』銀河出版社、2019) ほか。

野崎充彦（のざき　みつひこ）[3]
大阪市立大学大学院文学研究科教授。朝鮮古典文学・伝統文化論。著書『慵斎叢話――15世紀朝鮮奇譚の世界』(集英社、2020)、訳書『韓国映画100年史』(鄭琮樺著、野崎充彦、加藤知恵訳、明石書店、2017)、『洪吉童伝』(平凡社、東洋文庫、2010) ほか。

エリア・スタディーズ 182
韓国文学を旅する60章

2020年12月1日 初版第1刷発行

編著者 波田野節子
斎藤真理子
きむ ふな
発行者 大江道雅
発行所 株式会社 明石書店
〒101-0021 東京都千代田区外神田6-9-5
電話 03（5818）1171
FAX 03（5818）1174
振替 00100-7-24505
http://www.akashi.co.jp/
装丁／組版 明石書店デザイン室
印刷／製本 日経印刷株式会社
（定価はカバーに表示してあります） ISBN 978-4-7503-5107-0

エリア・スタディーズ

1 現代アメリカ社会を知るための60章
明石紀雄、川島浩平 編著

2 イタリアを知るための62章【第2版】
村上義和 編著

3 イギリスを旅する35章
辻野功 編著

4 モンゴルを知るための65章【第2版】
金岡秀郎 著

5 パリ・フランスを知るための44章
梅本洋一、大里俊晴、木下長宏 編著

6 現代韓国を知るための60章【第2版】
石坂浩一、福島みのり 編著

7 オーストラリアを知るための58章【第3版】
越智道雄 著

8 現代中国を知るための52章【第6版】
藤野彰 編著

9 ネパールを知るための60章
日本ネパール協会 編

10 アメリカの歴史を知るための63章【第3版】
富田虎男、鵜月裕典、佐藤円 編著

11 現代フィリピンを知るための61章【第2版】
大野拓司、寺田勇文 編著

12 ポルトガルを知るための55章【第2版】
村上義和、池俊介 編著

13 北欧を知るための43章
武田龍夫 著

14 ブラジルを知るための56章【第2版】
アンジェロ・イシ 著

15 ドイツを知るための60章
早川東三、工藤幹巳 編著

16 ポーランドを知るための60章
渡辺克義 編著

17 シンガポールを知るための65章【第4版】
田村慶子 編著

18 現代ドイツを知るための67章【第3版】
浜本隆志、髙橋憲 編著

19 ウィーン・オーストリアを知るための57章【第2版】
広瀬佳一、今井顕 編著

20 ハンガリーを知るための60章【第2版】 ドナウの宝石
羽場久美子 編著

21 現代ロシアを知るための60章【第2版】
下斗米伸夫、島田博 編著

22 21世紀アメリカ社会を知るための67章
明石紀雄 監修　赤尾千波、大類久恵、小塩和人、
落合明子、川島浩平、高野泰 編

23 スペインを知るための60章
野々山真輝帆 著

24 キューバを知るための52章
後藤政子、樋口聡 編著

25 カナダを知るための60章
綾部恒雄、飯野正子 編著

26 中央アジアを知るための60章【第2版】
宇山智彦 編著

27 チェコとスロヴァキアを知るための56章【第2版】
薩摩秀登 編著

28 現代ドイツの社会・文化を知るための48章
田村光彰、村上和光、岩淵正明 編著

29 インドを知るための50章
重松伸司、三田昌彦 編著

30 タイを知るための72章【第2版】
綾部真雄 編著

31 パキスタンを知るための60章
広瀬崇子、山根聡、小田尚也 編著

32 バングラデシュを知るための66章【第3版】
大橋正明、村山真弓、日下部尚徳、安達淳哉 編著

33 イギリスを知るための65章【第2版】
近藤久雄、細川祐子、阿部美春 編著

34 現代台湾を知るための60章【第2版】
亜洲奈みづほ 著

35 ペルーを知るための66章【第2版】
細谷広美 編著

36 マラウィを知るための45章【第2版】
栗田和明 著

37 コスタリカを知るための60章【第2版】
国本伊代 編著

38 チベットを知るための50章
石濱裕美子 編著

エリア・スタディーズ

39 **現代ベトナムを知るための60章【第2版】**
今井昭夫、岩井美佐紀 編著

40 **インドネシアを知るための50章**
村井吉敬、佐伯奈津子 編著

41 **エルサルバドル、ホンジュラス、ニカラグアを知るための45章**
田中高 編著

42 **パナマを知るための70章【第2版】**
国本伊代 編著

43 **イランを知るための65章**
岡田恵美子、北原圭一、鈴木珠里 編著

44 **アイルランドを知るための70章【第3版】**
海老島均、山下理恵子 編著

45 **メキシコを知るための60章**
吉田栄人 編著

46 **中国の暮らしと文化を知るための40章**
東洋文化研究会 編

47 **現代ブータンを知るための60章【第2版】**
平山修一 著

48 **バルカンを知るための66章【第2版】**
柴宜弘 編著

49 **現代イタリアを知るための44章**
村上義和 編著

50 **アルゼンチンを知るための54章**
アルベルト松本 著

51 **ミクロネシアを知るための60章【第2版】**
印東道子 編著

52 **アメリカのヒスパニック＝ラティーノ社会を知るための55章**
大泉光一、牛島万 編著

53 **北朝鮮を知るための55章【第2版】**
石坂浩一 編著

54 **ボリビアを知るための73章【第2版】**
真鍋周三 編著

55 **コーカサスを知るための60章**
北川誠一、前田弘毅、廣瀬陽子、吉村貴之 編著

56 **カンボジアを知るための62章【第2版】**
上田広美、岡田知子 編著

57 **エクアドルを知るための60章【第2版】**
新木秀和 編著

58 **タンザニアを知るための60章【第2版】**
栗田和明、根本利通 編著

59 **リビアを知るための60章【第2版】**
塩尻和子 編著

60 **東ティモールを知るための50章**
山田満 編著

61 **グアテマラを知るための67章【第2版】**
桜井三枝子 編著

62 **オランダを知るための60章**
長坂寿久 著

63 **モロッコを知るための65章**
私市正年、佐藤健太郎 編著

64 **サウジアラビアを知るための63章【第2版】**
中村覚 編著

65 **韓国の歴史を知るための66章**
金両基 編著

66 **ルーマニアを知るための60章**
六鹿茂夫 編著

67 **現代インドを知るための60章**
広瀬崇子、近藤正規、井上恭子、南埜猛 編著

68 **エチオピアを知るための50章**
岡倉登志 編著

69 **フィンランドを知るための44章**
百瀬宏、石野裕子 編著

70 **ニュージーランドを知るための63章**
青柳まちこ 編著

71 **ベルギーを知るための52章**
小川秀樹 編著

72 **ケベックを知るための54章**
小畑精和、竹中豊 編著

73 **アルジェリアを知るための62章**
私市正年 編著

74 **アルメニアを知るための65章**
中島偉晴、メラニア・バグダサリヤン 編著

75 **スウェーデンを知るための60章**
村井誠人 編著

76 **デンマークを知るための68章**
村井誠人 編著

77 **最新ドイツ事情を知るための50章**
浜本隆志、柳原初樹 著

エリア・スタディーズ

78 セネガルとカーボベルデを知るための60章
小川了 編著

79 南アフリカを知るための60章
峯陽一 編著

80 エルサルバドルを知るための55章
細野昭雄、田中高 編著

81 チュニジアを知るための60章
鷹木恵子 編著

82 南太平洋を知るための58章 メラネシア ポリネシア
吉岡政德、石森大知 編著

83 現代カナダを知るための57章
飯野正子、竹中豊 編著

84 現代フランス社会を知るための62章
三浦信孝、西山教行 編著

85 ラオスを知るための60章
菊池陽子、鈴木玲子、阿部健一 編著

86 パラグアイを知るための50章
田島久歳、武田和久 編著

87 中国の歴史を知るための60章
並木頼壽、杉山文彦 編著

88 スペインのガリシアを知るための50章
坂東省次、桑原真夫、浅香武和 編著

89 アラブ首長国連邦（UAE）を知るための60章
細井長 編著

90 コロンビアを知るための60章
二村久則 編著

91 現代メキシコを知るための70章【第2版】
国本伊代 編著

92 ガーナを知るための47章
高根務、山田肖子 編著

93 ウガンダを知るための53章
吉田昌夫、白石壮一郎 編著

94 ケルトを旅する52章 イギリス・アイルランド
永田喜文 著

95 トルコを知るための53章
大村幸弘、永田雄三、内藤正典 編著

96 イタリアを旅する24章
内田俊秀 編著

97 大統領選からアメリカを知るための57章
越智道雄 著

98 現代バスクを知るための50章
萩尾生、吉田浩美 編著

99 ボツワナを知るための52章
池谷和信 編著

100 ロンドンを旅する60章
川成洋、石原孝哉 編著

101 ケニアを知るための55章
松田素二、津田みわ 編著

102 ニューヨークからアメリカを知るための76章
越智道雄 著

103 カリフォルニアからアメリカを知るための54章
越智道雄 著

104 イスラエルを知るための62章【第2版】
立山良司 編著

105 グアム・サイパン・マリアナ諸島を知るための54章
中山京子 編著

106 中国のムスリムを知るための60章
中国ムスリム研究会 編

107 現代エジプトを知るための60章
鈴木恵美 編著

108 カーストから現代インドを知るための30章
金基淑 編著

109 カナダを旅する37章
飯野正子、竹中豊 編著

110 アンダルシアを知るための53章
立石博高、塩見千加子 編著

111 エストニアを知るための59章
小森宏美 編著

112 韓国の暮らしと文化を知るための70章
舘野晳 編著

113 現代インドネシアを知るための60章
村井吉敬、佐伯奈津子、間瀬朋子 編著

エリア・スタディーズ

114 ハワイを知るための60章
山本真鳥、山田亨 編著

115 現代イラクを知るための60章
酒井啓子、吉岡明子、山尾大 編著

116 現代スペインを知るための60章
坂東省次 編著

117 スリランカを知るための58章
杉本良男、高桑史子、鈴木晋介 編著

118 マダガスカルを知るための62章
飯田卓、深澤秀夫、森山工 編著

119 新時代アメリカ社会を知るための60章
明石紀雄 監修 大類久恵、落合明子、赤尾千波 編著

120 現代アラブを知るための56章
松本弘 編著

121 クロアチアを知るための60章
柴宜弘、石田信一 編著

122 ドミニカ共和国を知るための60章
国本伊代 編著

123 シリア・レバノンを知るための64章
黒木英充 編著

124 EU（欧州連合）を知るための63章
羽場久美子 編著

125 ミャンマーを知るための60章
田村克己、松田正彦 編著

126 カタルーニャを知るための50章
立石博高、奥野良知 編著

127 ホンジュラスを知るための60章
桜井三枝子、中原篤史 編著

128 スイスを知るための60章
スイス文学研究会 編

129 東南アジアを知るための50章
今井昭夫 編集代表 東京外国語大学東南アジア課程 編

130 メソアメリカを知るための58章
井上幸孝 編著

131 マドリードとカスティーリャを知るための60章
川成洋、下山静香 編著

132 ノルウェーを知るための60章
大島美穂、岡本健志 編著

133 現代モンゴルを知るための50章
小長谷有紀、前川愛 編著

134 カザフスタンを知るための60章
宇山智彦、藤本透子 編著

135 内モンゴルを知るための60章
ボルジギン・ブレンサイン 編著 赤坂恒明 編集協力

136 スコットランドを知るための65章
木村正俊 編著

137 セルビアを知るための60章
柴宜弘、山崎信一 編著

138 マリを知るための58章
竹沢尚一郎 編著

139 ASEANを知るための50章
黒柳米司、金子芳樹、吉野文雄 編著

140 アイスランド・グリーンランド・北極を知るための65章
小澤実、中丸禎子、高橋美野梨 編著

141 ナミビアを知るための53章
水野一晴、永原陽子 編著

142 香港を知るための60章
吉川雅之、倉田徹 編著

143 タスマニアを旅する60章
宮本忠 著

144 パレスチナを知るための60章
臼杵陽、鈴木啓之 編著

145 ラトヴィアを知るための47章
志摩園子 編著

146 ニカラグアを知るための55章
田中高 編著

147 台湾を知るための60章
赤松美和子、若松大祐 編著

148 テュルクを知るための61章
小松久男 編著

149 アメリカ先住民を知るための62章
阿部珠理 編著

エリア・スタディーズ

150 **イギリスの歴史を知るための50章**
川成洋 編著

151 **ドイツの歴史を知るための50章**
森井裕一 編著

152 **ロシアの歴史を知るための50章**
下斗米伸夫 編著

153 **スペインの歴史を知るための50章**
立石博高、内村俊太 編著

154 **フィリピンを知るための64章**
大野拓司、鈴木伸隆、日下渉 編著

155 **バルト海を旅する40章** 7つの島の物語
小柏葉子 著

156 **カナダの歴史を知るための50章**
細川道久 編著

157 **カリブ海世界を知るための70章**
国本伊代 編著

158 **ベラルーシを知るための50章**
服部倫卓、越野剛 編著

159 **スロヴェニアを知るための60章**
柴宜弘、アンドレイ・ベケシュ、山崎信一 編著

160 **北京を知るための52章**
櫻井澄夫、人見豊、森田憲司 編著

161 **イタリアの歴史を知るための50章**
高橋進、村上義和 編著

162 **ケルトを知るための65章**
木村正俊 編著

163 **オマーンを知るための55章**
松尾昌樹 編著

164 **ウズベキスタンを知るための60章**
帯谷知可 編著

165 **アゼルバイジャンを知るための67章**
廣瀬陽子 編著

166 **済州島を知るための55章**
梁聖宗、金良淑、伊地知紀子 編著

167 **イギリス文学を旅する60章**
石原孝哉、市川仁 編著

168 **フランス文学を旅する60章**
野崎歓 編著

169 **ウクライナを知るための65章**
服部倫卓、原田義也 編著

170 **クルド人を知るための55章**
山口昭彦 編著

171 **ルクセンブルクを知るための50章**
田原憲和、木戸紗織 編著

172 **地中海を旅する62章** 歴史と文化の都市探訪
松原康介 編著

173 **ボスニア・ヘルツェゴヴィナを知るための60章**
柴宜弘、山崎信一 編著

174 **チリを知るための60章**
細野昭雄、工藤章、桑山幹夫 編著

175 **ウェールズを知るための60章**
吉賀憲夫 編著

176 **太平洋諸島の歴史を知るための60章** 日本とのかかわり
石森大知、丹羽典生 編著

177 **リトアニアを知るための60章**
櫻井映子 編著

178 **現代ネパールを知るための60章**
公益社団法人 日本ネパール協会 編

179 **フランスの歴史を知るための50章**
中野隆生、加藤玄 編著

180 **ザンビアを知るための55章**
島田周平、大山修一 編著

181 **ポーランドの歴史を知るための55章**
渡辺克義 編著

182 **韓国文学を旅する60章**
波田野節子、斎藤真理子、きむ ふな 編著

——以下続刊

◎各巻2000円（一部1800円）

〈価格は本体価格です〉